KB012142

"정말, 아~ 예요, 아~

정령——미

"이츠카 치요가미예요.
아버지가 신세 많이 지고 있다고 들었어요."

"이, 이게…… 나……?"

정령——나츠미

"그래. 나츠미, 바로 너야."

고교생——이츠카 시오리

"자아, 그럼— 내 전쟁을 시작해볼까?"

〈라타토스크〉사령관——이츠카 코토리

"······엄마, 라."

〈라타토스크〉해석관━━무라사메 레이네

DATE

A

LIVE

글 : **타치바나 코우시**
그림 : **츠나코**
옮긴이 : **이승원**

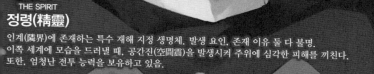

THE SPIRIT
정령(精靈)

인계(隣界)에 존재하는 특수 재해 지정 생명체. 발생 요인, 존재 이유 둘 다 불명.
이쪽 세계에 모습을 드러낼 때, 공간진(空間震)을 발생시켜 주위에 심각한 피해를 끼친다.
또한, 엄청난 전투 능력을 보유하고 있다.

WAYS OF COPING1
대처법1

무력을 통한 섬멸.
단, 위에서 말했듯 매우 강대한 전투 능력을 보유하고 있기 때문에 달성 가능성이 극도로 낮음.

WAYS OF COPING2
대처법2

——데이트를 해서, 반하게 만든다.

나츠미 체인지

Change NATSUMI

SpiritNo.7
AstralDress—WitchType Weapon—BroomType [Haniel]

제6장 어린이들
Little monster

10월 29일, 일요일 현재.

이츠카 가(家)는 시끌벅적하기 그지없었다.

"시도! 배고프다, 시도!"

"시도. 나, 오줌 마려워. 혼자서는 화장실 못 가. 같이 가줘, 시도."

"달~링~! 달~링~!"

"저, 저기…… 시도 씨……."

"다들 좀 진정해! 앗! 카구야, 그건 내 막대 사탕이잖아!"

"시도! 밥은 아직 멀었느냐! 시도!"

"크큭, 옹졸한 녀석이구나. 사소한 일에 구애되는 것은 자신의 옹졸함을 드러내는 행위나 다름없느니라."

"수긍. 하나 정도 나눠줘도 되잖아요."

"앗, 너도 훔쳐간 거야?! 돌려줘~!"

"으…… 우에에에에엥……."

『아얏. 정말. 괜찮으니까 울지 마~.』

"시도, 쌀 것 같아."

"크~ 크크큭! 한 번 과인의 영지 안으로 들어온 것을 돌려줄 수는 없느니라~!"

"도망. 돌려받고 싶으면 잡아보세요."

"달~링~! 달~링~!"

"……."

아무 말 없이 식은땀을 흘리던 이츠카 시도는 양손으로 머리를 움켜쥐었다.

안 그래도 수면 부족 때문에 아픈 머릿속이 어린애 특유의 새된 목소리와 시끌벅적한 발소리로 가득 찼다. 그리고 그가 입은 셔츠의 자락은 사방에서 잡아당겨진 탓에 늘어날 대로 늘어나 있었다.

현재 이츠카 가의 거실에는 일곱 명의 소악마…… 아니, 여자아이들이 있었다.

그녀들의 나이는 열 살도 채 되지 않아 보였다. 즉, 꽤나 손이 많이 가는 시기인 것이다. 게다가 그녀들은 울거나, 고함을 지르거나, 시도를 잡아당기거나, 술래잡기를 해대고 있었다. 며칠 전부터 그녀들을 돌봐온 시도는 완전히 지칠 대로 지치고 말았다.

하지만 그것도 어쩔 수 없었다. 그녀들도 좋아서 이런 모습을 하고 있는 것은 아니기 때문이다. 시도는 작게 한숨을 내쉰 후, 거실에서 날뛰고 있는 리틀·몬스터들을 바라보았다.

쉴 새 없이 배고프다는 소리를 해대는, 밤하늘 빛의 긴 머리카락과 수정을 연상케 하는 눈동자를 지닌 아름다운 여자아이.

조금 전부터 집요하게 시도를 화장실로 데려가려고 하는, 인형처럼 무표정한 여자아이.

금방이라도 울음을 터뜨릴 것 같은 표정을 짓고 있는, 왼손에 퍼펏 인형을 낀 여자아이.

입에 막대 사탕을 물고 머리카락을 두 갈래로 나눠 묶은, 기가 세 보이는 여자아이.

그 여자아이에게서 **빼앗은** 사탕을 든 채 도망치고 있는, 장난기 많아 보이는 여자아이.

장난기 많아 보이는 여자애와 판박이처럼 닮은, 무표정한 얼굴의 여자아이.

그리고 다른 아이들보다 약간 키가 크고, 목소리가 너무나도 아름다운 여자아이.

다들, 입만 다물고 있으면 너무나도 귀여운 소녀들이었다. 하지만— 중요한 점은 그것이 아니었다. 시도는 그녀들을 다시 한 번 둘러본 후 한숨을 내쉬었다.

시도는 저 어린 소녀들의 얼굴이 눈에 익었다.

토카, 오리가미, 요시노, 코토리, 카구야, 유즈루, 그리고 미쿠.

그렇다. 그녀들은 시도의 지인 혹은 여동생과 완벽하게 같은 신체적 특징을 지녔다.

속사정을 모르는 이가 보면 친척이나 기적적으로 닮은 타인이라고 생각할 것이다.

하지만 시도는 안다. 그녀들은 닮은 사람이 아니라 본인이라는 사실을 말이다.

이것은 일반적으로는 일어날 수 없는 현상이다. 보통 생물의 육체는 시간의 흐름에 따라 성장 혹은 노화해간다. 하지만 이 소녀들은 시간이 거꾸로 흐르기라도 한 것처럼 어려지고 말았다.

아니…… 어쩌면 이 표현조차 잘못된 것일지도 모른다.

토카를 비롯한 정령들의 신체가 인간처럼 나이를 먹는지는 알 수 없다. 몇 년 전의 토카가 이런 모습을 하고 있었다는 확증 또한 없다.

즉, 그녀들의 시간이 되감긴 것이 아니라 그녀들의 신체가 어린아이로 『변하고』만 것이다.

흉악한 힘을 지닌— 한 정령에 의해서.

"나츠미…… 대체 왜……."

시도는 마녀 복장을 한 소녀를 떠올리면서 혼잣말을 중얼거렸다.

며칠 전, 시도는 나츠미라는 이름의 정령과의 승부에서— 승리했다.

하지만 그 후, 나츠미는 이 자리에 있는 소녀들을 어리게 만들고는 사라져버리고 말았다.

그 결과, 그날부터 시도의 집은 간이 탁아소가 되고 말았다.

"시도! 시도!"

"시도, 이제 한계야."

"으, 으으……."

"이익, 거기 서!"

"후하하! 잡을 수 있으면 잡아보거라!"

"조소. 겨우 그 정도인가요."

"달~링~! 달~링~!"

"알았어! 알았으니까 일단 다들 진정해……!"

사방에서 잡아당겨질 뿐만 아니라 앞뒤로 마구 흔들리던 시도는 결국 고함을 질렀다. 하지만 시도가 고함을 질러도 소녀들은 하던 짓을 멈추지 않았다.

바로 그때.

"……실례할게."

시도가 학급 붕괴 상태인 반의 담임 선생님 같은 상황에 처해 있을 때, 느닷없이 거실문이 열리면서 한 여성이 안으로 들어왔다.

대충 묶은 머리카락과 짙은 다크서클에 감싸인 졸린 듯한 두 눈동자. 그녀의 상의 가슴 언저리에 달린 호주머니에는 꿰맨 자국이 잔뜩 있는 곰 인형이 들어 있었다. 그녀는 바로 시도네 반의 부담임이자 비밀 기관 〈라타토스크〉의 해석관인 무라사메 레이네였다.

"레이네 씨!"

"……신, 고생 많네."

그렇게 말한 레이네는 상황을 파악하듯 거실 안을 둘러본 후, 천천히 손을 뻗었다. 그리고 거실 안을 뛰어다니고 있는 야마이 자매의 목덜미를 잡았다.

"우왓?!"

"충격. 으윽."

레이네에게 잡힌 카구야와 유즈루는 눈을 동그랗게 떴다. 레이네는 몸을 낮춰 두 사람과 눈높이를 맞춘 후, 상냥한 목소리로 말했다.

"……카구야, 유즈루. 남의 물건을 함부로 뺏으면 안 돼. 너희 과자를 남이 멋대로 먹어버린다면 너희도 기분 나쁘지 않겠니?"

레이네의 말을 들은 두 사람은 반성하듯 고개를 푹 숙였다.

"으음……."

"……반성. 잘못했어요."

"……그렇게 생각한다면 코토리에게 사과하렴."

레이네는 카구야와 유즈루의 어깨를 가볍게 두드려줬다. 그러자 두 사람은 코토리를 향해 돌아서더니 고개를 숙였다.

"으음…… 내가 잘못했느니라."

"사죄. 이제 안 그럴게요."

"……자아, 코토리. 저 애들이 멋대로 먹은 사탕은 내가 나중에 사줄게. 그러니까 그녀들을 용서해주지 않겠니?"

레이네가 그렇게 말하면서 코토리를 바라보자, 그녀는 흥

하고 살짝 코웃음을 치면서 팔짱을 꼈다.

"돼, 됐으니까 안 그래도 돼. ……내가 먼저 나눠줬으면 좋았을 텐데 그러지 못해서 미안해."

"……세 사람 다 정말 착한 아이구나."

레이네는 코토리, 카구야, 유즈루의 머리를 부드럽게 쓰다듬어줬다. 그러자 세 사람 다 부끄러움을 타듯 고개를 살짝 돌렸다.

"……자아, 너희는 뭐가 문제니?"

그리고 레이네는 시도 쪽으로 다가가더니, 그의 옷자락을 움켜쥔 토카, 오리가미, 요시노, 미쿠를 번갈아 바라보았다. 그리고 넷의 이야기를 들은 후, 차분한 목소리로 말했다.

"……토카. 신은 지금 좀 바빠. 조금만 기다려주지 않겠니? 대신 이 쿠키를 줄게. ……오리가미. 신은 혼자서 화장실에 갈 수 있는 애를 좋아한단다. ……요시노, 안심하렴. 네가 오늘 아침에 그릇을 깬 걸 신은 전혀 개의치 않는단다. ……미쿠. 신은 너를 무시하고 있는 게 아니야."

레이네는 이런 식으로 한 사람 한 사람에게 말을 걸면서 너무나도 쉽게 아이들을 달랬다. 어린이집 교사들도 울고 갈 만큼 멋진 솜씨였다.

"레이네 씨…… 덕분에 살았어요. 저 혼자서는 어떻게 할 수가 없었거든요……."

"……아냐. 이 아이들을 너 한 사람에게 맡긴 건 우리잖아. 정말 미안해."

"아뇨. 나츠미의 반응을 찾느라 바빠서 그런 거잖아요. 그건 그렇고—."

시도는 어느새 조용해진 소녀들을 둘러보면서 쓴웃음을 지었다.

"조금 전에는 정말 대단했어요. 레이네 씨. 완전 아이를 둔 엄마 같았어요."

"……."

시도가 별생각 없이 한 말을 들은 레이네의 눈썹이 희미하게 흔들렸다.

다음 순간, 시도는 자신이 말실수를 했다는 사실을 깨달았다. 그저 존경의 뜻을 담아서 한 말에 불과했지만, 차분하게 생각해보니 미혼 여성에게 할 말이 아니었다는 생각이 들었다. 시도는 허둥지둥 손을 저으면서 말했다.

"죄, 죄송해요. 따, 딱히 별다른 뜻은 없었다고나 할까……."

"……아니, 괜찮아."

레이네는 그다지 신경 쓰지 않는 듯한 말투로 말했다. ……하지만 레이네는 감정을 겉으로 잘 드러내지 않기 때문에, 진짜로 괜찮은지 아닌지는 알 수가 없었다.

"그, 그런데 레이네 씨. 나츠미는 찾았어요?"

화제를 바꾸기 위해 시도가 한 말을 들은 레이네는 천천히 고개를 저었다.

"……역시 나츠미는 영파(靈波)를 은폐할 수 있는 것 같아. 영파를 감지하는 관측기를 광범위 전개했지만 아직 그녀의

반응을 찾아내지 못했어. ······그리고 그녀가 이미 인계(隣界)
로 소실되었을 가능성도 있어."

"그렇······군요."

이 상황을 호전시키기 위해서는 이 사태를 일으킨 나츠미를
찾아내야 한다. 시도는 변해버린 소녀들을 둘러본 후, 레이네
를 향해 고개를 돌렸다.

"그런데······ 나츠미는 왜 이런 짓을 한 걸까요?"

"······글쎄. 그 상황에서 도주하기 위한 긴급 조치였을 가능
성도 있고, 정령들을 약체화시킴으로써 너에게 경고를 한 것
일 수도 있어. 혹은—."

"혹은?"

시도가 고개를 갸웃거리자, 레이네는 손가락 하나를 세우면
서 말했다.

"······너를 괴롭히려고 그런 걸지도 몰라."

"······."

레이네의 말을 들은 순간, 시도의 표정이 딱딱하게 굳었다.
레이네는 농담을 한 것일지도 모르지만, 시도에게는 그 말이
정답처럼 들렸기 때문이다.

◇

영국의 히스로 공항에서 일본의 나리타 공항까지 이동하는
데는 약 열한 시간이 소요된다.

자가용 제트기의 기내에서 간단한 잡무를 처리하던 아이작·웨스트코트는 공항의 전용 터미널에서 나오자마자, 기다리고 있던 자동차를 타고 일본 내 숙박지인 도쿄도 텐구 시에 위치한 호텔로 향했다.

　애시블론드빛 머리카락과 날 선 칼날처럼 날카로운 눈매가 인상적인 이 남성의 나이는 30대 중반 정도로 보였다. 하지만 그가 지닌 위험한 분위기가 그를 가볍게 여길 수 없게 했다. 그와 직접적으로 대면한 적이 있는 인간이라면 적어도 DEM인더스트리라는 세계적인 기업을 짊어지기에는 너무 젊다— 같은 말은 절대 하지 못할 것이다.

　"그건 그렇고, 이렇게 단기간에 일본과 영국을 왕복하다 보니 꽤 피곤한걸. 차라리 일본을 근거지로 삼는 건 어떨까? 엘렌."

　웨스트코트가 어깨를 으쓱하면서 그렇게 말하자, 옆자리에 앉아 있던 플래티나 블론드빛 머리카락을 지닌 소녀가 날카로운 눈빛을 띠며 그를 노려보았다.

　"솔직하게 말하자면 이번 일본행은 연기했으면 했습니다. **그런 일**이 있은 후로 얼마 지나지도 않았는데 또 자신의 근거지를 비우다니, 정말 믿기지가 않는군요."

　그녀는 굳은 목소리로 말했다. 엘렌·M·메이저스. 웨스트코트의 직속 부하이자, DEM인더스트리가 소유한 어둠의 실행 부대인 제2집행부의 책임자이기도 했다.

　"그렇게 칭찬하지 마. 부끄럽단 말이야."

"칭찬이 아니에요."

엘렌은 딱 잘라서 말했다. 그 말을 들은 웨스트코트는 어깨를 으쓱했다.

하지만 그녀의 말에도 일리는 있었다. 며칠 전, 영국의 DEM인더스트리 본사에서 열린 이사회에서 웨스트코트의 해임 요구 안이 나왔던 것이다.

그때는 엘렌의 **물리적 설득**에 의해 해임 요구가 기각되었지만, 이렇게 빈번하게 본사를 비우는 것은 웨스트코트를 적대시하는 젊은 이사들에게 준비 기간을 주는 것이나 다름없었다. 그들이 또 반기를 들 가능성은 다분했다. 그러니 엘렌이 신경질적인 반응을 보이는 것도 무리는 아니었다.

하지만 웨스트코트는 미소를 머금으며 말했다.

"뭐, 상관없어. 나는 빈틈을 보일 때마다 상대의 목젖을 물어뜯으려고 할 만큼 야성적인 인간을 좋아하거든."

"당신은 괜찮을지 모르지만, 뒤처리를 해야 하는 사람들도 생각해주세요."

"가능한 한 선처하지."

웨스트코트의 말을 들은 엘렌은 불만을 표시하듯 입술을 삐죽 내밀었다.

"그것보다 예의 건에 대해서는 조사했나?"

"……예. 여기 있습니다."

한숨을 내쉰 엘렌은 가방 안에서 클립으로 고정한 서류 다발을 꺼내 웨스트코트에게 건넸다. 서류 다발을 받아 든 웨스트코트는 그 서류에 인쇄된 사진과 문장을 읽어나갔다.

그것은 이츠카 시도라는 이름의 소년과 그를 둘러싼 환경에 관한 조사 자료였다.

"……호오. 십여 년 전에 지금 사는 집의 양자가 되었군. 그리고 여동생은 정령 〈이프리트〉로 의심된다. 라……. 잘도 이만큼이나 모였군. 아니…… 모았다. 고 봐야 하려나?"

웨스트코트는 크큭 웃으면서 자료를 넘겼다. 다음 종이에는 몇몇 소녀의 사진이 인쇄되어 있었다.

"〈프린세스〉, 〈허밋〉, 〈베르세르크〉, 〈디바〉— 그리고 방금 말했던 〈이프리트〉. 확인된 것만으로도 총 여섯 명의 정령이 그의 곁에 있군. 엘렌. 자네는 이 점에 대해 어떻게 생각하지?"

"……〈라타토스크〉가 관여한 것이 아닐까 합니다."

웨스트코트의 질문을 들은 엘렌은 약간 언짢은 표정을 지으면서 입을 열었다.

"그래, 아마 틀림없겠지. 정령의 힘을 봉인할 수 있는 소년 — 그를 〈라타토스크〉가 이용하고 있다는 건 의심할 여지가 없어. 그런 말도 안 되는 능력을 지녔다고 해도, 거대 조직의 백업 없이 이 정도 숫자의 정령을 봉인하는 건…… 아니, 그 이전에 접촉하는 것조차 불가능하겠지. 하지만—."

웨스트코트는 말을 끊은 후, 손가락으로 서류 다발을 튕겼다.

"과연 그것뿐일까?"

"그게 무슨 말씀이시죠?"

엘렌은 영문을 모르겠다는 표정을 지으면서 물었다. 그러자 웨스트코트는 어깨를 으쓱했다.

"말 그대로야. 이 기이하고 기묘한 상황이 과연 우리의 원적(怨敵) 〈라타토스크〉의 의지만으로 만들어진 것일까?"

"……그들 외에도 보이지 않는 곳에서 상황이 이렇게 되도록 유도하는 자가 있다는 건가요?"

"글쎄. 하지만 설령 그렇다고 해도 우리가 해야 할 일은 변함없어. ―그렇지? 엘렌. 엘렌·M·메이저스. 인류 최강의 마술사여."

그 말을 들은 엘렌은 몇 초 동안 웨스트코트의 생각을 읽으려는 것처럼 그를 바라본 후, 천천히 고개를 끄덕였다.

"물론입니다."

그녀의 얼굴에서 망설임이나 주저 같은 감정은 눈곱만큼도 찾아볼 수 없었다. 그런 그녀의 얼굴을 본 웨스트코트는 만족스러운 표정을 지으며 고개를 끄덕였다.

"당연히 그래야지. ―준비가 되는 대로 바로 움직여줘야겠어."

"―예. 그럼 누구부터 시작할까요? 역시 〈프린세스〉인가요?"

엘렌은 웨스트코트가 들고 있는 자료를 바라보면서 말했다. 그 말을 들은 웨스트코트는 "아니."라고 말하면서 고개를 저었다.

"이 자료에 실린 정령들은 한동안 두고 볼까 해. —물론 기회가 생긴다면 그대로 목을 쳐도 괜찮지만 말이야."

"이유가 뭐죠?"

엘렌의 질문을 받은 웨스트코트는 〈프린세스〉 야토가미 토카의 사진을 가리켰다.

"〈프린세스〉가 반전체가 됐던 것은 기억하고 있겠지? 경애하는 『마왕』이 우리 앞에 모습을 드러냈었지 않나."

"예."

"〈프린세스〉가 반전체가 된 원인은— 바로 이 소년, 이츠카 시도였지. 자네가 그를 죽이려고 한 순간, 〈프린세스〉는 절망의 늪에 빠져, 자신에게 주어진 것 이상의 힘을 강렬하게 갈구했고— 그 결과, 마왕 〈포학공(暴虐公)〉을 쥐게 됐어."

웨스트코트는 자료를 자신의 무릎 위에 올려놓은 후, 양손을 펼쳤다.

"우리가 그렇게 간절하게 원해왔던 『마왕』이 그렇게 간단하게 나타날 줄 누가 알았겠나. 정령은— 적어도 〈프린세스〉는 그를 진심으로 존중하고, 신뢰하며, 사랑하고 있어. 멋진 일 아닌가? 그러니 그들이 더욱 신뢰 관계를 쌓도록 놔두는 거야. 머지않아 찾아올 그때를 위해서…… 말이야."

그 말을 들은 엘렌은 웨스트코트의 의도를 눈치챈 것 같았다. 그녀는 표정을 바꾸지 않은 채, 고개만을 천천히 끄덕였다.

이츠카 시도와 정령들의 관계가 깊어질수록, 정령들이 이츠카 시도에게 의존하게 될수록, 그를 잃었을 때 정령들이 느끼는 절망은 깊고 커지리라. 그야말로— 그들에게 주어진 것 이상의 힘을 갈구하게 될 정도로 말이다.

"이츠카 시도를 『열쇠』로 쓰려는 건가요?"

"『열쇠』라. 음, 꽤 괜찮은 표현이군."

엘렌의 말을 들은 웨스트코트는 미소를 지었다.

"아이러니한걸. 〈라타토스크〉가 찾아낸 대(對) 정령용 비밀 병기가 우리에게 있어서도 비장의 카드가 되다니 말이야."

"약은 쓰이기에 따라 얼마든지 독이 될 수 있으니까요. 하지만—."

엘렌이 무슨 말을 하려는지는 웨스트코트도 예상이 되었다. 즉, 그녀가 사냥해야 할 정령이 누구인지를 묻는 것이다.

웨스트코트는 고개를 끄덕이면서 입을 열었다.

"이미 목표는 정해뒀지. 얼마 전에 AST 측에서 보고가 있었던 걸 기억하나? 변신 능력을 지닌 정령— 〈위치〉가 텐구 시 근교에 출현한 후, 아직 로스트되지 않았다…… 는 보고 말이야."

◇

"……안녕."

다음 날 아침. 시도는 하품을 하면서 이츠카 가의 거실에 들어갔다.

어제 시도는 어린아이로 변한 소녀들을 시도의 방에서 잘

조(시도, 토카, 요시노, 미쿠)와 코토리의 방에서 잘 조(코토리, 카구야, 유즈루)로 나눠서 재우기로 했다. 하지만…… 요시노와 미쿠가 밤새도록 시도에게 찰싹 달라붙어 있는데다, 토카가 그의 몸 위에 올라탄 채 잔 탓에 거의 잠을 자지 못했다.

하지만 모든 소녀들이 시도의 집에서 잔 것은 아니었다. 오리가미는 할 일이 있다면서 무지막지하게 아쉬워하며 자기 집으로 돌아간 것이다.

그러고 보니 시도의 속옷과 칫솔 같은 것들이 어느새 사라졌던데…… 대체 언제 없어진 걸까?

"안녕, 시도."

"좋은 아침이에요~ 달~링~."

"좋은 아침…… 이에요……."

『굿모닝~.』

시도보다 먼저 거실에 와 있던 코토리, 미쿠, 요시노, 그리고 『요시농』이 시도를 바라보면서 인사를 건넸다.

"응. 다들 일찍 일어났네."

시도의 말을 들은 세 소녀와 한 인형은 각각 다른 표정을 지었다.

"최소한의 자기 관리는 하고 있다구."

"펴, 평소에…… 일어나는 시간이라……."

"일찍 자고 일찍 일어나기는 피부 관리의 생명이거든요~. 아이돌의 기본이라구요~."

코토리는 팔짱을 끼면서, 요시노는 부끄러움을 타듯 고개를 숙이면서, 미쿠는 자신의 볼을 매만지면서 자랑하듯 말했다. 아무래도 이 세 사람은 어려졌는데도 생활 리듬이 무너지지 않은 것 같았다.

시도는 자신의 방에서 행복한 표정으로 자고 있는 토카를 떠올리면서 무심코 웃음을 터뜨렸다. 지금 이 자리에 없는 야마이 자매도 코토리의 방에서 자고 있는 것이리라. 그 모습을 상상하자, 시도의 입가에 맺힌 미소가 더욱 짙어졌다.

"―자, 금방 아침 만들어줄 테니까 조금만 기다려."

그렇게 말한 시도는 앞치마를 걸친 후, 아침 준비를 시작했다.

달걀과 우유, 설탕을 섞은 후, 거기에 먹기 좋은 크기로 자른 식빵을 담갔다 꺼내서 버터를 녹인 프라이팬에 구웠다. 이것은 바로 만들기 쉽고 맛있는 프렌치토스트였다. 그리고 식빵을 달걀에 담가둔 동안 샐러드와 수프를 준비했다. 20분도 채 지나지 않아, 이츠카 가의 부엌에서 맛있는 냄새가 피어올랐다.

"자, 곧 완성되니까 테이블을 정리해줘."

『예~.』

시도의 말을 들은 세 소녀는 행동을 개시했다. 요시노는 테이블 위에 있는 물건들을 치웠고, 코토리는 행주로 테이블을 닦았으며, 미쿠는 요리가 담긴 접시를 테이블로 옮겼다. 평소에도 자주 보던 풍경이지만, 어려진 그녀들이 저러고 있으니 부모를 돕는 착한 아이들처럼 보였다.

"자, 그럼 먹자. 잘 먹겠습니다."

『잘 먹겠습니다~.』

시도를 따라 하듯 양손을 모은 세 사람은 고개를 살짝 숙였다.

"아! 맛있……어요."

"뭐, 나쁘지는 않네."

프렌치토스트를 먹은 요시노는 눈을 치켜떴고, 코토리는 살짝 코웃음을 쳤다. 이렇든 저렇든 간에 자신이 만든 요리를 먹고 기뻐해주는 모습을 보니 시도는 기분이 좋았다. 그는 미소를 지으면서 포크로 토스트를 찍었다.

"저기, 달링~ 달링~."

그리고 시도가 토스트를 먹으려고 한 순간, 옆에 있던 미쿠가 옷소매를 잡아당겼다.

"응? 왜 그래, 미쿠."

시도의 말을 들은 미쿠는 양손을 모으더니 "아~." 하고 말하면서 입을 벌렸다.

"어?"

"정말. 아~ 예요. 아~."

미쿠는 화가 난 것처럼 볼을 부풀린 후, 다시 입을 열었다.

"아, 그래……."

시도는 토스트를 한 입 크기로 자른 후 미쿠의 입에 넣어줬다. 그러자 미쿠는 양손을 볼에 대면서 밝은 목소리로 외쳤다.

"아앙~! 너무 맛있어요~. 달링이 먹여주니 더 맛있는 것 같아요~."

"하하……. 뭐, 맛의 차이는 없을 것 같은데 말이야."

시도가 쓴웃음을 지으면서 고개를 돌려보니, 정면에 앉은 코토리와 그녀의 옆에 앉아 있는 요시노가 놀란 듯한 표정을 짓고 있었다.

"응? 두 사람 다 왜 그래?"

시도가 묻자, 코토리와 요시노는 "으음……." 하고 신음을 흘리면서 눈썹을 살짝 찌푸렸다.

바로 그때.

『타앗!』

"꺄앗……?!"

무슨 생각을 한 것인지, 『요시농』이 요시노의 오른손 손목을 향해 날카로운 수도 치기를 날렸다. 그 탓에 요시노는 쥐고 있던 포크를 떨어뜨리고 말았다.

"어, 어이, 요시농?"

『아앙~! 미안, 시도 군~. 덜렁이 요시농 때문에 요시노가 포크를 떨어뜨리고 말았어~. 미안하지만 요시노에게도 토스트를 먹여주지 않겠어~?』

"뭐……? 그것보다는 새 포크를 갖다 주는 게……."

『먹·여·주·지·않·겠·어?』

『요시농』이 시도를 향해 얼굴을 내밀면서 협박하듯 말했다.

시도는 압도당하기라도 한 것처럼 "아, 알았어……."라고 말하면서 고개를 끄덕였다.

"저, 저기…… 시도 씨……. 죄송해요."

"요시노 탓이 아니잖아. 사과 안 해도 돼. 자, 아~."

"아, 아~."

시도가 토스트가 꽂힌 포크를 내밀자, 요시노는 주저하듯 천천히 입을 벌렸다.

그리고 토스트를 입안에 넣은 요시노는 꼭꼭 씹으면서 부끄러움 섞인 미소를 지었다.

"고마……워요. 정말…… 맛있어요."

"그래? 그럼 다행이야."

미소를 지어 보이면서 요시노에게 새 포크를 준 시도는 자신의 접시를 향해 고개를 돌렸다. 하지만—.

"……으으……."

맞은편에 앉아 있는 코토리의 눈이 금방이라도 눈물이 흘러내릴 것 같을 정도로 새빨개져 있다는 것을 알고는 식사를 할 수가 없었다.

"……으음."

시도는 코토리가 왜 저러는지 금방 눈치챘다. 어려진 탓일까, 코토리는 평소보다 감정의 기복이 심해진 것 같았다. 시도는 방금 미쿠와 요시노에게 해줬던 것처럼, 한 입 크기로 자른 토스트를 코토리를 향해 내밀었다.

"자, 코토리. 아~ 해봐."

"……! 따, 딱히 그딴 걸 바라는 건 아니라구. 어, 어린애 취급하지 말아줄래?!"

"……너는 지금 어린애잖아."

"으윽……!"

코토리는 잠시 동안 주저한 후, 토스트를 먹었다.

그리고 토스트를 삼킨 코토리는 입술을 삐죽 내민 후, 고개를 옆으로 돌리면서 낮은 목소리로 말했다.

"……고마워."

"별말씀을요."

시도는 그렇게 말한 후, 자신의 입에 토스트를 넣으려고 했다.

하지만 그 순간, 느닷없이 거실 문이 열리더니— 무지막지하게 졸려 보이는 토카가 안으로 들어왔다.

"……으음, 맛있는 냄새가 나는데……."

토카는 그렇게 말한 후, 하아아암…… 하고 크게 하품을 했다.

너무나도 토카다운 모습이었다. 그 모습을 본 시도와 세 소녀는 서로를 바라보며 거의 동시에 웃음을 터뜨렸다.

"—그런데 오늘은 어쩔 거야?"

아침 식사를 끝낸 후, 코토리는 시도를 바라보면서 물었다. 참고로 프렌치토스트를 다 먹은 토카는 만족스러운 표정을 지으면서 소파에 드러눕더니 또 꿈나라로 떠나고 말았다.

"아, 오늘은 학교에 가볼까 해. 나츠미 일도 있고, 너희에게 집을 보게 하는 것도 좀 그러니까 점심시간이 되기 전에 돌아올게. ……토노마치와 다른 사람들이 어떤지도 좀 신경 쓰이거든."

시도는 볼을 긁적이면서 말했다. 그렇다. 일전의 사건에 휘말린 것은 이 집에 있는 소녀들만이 아니었다.

시도의 클래스메이트인 토노마치 히로토, 야마부키 아이, 하자쿠라 마이, 후지바카마 미이, 그리고 담임인 오카미네 타마에 선생님. 이 다섯 명도 정령·나츠미에 의해 일시적으로 천사 안에 갇히고 말았었다.

다행히 그들은 토카나 다른 소녀처럼 어려지지는 않았지만, 시도 때문에 그들이 위험한 사건에 휘말렸다는 사실에는 변함이 없었다. 그렇기에 시도는 의식을 되찾은 그들이 무사한지를 자신의 두 눈으로 확인하고 싶었다.

"그래? 알았어. 하지만 나츠미가 어디에 있는지 모르는 상황이니까 조심하도록 해."

"그래. 알았어. —금방 갔다 올 테니까 카구야와 유즈루가 일어나면 아침을 데워서 줘. 갓 구운 게 맛있지만 애들이 불을 다루다 사고라도 나면 큰일이니까 말이야."

"그러니까 어린애 취급……."

코토리는 말을 멈춘 후, 불만을 표시하듯 입을 삐죽 내밀면서도 고개를 끄덕였다.

시도는 그런 코토리의 머리를 쓰다듬어준 후(물론 요시노와 미쿠도 쓰다듬어줬다), 등교 준비를 했다. 그리고 신발을 신은 후 현관문의 손잡이를 잡았다.

"그럼 뒷일을 부탁해. 일단 인터컴을 계속 끼고 있을 테니까 무슨 일 생기면 연락 줘."

"알았으니까 빨리 가봐."

"다녀…… 오세요."

"달링~ 뽀뽀 안 해줘요? 작별의 뽀뽀 안 해줄 거예요~?"

코토리, 요시노는 손을 흔들었고, 미쿠는 키스를 해달라는 듯이 입술을 내밀었다. 시도는 쓴웃음을 지으면서 손을 흔든 후, 현관문을 열고 밖으로 나갔다.

날씨는 화창했다. 지금 시도를 둘러싼 복잡한 상황과는 대조적으로 기분 좋은 가을 햇살이 하늘에서 쏟아지고 있었다.

"으음……."

시도는 햇살을 맞으며 기지개를 켠 후 학교를 향해 걸음을 옮겼다.

"……어?"

그리고 집에서 나와 몇 걸음 옮겼을 즈음, 시도는 갑자기 걸음을 멈췄다. 그리고 좌우를 둘러본 후…… 고개를 갸웃거렸다.

"아무도…… 없지?"

한순간, 누군가의 시선이 느껴진 것 같은 느낌이 들었지만…… 기분 탓일까.

어쩌면 나츠미와의 문제가 해결되지 않아서 신경이 예민해진 것일지도 모른다. 시도는 한숨을 내쉬면서 가슴을 진정시킨 후, 다시 학교를 향해 걸음을 옮겼다.

"내 말 좀 들어봐, 시도! 나, 엄청 불가사의한 체험을 했어!"

시도가 2학년 4반 교실에 들어온 순간, 머리카락을 왁스로 세운 소년이 흥분을 감추지 못하면서 시도에게 다가왔다. 그는 바로 시도의 친구인 토노마치 히로토였다.

보아하니 몸에는 별다른 이상이 없는 것 같았다. 절친의 건강한 모습을 본 시도는 마음속으로 안도하면서 그를 향해 입을 열었다.

"무슨 일이야, 토노마치. 자신이 빅풋[1]의 후예라는 걸 드디어 깨달은 거야?"

"그래그래. 요즘 팔에 난 털이 엄청 빠르게 자라는 것…… 그, 그게 아니라!"

시도의 농담을 들은 토노마치는 오버 리액션을 보인 후, 고개를 세차게 저었다.

"빅풋이 아니라…… 우주인이라고, 우주인!"

"우주인? 그래. 지구상의 미확인 동물일 줄 알았는데, 우

#1 빅풋(Bigfoot) 로키 산맥에서 목격된다는 미확인 동물로, 털이 많고 발이 큰 것으로 알려져 있음.

주인일 줄이야……."

"아, 아냐! 그런 게 아니라고! 나, 25일 밤에 잠들었는데, 잠에서 깨어보니 28일이더라고!"

"어이 어이, 아무리 그래도 그건 너무 많이 잔 거 아냐?"

"그래! 이상하지?! 진짜로 불가사의한 일이잖아! 잠에서 깨어나 보니 며칠이나 지난 데다, 가족들에게 물어보니 그동안 나는 행방불명됐었대! 가족들이 경찰에 실종 신고까지 했더라고! 안 믿기지?!"

"그래서 뭐야? 우주인에게 납치라도 됐다는 거야?"

"그래! 그것 외에는 가능성이 없잖아?!"

시도는 볼을 긁적였다. 토노마치는 나츠미의 천사에게 잡혀 있었을 때를 말하는 것이리라. 하지만 그에게 사실을 말해줄 수는 없는데다, "어이, 토노마치. 그건 우주인이 아니라 정령이 벌인 일이야. 너는 정령의 천사 안에 갇혀 있었어. 참고로 말하자면, 공간진도 정령이 일으키는 거야. 그리고 나는 정령의 힘을 봉인하는 능력을 지녔어."라고 말해본들 "아, 그, 그렇습니까……. 그럼 저는 이만 수업 준비 하러 가겠습니다요……."라고 말하면서 자기 자리로 돌아가고 말 것이다. 그렇기에 시도는 미심쩍은 눈빛으로 그를 쳐다보고만 있었다. 아무튼, 그가 무사해서 다행이다.

한편, 토노마치의 목소리를 들은 세 여학생이 이쪽으로 다가왔다.

"아, 잠깐!"

"꽤 신경 쓰이는 이야기를 하고 있네~."

"토노마치 군도 불가사의 체험 그룹이야~?"

토카의 친구이자— 토노마치와 마찬가지로 일전의 사건에 휘말렸던 삼인조인 아이, 마이, 미이가 우리의 대화에 끼어들었다.

"응? 뭐야. 설마 너희도 불가사의한 일을 겪은 거야?"

토노마치의 말을 들은 아이, 마이, 미이는 고개를 끄덕였다.

"응, 맞아~. 다들 안 믿어주지만 말이야~."

"우리도 요 며칠 동안의 기억이 없다구~."

"이거 역시 우주인? 아니면 정체불명의 비밀 결사 조직이 벌인 짓일까?"

그렇게 말한 세 사람은 우리에게 다가온 후, 그대로 이야기 꽃을 피웠다.

"그러고 보니 타마 선생님도 비슷한 체험을 했대~."

"뭐, 정말? 이거 진짜로 우연이 아닌 것 같네."

"이걸로 다섯 명…… 왠지 음모의 냄새가 나는걸……!"

"설마 우리 모두 정체불명의 비밀 결사 조직에 납치당했던 걸까?!"

"개조 수술을 받은 우리에게는 인간을 초월한 힘이 있다든 가?!"

"게다가 사람 수도 다섯 명…… 이거 왠지 히어로 전대를 조직하는 흐름 같지 않아?!"

아이, 마이, 미이는 동시에 『이얍!』 하고 외치면서 멋진 포즈를 취했다.

"자, 레드도 빨리 포즈를 취해!"

"오, 오케이!"

그 말을 들은 토노마치는 세 소녀 앞에서 멋진 포즈를 취했다.

"자아, 힘을 합쳐 세상을 어지럽히는 악의 괴인들을 쓰러뜨리는 거야!"

"악의 괴인……?"

"그래. 우리 주변에는 인간으로 변신해 몰래 나쁜 짓을 하는 괴인들이 있다구!"

"구체적으로 말하자면, 느닷없이 여자애의 가슴을 주무르고, 치마를 들치는 데다, 입술까지 빼앗으려고 하는 괴인 말이야!"

"각오해! 음란 괴인 이츠카 시도!"

"나?!"

그 말을 들은 시도는 화들짝 놀랐다.

그러고 보니, 일전에 시도로 변신한 나츠미가 학교에서 이런 저런 나쁜 짓을 한 적이 있었다. 아무래도 저 세 소녀는 그때 일을 잊지 않은 것 같았다.

"그, 그랬구나, 이츠카……. 확실히, 요즘 들어 네가 좀 이상하긴 했어."

"토노마치 군, 혹시 짐작 가는 데라도 있는 거야?!"

"으, 응……. 내 기억이 끊어지기 얼마 전부터, 이츠카의 시선이 좀 신경 쓰였다고나 할까⋯⋯ 사우나에 같이 가서는 계속 내 몸을 더듬어댔고⋯⋯."

"꺄아~! 꺄아~!"

"이, 이츠카 군, 성별을 안 가리는 거야?!"

"오기 양! 『동인녀들이 뽑은 교내 베스트 커플』 선정 위원장인 오기 양! 랭킹에 큰 변화를 줄 수 있는 사태가 발생했어요~!"

"이츠카⋯⋯ 역시 그건, 그렇고 그런 거였냐⋯⋯?"

"토, 토노마치까지 무슨 소리를 하는 거야?! 그리고 곧 조례가 시작된다고."

시도가 그렇게 말한 순간, 교실에 설치된 스피커에서 차임 소리가 흘러나왔다.

"아, 선생님 오실 때가 다 된 것 같네."

"말 돌리지 마! 이츠카, 너, 정말⋯⋯!"

토노마치가 차임을 무시하면서 뜨거운 목소리로 말했다. 하지만⋯⋯.

"아, 조례 시간이 다 됐네~."

"자리로 돌아가야지~."

"오늘 1교시는 뭐였더라~?"

아이, 마이, 미이는 재빨리 자리로 돌아갔다. 자각하고 한 짓인지는 모르겠지만, 그녀들은 완벽하게 토노마치를 고립시켰다. 결국 토노마치는 식은땀을 흘리면서 "이, 이 이야기는 다음에 계속하자⋯⋯."라고 말하면서 자기 자리로 돌아갔다.

그리고 잠시 후, 교실 문이 열리더니 안경을 낀 조그마한 체구의 여성이 교실 안으로 들어왔다. 이 반의 담임이자 일전의 사건에 휘말린 사람 중 한 명인 오카미네 타마에 선생님, 통칭 타마 선생님이다.

　아무래도 선생님도 무사한 것 같았다. 시도는 안도의 한숨을 내쉬려— 미간을 찌푸렸다.

　이유는 단순했다. 타마 선생님이 좀 이상해 보였기 때문이다. 그녀의 이마에는 땀방울이 맺혀 있었고, 눈동자는 심하게 흔들리고 있었다. 아무래도 꽤 동요한 것처럼 보였다. 대체 무슨 일이 있었던 것일까.

　시도가 의아한 표정을 지으며 타마 선생님을 바라보고 있을 때, 그녀 또한 시도를 향해 고개를 돌렸다. 그리고 머뭇거리면서 입을 열었다.

　"저기…… 이츠카 군."

　"아, 예?"

　시도가 대답하자, 타마 선생님은 당혹스러운 표정을 지었다.

　"저, 저기 말이죠. 이츠카 군을 찾아온 손님이 있는데, 저기……."

　"나를 찾아온, 손님……?"

　시도는 고개를 갸웃거렸다. 자신을 찾아 학교에 올 만한 사람이 없기 때문이다. 〈라타토스크〉 관계자인 건 아닐까 하고 생각했지만, 만약 그들이라면 미리 인터컴을 통해 그 사실을 알렸을 것이다.

"……!"

바로 그때, 두 가지 가능성이 시도의 머릿속을 스치고 지나갔다.

DEM인더스트리와…… 정령·나츠미.

"그 손님은 어디 있죠?"

"아, 그게, 교무실에……."

하지만 타마 선생님이 말을 끝까지 잇기도 전에…….

"시도!"

교실 입구 쪽에서 힘찬 목소리가 들렸다.

"앗……?!"

그쪽을 쳐다본 순간— 시도는 숨을 삼켰다.

그곳에 서 있는 이는 DEM인더스트리의 자객도 아니거니와, 나츠미도 아니었다. 그 사람은 바로…… 시도네 집에서 자고 있을 줄 알았던, 어려진 토카였다.

타마 선생님은 허둥지둥 토카에게 다가갔다.

"이, 이러면 곤란해요! 교무실에서 기다려달라고 말했잖아요!"

"음? 이유가 뭐지? 왜 내가 교실에 오면 안 되는 것이냐."

"그건 말이죠. 이곳은 언니, 오빠들이 공부하는 곳이라서……."

"나도 시도와 같이 공부할 거다!"

"으음, 그건 좀 더 큰 후에……."

타마 선생님은 당혹스러운 표정을 지으며 토카를 달랬다.

바로 그때, 토카의 등 뒤에서 자그마한 실루엣이 모습을 드러냈다.

"크큭, 무엇을 하고 있는 것이더냐."

"방해. 언제까지 기다리게 할 참이에요?"

"……"

토카와 마찬가지로 시도네 집에서 자고 있을 줄 알았던 카구야, 유즈루, 그리고 집으로 돌아갔던 오리가미가 차례차례 교실 안으로 들어왔다.

예상외의 손님을 맞이한 탓에 교실 안이 술렁거렸다. 클래스메이트들이 보이는 반응은 크게 셋으로 나눌 수 있었다. "초등학생들이 왜 우리 반에 온 거지……?"라고 중얼거리면서 고개를 갸웃거리는 이, "꺄아, 귀여워~!" 하고 외치는 이, 그리고 "어? 저 애들, 어디선가 본 적이 있는 것 같은데……."라고 말하면서 미간을 찌푸리는 이, 이렇게 셋이었다.

그 순간, 시도의 귀에 꽂힌 인터컴에서 코토리의 목소리가 흘러나왔다.

『—도! 시도! 내 말 들려? 긴급 사태야! 토카와 야마이 자매가 사라졌어!』

"……지금 여기 와 있어."

『뭐……?!』

바로 그때, 시도를 발견한 토카는 환한 표정을 지으면서 그에게 다가가더니, 그를 꼭 껴안았다.

"오오, 시도! 역시 이곳에 있었느냐!"

그리고 그녀의 뒤를 이어 카구야와 유즈루도 시도를 향해 뛰어왔다.

"시도여. 2학년 3반 담임과 이야기를 좀 해보거라. 우리가 야마이라고 몇 번을 말해도 믿어주지를 않느니라."

"한숨. 어른들은 왜 겉모습으로만 사물을 판단하려 드는 걸까요."

두 사람은 그렇게 말한 후 한숨을 내쉬었다. 그러는 사이, 클래스메이트들은 시도를 쳐다보면서 수군거리고 있었다. 무슨 말을 하는 것인지 정확하게 들리지는 않지만 "로리콤." "범죄." "절대 안 돼." 같은 말이 간헐적으로 들렸다.

말도 안 되는 소리지만, 지금은 그들을 신경 쓸 때가 아니라고 판단한 시도는 토카와 야마이 자매를 바라보면서 말했다.

"……너희는 왜 여기에 온 거야?"

"음? 이상한 소리를 하는구나. 오늘은 학교 가는 날이지 않느냐. 한 침대에서 같이 잠들었던 네가 깨어나 보니 안 보여서 정말 놀랐단 말이다!"

『……뭐?!』

토카의 말을 들은 클래스메이트들은 경악을 금치 못하면서 시도를 쳐다보았다.

"이, 이츠카 군, 저 애들은……?"

"대체 어떤 사이야……?"

"그것보다 저런 어린애들과 같이 잔 거야……?"

아이, 마이, 미이는 미간을 찌푸리면서 시도와 토카의 얼굴을 번갈아 바라보았다. 시도는 적당한 변명거리를 찾기 위해 필사적으로 머리를 굴렸다.

하지만 시도가 입을 열기도 전에 한 소녀가 시도에게 다가오더니, 토카와 마찬가지로 그를 꼭 껴안았다. —그 소녀는 바로 오리가미였다.

그리고.

"—파파."

그 순간, 교실 전체가 충격과 경악으로 가득 찼다.

"뭐⋯⋯?!"

"파파?! 방금 파파라고 했지?!"

"파, 파파?! 폴리네시아 신화에 나오는 지모신(地母神)?! 그리스 수학자?!"

"저, 저기, 네 이름이 뭐니⋯⋯?"

아이는 몸을 숙여 오리가미와 눈높이를 맞춘 후, 상냥한 목소리로(동요한 탓에 목소리가 마구 떨리고 있었지만) 물었다. 그러자 오리가미는 그녀를 향해 예의 바르게 고개를 숙인 후, 말을 이었다.

"이츠카 치요가미예요. 파파가 신세 많이 지고 있다고 들었어요."

"어, 어이⋯⋯?!"

"마마의 이름은 토비이치 오리가미예요. 저는 파파와 마마의 사랑의 결정체예요."

『··········뭐어?!』

교실 전체가 충격에 휩싸였다. 그리고 클래스메이트의 입에서는 동요한 듯한 목소리가 흘러나오고 있었다.

"그, 그러고 보니 저 애, 토비이치를 닮은 것 같은데······?!"

"거, 거짓말. 고교생인 토비이치 양이 출산을······?!"

"겨, 결혼 자체는 16세부터 가능하니까, 법률상으로는······."

"남자 쪽은 열여덟부터 가능하다고! 이츠카 군은 결혼하고 싶어도 할 수 없단 말이야!"

"잠깐, 그러고 보니 저 애는 야토가미 양을 닮은 것 같지 않아? 저 애들은 옆 반의 야마이 양을 닮은 것 같은데······?!"

"어, 설마, 일부다처제?!"

"하, 하지만 좀 이상하지 않아?! 이 아이들, 적어도 여덟, 아홉 살은 된 것 같잖아? 그럼 다들 여덟 살 때 애를 낳은 거야······?! 이츠카 군, 여덟 살 때 여자애들을 임신시킨 거야······?!"

"최, 최연소 출산 기록은 5세 7개월이니까, 불가능하지는······."

"자, 잠깐만! 오, 오해야!"

더는 이상한 소문이 퍼지는 것을 막아야겠다고 생각한 시도는 교실 전체가 떠나갈 만큼 큰 목소리로 고함을 질렀다.

"이 애들은······ 그, 그래! 친척 애들이야! 한동안 내가 데리고 있게 되었거든! 그, 그리고 파파라는 말은······ 이, 이

애들이 나를 부를 때 쓰는 별명 같은 거라고!"

"뭐……?"

시도의 변명을 들은 학생들은 미심쩍은 표정을 지었다. 솔직히 말해 시도도 억지스러운 변명이라는 것은 알고 있었다. 하지만 고교생인 시도에게 초등학생 정도로 보이는 애가 딸려 있는 건 말도 안 된다고 판단했는지 클래스메이트들은 미심쩍은 표정을 지으면서도 일단 시도의 말을 믿어줬다.

"으음…… 그렇구나. 이츠카라면 그러고도 남을 거라고 생각했는데 말이야."

"응~. 나도 그렇게 생각했어~."

"하지만 이 애들과 같이 잔 건 사실이지? 로리콤 의혹은 사라지지 않았다고."

"……어이."

시도가 도끼눈을 뜨자, 클래스메이트들은 헛웃음을 터뜨렸다. 그 모습을 본 시도는 한숨을 내쉬면서 말했다.

"하아, 멋대로 이야기를 부풀려대기는……. 자, 애들아. 나는 학교 조퇴할 거니까 같이 돌아가자."

시도의 말을 들은 토카는 의외라는 듯이 눈을 동그랗게 떴다.

"음? 벌써 돌아가는 것이냐?"

"그래. 목적은 달성했거든. 조례 끝난 후에 바로 갈 테니까 교무실에서 기다려주겠어?"

"으음…… 알았다. 시도가 시키는 대로 하마."

토카는 고개를 끄덕이면서 말했다.

"미안해. 그럼 잠시 동안—."

시도가 말을 하면서 토카의 어깨에 손을 얹은 순간.

"어……?"

시도는 미간을 찌푸렸다. 복도 쪽으로 난 창문 밖에서 무언가가 빛난 것 같은 느낌이 들었기 때문이다.

하지만 시도는 그 위화감을 신경 쓸 수가 없었다. —아래쪽에서 들려온 토카의 목소리와, 주위를 가득 채운 클래스메이트들의 웅성거림 때문에 말이다.

"앗……!"

"응? 왜 그래, 토카—."

토카 쪽을 향해 고개를 돌린 시도는 그대로 입을 다물고 말았다.

그것도 무리는 아니었다. 토카가 걸친 옷의 실밥이 시도의 손이 닿은 부분을 기점으로 풀려버렸기 때문이다.

"이, 이게 무슨 짓이냐, 시도!"

토카는 얼굴을 새빨갛게 붉히면서 노출된 어깨를 가리려는 것처럼 그 자리에 주저앉았다.

"뭐, 뭐 하는 거야, 이츠카 군!"

"본성을 드러냈구나, 이 로리콤 자식아!"

"어……? 어……?"

하지만 시도는 뭐가 어떻게 된 것인지 알 수가 없었다. 시도의 손이 닿은 순간 토카의 옷의 실밥이 전부 풀려버렸

다……? 그런 일이 가능할 리가―.

하지만 바로 그 순간, 한 가지 가능성이 시도의 머릿속을 스치고 지나갔다. 조금 전, 시도는 창밖에서 무언가가 반짝인 것 같은 느낌을 받았다. 어쩌면 그건―.

"설마, 나츠미……?!"

시도는 누구에게도 들리지 않을 만큼 낮은 목소리로 그렇게 말한 후, 다시 창밖을 바라보았다.

그렇다. 물질을 마음대로 변화시킬 수 있는 천사를 지닌 정령·나츠미. 그녀라면 이런 일을 벌이는 것도 가능하리라. 즉, 옷의 실밥을 푼 것이 아니라, 『옷』을 『조각난 천』으로 변화시킨 것이다.

거기까지 생각이 미친 시도는 나츠미를 쫓기 위해 교실 밖으로 뛰쳐나가려고 했다.

하지만 클래스메이트들의 눈에는 그 모습이 범죄자가 도주하려는 것처럼 보인 것 같았다. 아이, 마이, 미이는 자신들의 몸으로 시도의 진로를 방해했다.

"어디 가는 거야, 이 자식아아아아아아앗!"

"앳된 소녀에게 치욕을 안겨주고 도망칠 수 있을 줄 알았어?!"

"현행범이 도망치게 둘 것 같아?!"

"자, 잠깐…… 나는 아무 짓도 안 했다고! 부탁이니까 방해하지 마!"

시도가 무슨 말을 해도 아이, 마이, 미이는 비켜설 생각이 없는 것 같았다. 인간 바리케이드가 된 세 사람은 시도를 막아섰다.

"큭—."

시도는 결국 그녀들을 밀어내려 했다. 하지만 바로 그 순간, 창밖에서 무언가가 번쩍였다. 그리고 그와 동시에 세 사람이 입은 교복이 산산조각 나면서 그녀들의 속살이 훤히 드러났다.

"꺄, 꺄아아아아아아아아아아앗?!"

"이, 이게 뭐야아아아아아아앗?!"

"바, 방어력 저하 마버어어어어업?!"

세 사람은 비명을 지르면서 그 자리에 주저앉았다. 그리고 교실 안은 경악과 공포로 가득 찼다.

"어, 어이. 너무 심하잖아, 이츠카……!"

바로 그때, 토노마치가 시도를 말리기 위해 그의 어깨에 손을 얹었다. 하지만 아무 짓도 하지 않은 시도는 그저 억울할 뿐이었다.

"아, 아니, 나는 아무 짓도—."

바로 그때, 창밖에서 또 빛이 뿜어져 나오더니, 이번에는 토노마치의 교복이 조각나고 말았다.

"꺄아아아아아아아앙?!"

토노마치는 비명을 지르면서 그대로 바닥에 벌러덩 쓰러졌다. 참고로, 조각난 천의 일부가 그의 사타구니 쪽을 가려주었다. 정말 기적 같은 일이었다.

"어, 어이, 방금 그건 뭐야……?!"

"눈 깜짝할 사이에 옷이……?!"

"이츠카 군을 만지기만 해도 저렇게 되는 거야?!"

"아니, 그러니까 나는—."

시도가 변명하려고 한 순간, 이번에는 그와 우연히 시선이 마주쳤던 타마 선생님의 옷이 조각났다.

"꺄, 꺄아아아앗?!"

타마 선생님은 출석부로 가슴을 가린 후, 시도를 향해 비난 섞인 시선을 보냈다.

"이, 이츠카 군, 이게 대체 무슨 짓이죠?! 이런 짓을 한 이상, 결혼을 통해 저를 책임져 줘야……!"

"이, 이번에는 닿지도 않았잖아요!"

억울한 시도는 자신의 무죄를 주장했지만, 교실 안에 있는 이들은 그의 말에 귀를 기울이지 않았다.

"설마 시선만으로……?!"

"맙소사! 저 녀석은 괴물인가?!"

"아아, 정말……!"

시도는 머리를 쥐어뜯은 후, 자신의 교복 재킷을 벗어서 토카에게 걸쳐줬다.

"다들! 나츠미야! 일단 돌아가자!"

『……!』

토카, 오리가미, 카구야, 유즈루는 나츠미라는 말만 듣고도 사태를 파악한 것 같았다. 그녀들은 고개를 끄덕인 후, 시도와 함께 교실에서 빠져나갔다.

"어디 가는 거야, 이츠카아아아아아아아앗!"

"다음에 내 눈에 띄면 국물도 없을 줄 알아아아!"

"벌거숭이로 만들어버릴 거야아아아아아아앗!"

시도는 아이, 마이, 미이의 분노 섞인 고함 소리를 들으면서 복도를 내달렸다.

"……정말 죽는 줄 알았어."

학교에서 나와 오리가미와 헤어진 시도는 집을 향해 걸음을 옮기며 땅이 꺼져라 한숨을 내쉬었다.

"괜찮으냐, 시도."

시도의 재킷을 걸친 토카는 걱정스러운 표정으로 그를 올려다보았다. 시도는 토카의 머리를 부드럽게 쓰다듬어준 후, 그녀를 안심시키려는 것처럼 미소 지었다.

하지만 사태는 전혀 해결되지 않았다. 시도는 코토리에게 연락을 취해 나츠미가 있는 것으로 보이는 장소를 조사하게 했지만, 아무런 단서도 얻지 못했다. 만약 앞으로도 이런 음험한 방법으로 시도를 괴롭힌다면 그는 머지않아 사회적으로 말살당하고 말 것이다.

그리고 그 점을 제외하더라도, 토카를 비롯한 이 소녀들이 불편을 감수하게 하는 것 또한 무시할 수 없는 문제였다. 시도는 세 사람을 바라보면서 결의를 다지듯 주먹을 쥐었다.

"빨리…… 나츠미를 찾아내야 해."

"크큭. 이 몸도 같은 생각이니라. 이 몸에게 이런 짓을 한 대가를 그 녀석의 목숨으로 치르게 해주겠노라."

"동의. 몰매를 때릴 거예요."

"아니, 그렇게 심한 짓은 좀……."

쓴웃음을 지으면서 그렇게 말한 시도는 모퉁이를 돈 후, 자신의 집 앞에 섰다. 하지만.

"……어?"

시도는 고개를 갸웃거렸다. 자신의 집이 있어야 하는 장소에 자신의 집이 없었기 때문이다.

아니, 정확하게 말하자면 자신의 집이 있던 장소에 다른 건물이 세워져 있다. 는 표현이 정확할지도 모른다. 그것은 한적한 주택가와는 어울리지 않는, 마치 성을 연상케 하는 형태를 한―

"오오! 드림파크다!"

토카가 밝은 목소리로 외쳤다. 그렇다. 시도의 집은 마을 외곽에 있는 한 호텔과 똑같은 형태로 변모해 있었다.

"이, 이건……."

몇 초 동안 영문을 모르겠다는 표정을 짓고 있던 시도는 뭐가 어떻게 된 것인지 눈치챘다. 이런 짓이 가능한 정령을 한 명 알고 있었기 때문이다.

"나츠미……."

시도는 식은땀을 흘리며 한 정령의 이름을 중얼거린 후, 귀에 꽂고 있는 인터컴에 손을 댔다.

"……어이, 코토리. 코토리."

시도가 여동생의 이름을 부르자, 잠시 후 인터컴에서 그녀의 목소리가 흘러나왔다.

『무슨 일이야? 나츠미의 종적은 아직─.』

"아니, 그게 아니라……. 미안한데 창밖으로 얼굴을 내밀어주지 않겠어?"

『뭐?』

그리고 몇 초 후. 호텔 벽면에 설치된 창문 중 하나에서 코토리가 얼굴을 내밀었다.

『이, 이게 뭐야……?! 대, 대체 어느새 우리 집이……?!』

아무래도 이제야 이 사실을 눈치챈 듯한 코토리는 경악에 찬 목소리로 그렇게 외쳤다. 아무래도 집의 외관만 변한 것 같았다.

"……아마 나츠미 짓일 거야."

『쳇…… 정말 골치 아픈 힘이네. 뭐, 내부는 무사하니까 빨리 들어와.』

"으, 응……."

시도는 고개를 끄덕인 후, 소녀들을 데리고 외관이 호텔로 변해버리고 만 집 안으로 들어가려 했다.

하지만 바로 그때, 길가에서 잡담을 나누던 아주머니들이 시도에게 말을 걸었다.

"어머, 이츠카 씨 네의 시도 군이구나. 옆에 있는 어린 여자애들은 누구니?"

"예?! 아, 아니, 그게……."

"어머? 이 동네에 저런 건물이 있었나……?"

"그런데 시도 군……? 그 애들을 저 호텔로 끌고 갈 생각인 거니?"

"예엇?! 큰일 났네! 빨리 경찰서에 신고해야겠어요!"

"이익……?!"

그 말을 들은 시도는 경찰이 오기 전에 토카를 비롯한 소녀들을 데리고 부리나케 도망쳤다.

제7장 어둠으로부터의 손짓
Head hunting

　DEM인더스트리 영국 본사의 회의실 안은 무거운 공기에 휩싸여 있었다.

　마치 공기가 점성을 띠고 있는 것만 같았다. 심호흡을 한 번 할 때마다 폐가 끈적끈적한 무언가로 가득 차면서 호흡이 힘들어지는 것 같은 느낌마저 들었다. 아무것도 모르는 사람이 이 방 안에 들어왔다간 바로 호흡 곤란을 일으킬지도 모른다.

　이 방에 있는 남자들에게는 공통점이 몇 가지 있었다. 첫 번째는 모두가 영국인이라는 점. 두 번째는 모두가 DEM인더스트리의 이사라는 점. 그리고 마지막은— 모두 오른손 혹은 왼손에 깁스나 붕대를 하고 있다는 점이다.

　"……빌어먹을!"

　긴 침묵을 깬 자는 안경을 낀 장년의 남성인 로저·머독이었다.

"여러분, 이대로 괜찮은 겁니까? 이런 짓을 당해놓고도 참고만 있을 겁니까?!"

머독은 깁스를 한 오른손을 가리키며 외쳤다.

―일전의 이사회 때 잘렸던 팔을 말이다.

그렇다. 지금 이 자리에 있는 이사들은 며칠 전 DEM인더스트리 상무 이사^{Managing director}에게 해임을 요구했으나― 물리적 폭력에 의해 그 뜻을 접을 수밖에 없었던 자들이다.

그들의 팔은 의료용 현현장치(顯現裝置)를 이용해 봉합되었으며, 이미 자신의 의지로 손가락을 움직일 수 있었다. 하지만 자신의 팔이 눈 깜짝할 사이에 잘려나가는 광경이 뇌리에서 사라지지 않은 탓에 그들은 아직도 깁스를 풀지 못했다.

"……그렇지만 말이네."

턱수염을 기른 남자― 심슨이 머독을 쳐다보았다. 그의 시선에는 옅은 공포와― 머독을 향한 비난이 담겨 있는 것 같았다.

머독에게 그런 시선을 보내고 있는 이는 심슨만이 아니었다. 회의실에 있는 이들 모두가 비슷한 감정을 느끼고 있었다.

하지만 그것도 무리는 아니었다. 왜냐하면 이 일의 발단― 웨스트코트에게 해임을 요구하자는 주장을 한 사람이 바로 머독이기 때문이다.

리얼라이저라는 혁명적인 기술을 만들어내고, DEM인더스트리라는 회사를 세운 웨스트코트의 공적은 헤아릴 수조차 없었다. 하지만 DEM 사 이사회에 있어, 대외적인 영향을 전혀 고려하지 않으면서 절대적인 권력을 휘두르는 그는 눈엣가시나 다름없었다.

바로 그때, 그들은 웨스트코트가 일본에서 엄청난 불상사를 일으켰다는 뉴스를 접했다.

DEM 일본 지사 제1, 제2사옥 및 관련 시설들이 반파되었을 뿐만 아니라 위저드들 중에서도 사상자가 속출했다. 그에게 책임을 물을 절호의 기회였다.

하지만— 그 결과가 **이 팔의 상처**다.

심슨은 체념 어린 표정을 지은 채 고개를 저었다.

"이번 일로 다시 한 번 알았을 텐데? 그는 괴물이야. 우리와는 다르지. 생각도, 가치관도, 그것을 실행하는 권능도…… 전부 다 말이네. 한순간이지만 헛된 꿈을 꾼 우리가 어리석었어."

머독은 왼손을 말아 쥐면서 심슨을 쳐다보았다.

"……그렇다고 해도 제 생각에는 변함이 없습니다. 그가 자신이 한 짓에 대한 대가를 치르게 해줄 겁니다."

머독의 말을 들은 이사들은 한숨을 내쉬었다. 아마 그들은 머독이 허세를 부리는 거라고 생각하는 것이리라.

"대가……라. 대체 뭘 어쩔 생각인가?"

심슨은 어깨를 으쓱하면서 말했다. 하지만 머독은 허세를 부리는 것이 아니었다. 그는 이 자리에 있는 이사들을 흘겨보듯 둘러본 후, 입을 열었다.

"현재 웨스트코트 MD는 일본에 있다면서요? 그것도 정령의 출현 빈도가 극단적으로 높은 장소라고 들었습니다만……."

"그게 어쨌다는 거지?"

"걱정이군요. ―만의 하나라도, 그가 공간진에 휘말리기라도 하면 정말 큰일이지 않습니까."

『……윽!』

머독이 의미심장한 목소리로 한 말을 들은 이사들은 숨을 삼켰다.

"머독, 설마 자네……."

심슨은 경악을 금치 못하면서 말했다.

심슨뿐만 아니라 이 자리에 있는 모든 이들이 이해했을 것이다.

―머독이 웨스트코트를 암살하겠다는 뜻을 내비쳤다는 것을 말이다.

"……."

회의실 안에서는 잠시 동안 침묵이 감돌았다. 다들 서로의 눈치를 살피고 있었다.

하지만 그들이 「사람의 목숨을 뺏는 것」을 주저하고 있는 것이 아니라는 것은 쉬이 상상이 되었다. 그들이 그런 인간적인 감정을 가지고 있다면, DEM 사 이사의 자리까지 올라오지 못했을 것이다.

그들을 고민하게 하는 것은 바로 공포였다. ―즉, 암살에 실패한 순간 자신들에게 닥칠 웨스트코트의 보복이 두려운 것이다.

하지만. 어느 정도의 시간이 흐른 후, 한 이사가 입을 열었다.

"……그래. 걱정이군. 정말 걱정이야."

그 말은 머독의 제안에 대한 동의였다.

"……그래. 정말 걱정되는군."

한 사람, 또 한 사람, 웨스트코트를 염려하는 말을 했고— 이윽고 이 자리에 있는 모든 이들이 머독의 제안에 동의했다.

머독은 입술 가장자리를 말아 올렸다. 그가 노리는 대로 된 것이다.

예전이었다면 머독의 제안에 동의하지 않는 이사도 있었을 것이다. 하지만 일전의 이사회 때 팔을 잘렸던 기억이 그들의 생각을 변화시켰다.

즉— 웨스트코트라는 괴물 밑에서 계속 일해야 한다는 공포가, 그를 거스르는 공포보다 큰 것이다.

하지만 이 자리에 있는 모든 이사들이 동의했다고 해도, 문제는 산더미처럼 남아 있었다. 심슨은 표정을 굳히면서 입을 열었다.

"……하지만 **그렇게 할** 방법이 있기는 한 건가?"

당연하기 그지없는 질문이었다. DEM 사는 평화적 해결이 힘든 문제를 해결하기 위해 그런 수단을 쓴 적이 있었다. 그 수단을 실행한 것은 바로 제2집행부 소속의 위저드들이다. 하지만—

"제2집행부의 위저드들은 전부 웨스트코트의 신봉자들이

지. 아마 그 어떤 조건을 제시해도 우리 쪽으로 돌아서지는 않을 게야.”

심슨의 말을 들은 백발의 이사가 고개를 끄덕였다.

“그리고 설령 그들이 우리에게 협력한다고 해도…… 웨스트코트의 곁에는 항상 **그녀**가 있지.”

그녀. 그 단어를 들은 이사들은 마른침을 삼켰다.

엘렌·M·메이저스. 웨스트코트의 심복이자, 이 자리에 있는 이사들의 팔을 자른 장본인이다.

DEM 사 안에서— 아니, 인간이라는 종족 중 최강이라고 해도 과언이 아닌 위저드. 그녀가 웨스트코트의 곁에 있는 한, 그 어떤 암살자를 보내더라도 그를 죽이는 것은 불가능할 것이다.

하지만 웨스트코트를 죽이려고 하는 자가 그녀의 존재를 계산에 넣지 않았을 리가 없다. 머독은 미소를 머금었다.

“—현재 위성 궤도상에 있는 DEM제 인공위성이 몇 개인지 알고 계십니까?”

“뭐……?”

심슨은 영문을 모르겠다는 듯이 미간을 찌푸렸다. 뜬금없이 무슨 소리를 하는 것이냐고 묻는 듯한 표정이었다.

하지만 머독은 그의 표정을 개의치 않으면서 말을 이었다.

“정답은 스물세 개입니다. 그리고 그중 여덟 개가 사명을 끝낸 후, 폐기 처리를 기다리고 있죠.”

“잠깐 기다리게. 무슨 소리를 하는 건지 도통 모르겠군. 그

것이 이 일과 무슨 상관인 거지?"

이사들은 당혹스러운 표정을 지었다. 그들은 머독의 말을 이해하지 못한 것 같았다. 결국 머독은 자신만만한 목소리로 말했다.

"—폐기 처리 예정인 인공위성 〈DSA-Ⅳ〉를 텐구 시에 떨어뜨릴 겁니다."

『……!』

그 순간, 이사들의 표정이 딱딱하게 굳었다.

그리고 잠시 후, 심슨은 고개를 저었다.

"무슨 소리를 하나 했더니…… 그게 가능할 거라고 생각하는 건가? 지구에는 대기권이라는 게 있다네. 인공위성은 지상에 도달하기 전에 타버리겠지. 설령 잔해가 남는다고 해도 그것을 웨스트코트 MD가 있는 장소에 떨어뜨리는 건 불가능하네."

"—과연 그럴까요."

"뭐?"

"계획을 설명해드리죠. 우선—"

머독은 미심쩍은 표정을 짓는 심슨을 바라보면서 설명을 했다.

그러자 설명을 들은 이사들의 안색이 점점 변하기 시작했다. 머독의 설명을 듣고, 이 계획이 허무맹랑한 이야기가 아니라는 사실을 눈치챈 것이다.

"—이상입니다. 질문 있습니까?"

머독이 묻자, 이사 중 한 명이 식은땀을 흘리면서 입을 열었다.

"……확실히 그렇게 하면 가능할지도 모르겠군. 허나 그 방법을 쓰면 텐구 시가 막대한 피해를 입을 텐데?"

"그래! 웨스트코트의 숨통을 끊을 수 있을지도 모르지만, 피해가 너무 커! 설령 그 계획이 성공한다고 해도, 책임 추궁을 면할 수는 없다고!"

대머리 남성이 그 말에 동의하듯 언성을 높였다. 하지만 이런 반응을 예상하기라도 했다는 것처럼 머독은 느긋하게 고개를 끄덕이면서 말했다.

"계획 실행 시각에 맞춰 텐구 시에 공중함을 한 척 파견해 항상(恒常) 임의 영역을 전개합니다. 그렇게 하면 지상의 관측 장치로부터 인공위성을 은폐할 수 있겠죠. 그리고 그 후, 공간진 경보를 발령해 주변 주민들을 피난시킵니다. 뭐, 물론 공간진에 맞춰 제작된 셸터가 어느 정도의 충격까지 막아낼 수 있을지는 모르겠군요."

"뭐……!"

"아아, 이럴 수가. 도쿄도 텐구 시에 30년 만에 대형 공간진이 발생합니다. 그것도 셸터까지 파괴할 만큼 강력한 대재해입니다."

머독은 과장스러운 목소리로 말했다.

"게다가 불행하게도 그곳에는 저희 회사의 MD께서도 계셨던 겁니다. 아아, 너무나도 안타깝군요. 그와 같은 천재를 잃은 것은 DEM에 있어서 너무나도 큰 손실입니다. 하지만 언제까지나 한탄만 하고 있을 수는 없습니다. 저희는 그의 유지를 이어받아, 앞으로도 DEM 사를 더욱 발전시켜나가도록 하겠습니다."

머독의 말을 끝까지 들은 이사들은 창백한 표정으로 그를 바라보았다.

하지만— 이 비인도적인 수단을 반대하는 이는 단 한 명도 없었다.

◇

"…………으윽."

11월 1일. 시도는 지칠 대로 지치고 말았다.

일전의 소동 때, 시도는 겨우겨우 경찰에 끌려가는 것만은 면했다. 하지만 그 후로도 나츠미의 괴롭힘은 계속되었다.

시장을 보러 간 시도가 상점가에 도착한 순간, 그의 옷은 가죽 재킷과 삼각팬티 하나로만 구성된, 변태 외에는 걸칠 수 없을 것 같은 복장으로 변모했다. 그리고 주위에 있던 통행인들이 실오라기 하나 걸치지 않은 어린 여자애들로 변해서 경찰에 신고당할 뻔한 적도 있었다. 그리고 집에 돌아와 보니, 이번에는 집이 핑크색 네온사인이 달린 성인 업소로 변해 있었다. 〈라타토스크〉의 도움이 없었다면 시도는 몇 번이나 사회적으로 말살당하고 말았을 것이다.

"시도, 힘이 없구나. 괜찮으냐?"

토카는 불안한 표정을 지으면서 시도의 얼굴을 올려다보았다. 주위를 둘러보니, 토카만이 아니라 요시노와 야마이 자매, 미쿠, 그리고 기둥 뒤에 서 있는 코토리도 시도를 바라보고 있었다.

그녀들에게 걱정을 끼칠 수는 없다고 생각한 시도는 고개를 저었다. ―가장 힘든 것은 몸이 어린애로 변해버린 그녀들일 것이다. 그러니 그녀들 앞에서 힘들어할 수는 없었다.

"괜찮으니까 걱정하지 마."

"음…… 그러하느냐! 괜찮다니 다행이다."

토카는 시도의 말을 듣고 만면에 미소를 지었다. 왠지 딸을 둔 아버지의 마음이 이해가 된 시도는 그녀의 머리를 쓰다듬어주었다.

나츠미의 괴롭힘은 날이 가면 갈수록 악랄해지고 있지만, 거꾸로 보면 이것은 찬스이기도 했다.

나츠미가 시도의 옷과 주위의 사물을 변화시킬 때, 그녀는 〈위조마녀〉의 효과 범위 안에 시도가 들어오도록 그에게 접근해야만 한다. 물론 나츠미는 자기 자신도 변화시킬 수 있기 때문에 그녀를 찾아내는 것은 쉽지 않다. 하지만 〈라타토스크〉에서 며칠 동안 그녀의 영파 반응을 분석한 결과, 드디어 그녀의 영파 패턴을 파악하는 데 성공했다고 한다. 지금은 레이네를 비롯한 〈라타토스크〉 해석반이 시도의 집을 중심으로 그물을 쳐두었다고 한다. 그러니 머지않아 나츠미를 포착할 수 있을 것이다.

　그러니 시도가 가장 경계해야 하는 것은 그를 충분히 괴롭혔다고 생각하거나, 혹은 그를 괴롭히는 데 질린 나츠미가 모습을 감추는 것이다.

　―바로 그때.

　"……윽!"

　창밖에서 무언가가 반짝이자, 시도는 숨을 삼켰다.

　그것은 시도가 최근 며칠 동안 몇 번이나 본 빛―〈하니엘〉의 변신 능력이 발동되었다는 사실을 알리는 증거였다.

　다음 순간, 시도네 집의 내부와 토카를 비롯한 소녀들이 옅은 빛에 휩싸이면서 다른 모습으로 변하기 시작했다.

　그리고 몇 초 후.

　"아니……."

　조금 전까지와는 전혀 다른 모습이 된 그녀들을 본 시도는 눈을 치켜떴다.

　그것도 그럴 것이, 눈앞에 있는 소녀들은 바니걸을 연상케 하는 레오타드와 망사 스타킹 차림이었던 것이다.

　유심히 보니, 그녀들의 머리에 달린 귀와 레오타드의 엉덩이 부분에 달린 꼬리의 형태가 각각 달랐다. 토카는 강아지, 코토리는 고양이, 요시노는 토끼, 야마이 자매는 원숭이, 미쿠는 소였다.

　어려진 그녀들이 그런 선정적인 복장을 하고 있으니 범죄의 향기가 물씬 풍겨 나왔다.

게다가 변한 것은 그녀들만이 아니었다.

이츠카 가의 거실은 〈하니엘〉의 힘에 의해 동물원에 있는 거대한 우리 같은 것으로 변해버렸다. 그리고 토카를 비롯한 소녀들은 그 안에 갇혀 있었다. 그뿐만 아니라 시도는 만화에 나오는 귀족이나 입을 법한 옷을 입고, 한 손에는 가죽으로 된 채찍을 쥐고 있었다.

그리고 이 집의 벽이 다 사라진 탓에 내부가 훤히 드러나 있었다. 게다가 우리 위에는 『나만의 동물원』이라고 적힌 간판마저 걸려 있었다.

우리 옆에 서 있는 시도는 변명의 여지가 없는 변태 그 자체였다.

"이, 이게 뭐냐?!"

"으, 으으으……."

자신의 복장을 본 소녀들은 얼굴을 새빨갛게 붉히면서 몸을 웅크렸다. 카구야만은 "잠깐, 왜 이 몸이 원숭이인 것이냐!" 하고 불만 섞인 목소리로 외쳤다.

이 근처에 사는 이웃주민들은 『나만의 동물원』을 보고는 낮은 목소리로 수군거리거나, 경찰서에 신고하고 있었다. 하지만 시도는 그들을 못 본 척하면서 귀에 꽂혀 있는 인터컴에 손을 댔다.

"레이네 씨!"

『……그래. ─나츠미의 반응을 포착했어.』

"저, 정말인가요?! 지금 어디 있죠?!"

『……너희가 있는 장소에서 약 1킬로미터 정도 떨어진 곳에 있는— 건설 중인 빌딩에 있어.』

"1킬로미터…… 그렇게 떨어진 곳에서……."

시도는 빛이 보였던 창문(이 있었던 방향)을 쳐다보면서 중얼거렸다.

"시도."

그런 시도의 반응을 보고 사태를 파악한 듯한 코토리는 진지한 표정으로 그를 바라보며 고개를 끄덕였다.

"그래……. 가자!"

시도는 그렇게 말하면서 힘차게 고개를 끄덕였다.

……제삼자의 눈에는 꽤나 괴이한 광경처럼 보이겠지만, 시도는 가능한 한 개의치 않기로 했다.

◇

"후후— 하하…… 아하하하하하핫!"

허둥대는 시도를 본 나츠미는 배를 잡고 웃어댔다.

마녀를 연상케 하는 영장을 걸친 20대 중반 정도의 미녀였다. 늘씬한 팔다리와 자그마한 얼굴. 모델조차 울고 갈 만큼 끝내주는 몸매를 배배 꼰 채, 그녀는 눈가에 눈물이 맺힐 정도로 쉴 새 없이 웃어대고 있었다.

나츠미는 시도의 집에서 1킬로미터 정도 떨어진 곳에 있는 건설 중인 빌딩 옥상에 있었다. 철골의 일부를 거대한 망원

경으로 변화시킨 그녀는 그것으로 시도의 반응을 지켜보면서 즐거워하고 있었다.

"아, 재미있어라. 꼴좋네. 나에게 그런 수치를 안겨놓고 두 발 뻗고 살 수 있을 거라고 생각한 건 아니겠지?"

나츠미는 시선을 날카롭게 만들면서 중얼거렸다.

그렇다. 나츠미는 며칠 전, 이츠카 시도에 의해 누구에게도 알리고 싶지 않은 비밀을 폭로당하고 말았다.

코웃음을 친 나츠미는 들고 있던 빗자루 모양의 천사— 〈하니엘〉을 거꾸로 쥐었다.

"자아…… 다음에는 어떻게 골려줄까."

나츠미는 미소를 머금으며 중얼거렸다. 그녀의 머릿속에서는 시도를 괴롭힐 아이디어가 차례차례 떠오르고 있었다.

가능한 한 시도의 정신을 피폐하게 만들 뿐만 아니라, 그를 사회적으로 궁지에 몰아넣고 싶다. 아예 두 번 다시 해님 구경을 못 하게 만들어주는 것이다. 시도가 경찰서 앞을 지나고 있을 때 그의 옷을 조각내서 외설물 진열죄로 잡혀가게 만드는 것도 재미있을지도 모른다. 아니, 그럴 바에야 차라리—

음흉하기 그지없는 표정을 지은 채 상상의 나래를 펼치던 나츠미는 갑자기 미간을 찌푸리면서 고개를 들었다.

"……! 뭔가가, 다가오고 있잖아……?"

한순간 착각한 거라고 생각했지만— 확실히 무언가가 자신을 향해 접근하는 기척이 느껴졌다.

"설마 시도 군이 내 위치를 알아낸 건가……?"

나츠미는 혀를 찼다. 확실히 불가능한 일은 아니다. 시도의 뒤에 거대한 조직이 있다는 것은 이미 짐작하고 있었다. 그 조직에서 시도의 주위에 나츠미의 소재를 파악하기 위한 그물을 쳐뒀을 가능성은 충분히 있었다.

"미안하지만 순순히 잡혀줄 수는 없지."

나츠미는 아직 모습이 보이지 않는 추적자들을 향해 혀를 살짝 내민 후, 〈하니엘〉 위에 걸터앉았다.

"후후후훗. 잘 있어~."

나츠미가 빌딩 옥상을 걷어찬 순간, 그녀의 몸은 〈하니엘〉과 함께 하늘로 날아올랐다. 그리고 몸을 숙인 나츠미는 빗자루와 함께 엄청난 속도로 하늘을 날았다.

주변의 경치가 엄청난 속도로 흘러가고 있었다. 자신의 몸이 송곳처럼 날카로운 형태로 변해가는 듯한 감각이 그녀의 온몸을 감쌌다.

아무리 나츠미의 위치를 알아낸다고 해도, 그녀를 추적할 수 있는 자가 없다면 무의미했다. 나츠미는 당황했을 시도의 동료들을 상상하면서 웃음을 터뜨렸다.

"—뭐, 이쯤 왔으면 됐겠지."

그리고 만약에 대비해 진로를 바꿔가며 한동안 날아다닌 나츠미는 인적 없는 산 중턱에 착지한 후, 생각에 잠겼다.

시도의 주위에 그물을 쳐둔 것을 보면 앞으로는 다른 수단으로 그를 괴롭히는 편이 좋을지도 모른다. 그리고 방법은 얼마든지 있다. 시도의 주위에 있는 것들을 변화시키는 것이 아니라, 나츠미가 다른 무언가로 모습을 바꿔 시도를 괴롭히는 것이다. 예를 들자면, 옷이 찢어진 여자애로 변신한 후, 경찰에게 "저, 저 사람이⋯⋯!"라고 말하면 시도는 바로 전과자가 되고 말 것이다.

"아하하. 하지만 그 정도로는 내 분이 풀리지 않아. 좀 더 시간을 들여, 야금야금—."

그렇게 중얼거린 순간, 나츠미는 누군가가 자신의 심장을 움켜쥐는 듯한 압박감을 느끼고는 뒤로 몸을 날렸다.

다음 순간, 조금 전까지 나츠미가 서 있던 장소에 강렬한 빛이 작렬해 지면을 깊숙하게 도려냈다.

"앗⋯⋯?!"

—추적당했어? 그렇게 빠른 속도로 날았는데도?! 나츠미의 얼굴은 경악으로 가득 찼지만— 다음 순간, 그녀는 다시 여유로운 표정을 지었다. 자신이 동요했다는 사실을 상대에게 알려줄 필요는 없기 때문이다.

"⋯⋯뭐야. 시도 군의 동료 중에는 이렇게 과격한 인사를 하는 녀석도 있구나."

나츠미는 코웃음을 치면서 포격이 날아온 곳— 하늘을 올려다보았다.

포격을 날린 이는 냉철한 시선으로 나츠미를 바라보면서 천천히 지면으로 내려왔다.

그자는 바로 백금색 갑옷으로 온몸을 감싼 소녀였다. 옅은 금발과 벽안, 그리고 인형처럼 아름다운 얼굴을 지녔지만, 그녀의 온몸을 뒤덮고 있는 것은 상류층 아가씨 같은 외모에 걸맞은 고귀한 분위기가 아니었다. 그것은 전사의 강렬한 투기였다.

"미안하지만, 저는 이츠카 시도의 동료가 아닙니다."

"흐음……? 그래? 그럼 AST야? 뭐, 어느 쪽이든 딱히 상관은 없어. 나한테 무슨 볼일이야?"

"가르쳐 드리죠."

나츠미의 말을 들은 소녀는 등에 짊어진 거대한 검을 뽑아 들면서 말했다.

"─〈위치〉. 지금부터 당신을 사냥하겠습니다."

엘렌의 말을 들은 정령 〈위치〉는 한순간 눈을 동그랗게 뜬 후, 곧이어 웃음을 터뜨렸다.

"흐응? 뭐, 무리 아닐까? ─그것보다 그 〈위치〉라는 말, 그다지 좋아하지 않거든? 그러니 나츠미라고 불러줬으면 좋겠어."

〈위치〉─ 나츠미는 어깨를 으쓱하면서 말했다. 그녀의 표정과 행동에서는 엘렌에 대한 경계심 같은 것이 전혀 느껴지지 않았다. 당황했다는 사실을 감추기 위해 일부러 이러는 것일까. 그렇지 않으면 자신이 질 리가 없다고 생각하는 것일까. ─만약 후자라면 꽤나 얕보인 것이리라. 그렇게 생각한 엘렌은 불쾌함을 표시하듯 미간을 살짝 찡그렸다.

"무리인지 아닌지는 해보면 알 수 있겠죠."

"흐음……."

나츠미는 미소를 머금은 후, 한 손에 쥔 빗자루로 엘렌을 가리켰다. 보고서를 통해 본 기억이 있었다. 〈하니엘〉. 상대의 형태를 자유자재로 변화시키는 힘을 지닌 천사다.

확실히 번거로운 힘이기는 하지만— 엘렌의 상대는 되지 못했다. 엘렌은 전투태세를 취하듯 오른손에 든 고출력 레이저 블레이드 〈칼라드볼그〉를 들어 올렸다.

엘렌과 나츠미의 시선이 맞부딪쳤다.

—바로 그때, 위저드 몇 명이 이곳을 향해 날아오더니 엘렌의 등 뒤에 섰다. 엘렌과 함께 〈위치〉 나츠미를 추적하던 DEM의 위저드들이었다. 아무래도 이제야 엘렌과 나츠미를 따라잡은 것 같았다.

아니, 엘렌의 시그널을 쫓아 여기까지 온 것이라고 봐야 할 것이다. 만약 그녀들만으로 나츠미를 추적했다면 분명 놓치고 말았을 것이다.

"늦었군요."

엘렌이 나츠미에게서 시선을 떼지 않은 채 그렇게 말하자, 위저드들은 동시에 숨을 삼켰다.

"죄, 죄송합니다, 엘렌 님……!"

"하지만 저희 속도로는 도저히……."

예상했던 대답을 들은 엘렌은 한숨을 내쉬었다.

그녀들 또한 DEM의 위저드다. 그녀들은 일반적인 위저드들보다 훨씬 뛰어난 능력을 지니고 있다. 그런데도 **이랬다**.

실제로 함께 행동을 해보고서야, 엘렌은 타카미야 마나와 제시카·베일리를 잃은 것이 얼마나 큰 손실인지 통감할 수 있었다.

"……확실히 아이크의 말에도 일리가 있군요."

그녀는 일전에 깊은 상처를 입었던 복부를 왼손으로 쓰다듬으면서 혼잣말을 했다. 단독으로 엘렌에게 필적할 정도의 힘을 지니지는 못했더라도, 최소한 엘렌을 서포트할 수 있는 이가 한 명이라도 있다면 작전 성공률은 비약적으로 상승할 것이다.

"집행부장님, 왜 그러십니까……?"

"……아무것도 아니에요. 전투에 집중하세요."

""아! 예……!""

엘렌의 말을 들은 위저드들은 일제히 무기를 꺼내 든 후, 나츠미를 향해 날카로운 시선을 보냈다.

그 모습을 본 나츠미는 겁을 먹기는커녕 어깨를 으쓱했다.

"어머? 혹시 이게 자신감의 비밀이야? 일 대 다수라면 나한테 이길 수 있을 것 같아?"

나츠미가 도발하듯 그렇게 말하자, 엘렌의 볼이 희미하게 흔들렸다.

"아뇨. 당신을 실망시키지는 않을 테니 걱정하지 마십시오."

"흐음, 그래? 뭐, 아무래도 상관없지만 말이—야!"

그 순간— 나츠미는 〈하니엘〉을 휘둘렀다.

그러자 그 동작에 맞춰 영력으로 된 빛과 풍압이 뿜어져 나와 엘렌과 그녀의 뒤에 있는 위저드들을 덮쳤다.

　"———."

　하지만 작게 코웃음 친 엘렌은 지면을 박차면서 테리터리를 조작해 하늘로 날아올랐다. 뒤에 있던 위저드들도 나츠미의 공격을 피하려는 것처럼 흩어졌다.

　"이제……!"

　주위로 흩어진 위저드들이 나츠미를 향해 몇 발의 마이크로 미사일을 발사했다. 생성 마력에 감싸인 원통 모양의 살의는 허공에 새하얀 흔적을 남기며 나츠미를 향해 날아갔다.

　"흐흥."

　하지만 강대한 위력을 지닌 미사일들이 날아오고 있는데도, 나츠미는 여전히 미소를 머금고 있었다. 그녀는 빗자루의 머리 부분을 지면에 댄 후, 날아오는 미사일을 향해 외쳤다.

　"〈하니엘〉!"

　그러자 〈하니엘〉의 끝 부분— 빗 부분이 펼쳐지더니, 그 안에 있는 거울에서 엄청난 빛이 뿜어져 나왔다.

　"큭……?!"

　그것이 단순한 눈가림이 아니라는 것은 금방 눈치챘다. 〈하니엘〉의 거울에서 뿜어져 나온 빛에 닿은 미사일들이 캔디나 초콜릿 같은 과자들로 변하고 만 것이다.

　"아니—."

　위저드들이 당황한 사이, 지면에 착탄(着彈)한 과자가 팡!

하는 코미컬한 소리를 내면서 터졌다. 그러자 달콤한 향기가 주위를 가득 채웠다.

"어머나, 나에게 과자를 주는 거야? 고마워라."

나츠미는 빙긋 웃은 후, 다시 〈하니엘〉을 들어 올렸다.

"그럼 답례를 해야겠네. ─〈하니엘〉!"

나츠미의 외침에 호응하듯 또다시 〈하니엘〉에서 뿜어져 나온 빛이 이 일대를 뒤덮었다.

"……?"

그 순간, 기묘한 감각을 느낀 엘렌은 미간을 살짝 찌푸렸다. 딱히 몸을 숙이지 않았는데도 시선이 약간 낮아진 듯한 느낌이 들었던 것이다.

그 순간, 주위에 전개해 있던 위저드들의 입에서 비명이 터져 나왔다.

"우, 우와아앗?!"

"이, 이게 뭐야……!"

엘렌은 눈동자만 움직여 비명이 들려온 곳을 쳐다보았다. 그곳에는 처음 보는 어린애들이 있었다.

아니─ 그렇지 않았다. 유심히 보니 그 어린애들에게는 엘렌의 부하가 지녔던 외모적 특징이 남아 있었다. 아무래도 〈하니엘〉로 부하들을 어린애로 만들어버린 것이리라.

엘렌은 레이저 블레이드를 쥐지 않은 왼손을 바라보았다. ─당연하다면 당연한 것이겠지만, 그녀의 왼손은 어느새 너무나도 작아져 있었다. 엘렌도 다른 위저드들과 마찬가지로 작아지고 만 것 같았다. 와이어링슈트는 그녀의 몸과 함께 작아진 것 같지만, CR-유닛의 크기는 그대로였기 때문에 묘하게 언밸런스했다.

"아하하하하하하하! 엄청 귀여워졌는걸?"

나츠미는 배를 잡고 깔깔 웃었다.

"아직 승부가 갈리지는 않았습니다."

"흐응? 그 조그마한 몸으로 뭘 할 수 있는데? 빨리 집에 돌아가서 엄마에게 어리광이나 부리지 그래. 후후후후후."

"……"

엘렌은 눈을 가늘게 뜬 후, 뇌에 명령을 내려 테리터리를 조작했다. 그리고 신체를 스캐닝해서 자신의 현재 상태를 확인했다. 근육량, 골밀도, 대사 기능, 신경계 등을 눈 깜짝할 사이에 파악했다. 확실히 모든 능력이 저하되기는 했다. 혀를 움직이는 근력까지 퇴행한 것인지 발음도 약간 어눌해졌다. 확실히 여러모로 골치 아픈 능력이다.

하지만.

"—이 상태로도 당신을 충분히 쓰러뜨릴 수 있어요."

혀 짧은 목소리로 그렇게 말한 엘렌은 〈칼라드볼그〉를 고쳐 쥔 후, 하늘을 박차면서 순식간에 나츠미에게 육박했다.

"어—?"

방심할 대로 방심했던 나츠미는 순식간에 접근한 엘렌을 바라보며 눈을 치켜떴다.

엘렌은 그런 나츠미를 향해 〈칼라드볼그〉를 휘둘렀다.

"어…… 어……?"

나츠미는 눈을 동그랗게 뜨면서 어안이 벙벙해했다.

―지금 무슨 일이 일어난 것인지 전혀 알 수가 없었다.

나츠미는 평소처럼 〈하니엘〉로 상대의 힘을 약화시켰다. 적들을 퇴행시켜 모든 능력을 반감시켰다. 그리고 위저드들은 정령인 나츠미에게 있어서는 졸개 무리에 지나지 않았다. 그러니 상대를 퇴행시킨 시점에서 승패가 갈렸어야 한다.

하지만 그중 한 명은 어린애가 된 상태에서도 나츠미를 향해 검을 휘둘렀다.

"어, 아……."

지금까지 한 번도 겪어보지 못한 사태를 접한 탓일까, 머릿속이 혼란스러워졌다.

그렇다. 엘렌이라고 불린 소녀가 빛을 뿜고 있는 검을 휘두른 순간, 흉부와 복부가 뜨겁게 달아오르는 듯한 감각이 느껴졌고― 다음 순간, 나츠미는 그대로 쓰러지고 말았다.

나츠미는 흐릿해져 가는 눈으로 손을 쳐다보았다. ―조금 전까지 자신의 복부에 대고 있었던 그 손은 피범벅이 되어 있었다.

"히익……."

그 손을 본 순간, 너무나도 비현실적인지라 마음속으로 부정하고 있던 강렬한 통증이 나츠미를 엄습했다.

―아파, 아파, 아파, 아파, 아파, 아파아파아파아파아파아파아파아파아파……!

"아, 아아아아아아아아아아아아아아아……?!"

나츠미는 지금까지 한 번도 느껴보지 못 한 강렬한 고통을 느끼고 비명을 질렀다. 날카로운 가시가 몸 곳곳을 찌르는 것만 같았다. 의식은 몽롱해졌고, 시야 또한 흐려져 가고 있었다. 하지만 끝없이 느껴지는 격렬한 자극이 그녀가 의식을 잃는 것을 방해했다. 그런 지옥의 연쇄 작용이 끝없이 반복되고 있었다.

"거짓, 말…… 마, 말도, 안 돼……."

엘렌이 날린 일격이 나츠미의 몸과 영장을 그대로 가르고 지나갔다. 그 사실을 뇌가 인식했는데도, 나츠미는 방금 자신에게 일어난 일이 믿기지 않았다.

하지만 나츠미가 그 사실을 믿지 않는다고 해서 현실이 바뀌는 것은 아니었다. 검을 든 엘렌은 쓰러진 나츠미에게 다가가면서 말했다.

"─전투 능력은 확실히 떨어진 것 같군요. 제가 이렇게 근거리에서 상대의 급소를 놓쳤으니 말이죠."

그렇게 말한 순간, 엘렌의 몸에서 옅은 빛이 뿜어져 나왔다. 그리고─ 그녀는 원래의, 열여덟 정도로 보이는 소녀의 모습으로 되돌아갔다.

아마 나츠미가 대미지를 입은 탓에 우선도가 낮은 대상의 변화가 해제된 것 같았다. 그 사실을 증명하듯, 나츠미의 몸은 아직 변신 상태를 유지하고 있었다.

"어머, 원래대로 돌아왔군요."

엘렌은 몸의 감각을 확인하듯 왼손의 손가락을 움직여본 후, 다시 나츠미를 향해 고개를 돌렸다.

"자아, 그럼 이제 어떻게 할까요. 저는 당신을 산 채로 끌고 가도 좋고, 죽인 후 영결정(靈結晶)만 회수해 가도 좋습니다만……."

엘렌이 차가운 목소리로 한 말을 들은 나츠미는 필사적으로 목소리를 쥐어짰다.

"……사, 살, 려……줘…… 죽고…… 싶지, 않……아……."

"저는 상관없습니다만, 그것은 당신이 더욱 고통받게 되는 선택지일 겁니다."

엘렌이 그렇게 말한 순간, 그녀와 마찬가지로 원래 모습을 되찾은 위저드들이 몰려왔다.

"집행부장님. 어찌 하시겠습니까?"

"산 채로 끌고 가죠. 상처가 깊으니 반항은 못 하겠지만—."

엘렌은 다시 검을 고쳐 쥐었다.

"골치 아픈 능력을 가지고 있는 것 같으니, 사지를 자른 후에 끌고 가는 편이 좋을 것 같군요."

"—히익……?!"

숨을 삼킨 나츠미는 엘렌에게서 도망치려 했다. 하지만 몸에 힘이 들어가지 않는 모양이었다.

그러는 사이, 엘렌은 천천히 검을 들어 올린 후—.

"금방 끝납니다. 자르는 도중에 죽지 말아주세요."

담담한 목소리로 그렇게 말하면서 검을 휘둘렀다.

"—윽!"

반사적으로 눈을 감은 나츠미는 머지않아 느껴질 고통을 참기 위해 어금니를 깨물었다.

오른손? 왼손? 오른발? 아니면, 왼발……? 아직 고통이 느껴지지 않았다. 어느 부위가 잘렸는지 확인하기 위해 눈을 뜨는 것도, 손가락을 까딱하는 것조차 무서웠다. 하지만—.

"아니……."

놀라움이 섞인 엘렌의 목소리가 들려오자, 나츠미는 주저하면서 눈을 떴다.

"어……?"

그리고 예상치 못한 광경을 본 그녀는 망연자실한 표정을 지었다.

나츠미의 눈에 들어온 것은, 어린 여자애의 등이었다. 옅은 빛을 뿜고 있는 영장을 걸친 여자애가 자신의 몸집만 한 거대한 검으로 나츠미를 향해 휘두른 엘렌의 공격을 막아낸 것이다.

잠시 후, 나츠미는 그 소녀가 누구인지 눈치챘다. —야토가미 토카. 일전에 나츠미가 어린애로 변신시켰던 소녀다.

"하앗!"

토카는 기합을 지르면서 대검을 휘둘렀다. 그러자 엘렌은 간격을 벌리려는 것처럼 뒤로 몸을 날렸다.

토카는 엘렌을 경계하면서 나츠미를 향해 말했다.

"괜찮으냐?!"

"왜, 왜, 네가…… 이런 곳에……."

바로 그때, 나츠미가 그 말을 하기를 기다리기라도 한 것처럼 주위에서 각양각색의 변화가 발생했다.

어디선가 용맹한 곡조가 들려오는 것과 동시에, 주위의 기온이 급격하게 저하되면서 공기 중의 수분이 소리를 내면서 동결되기 시작했다. 주위에 있는 나무와 지면, 그리고 위저드들의 주위에 형성되어 있는 보이지 않는 벽 같은 것에도 희미하게 서리가 끼기 시작했다.

"큭……?!"

"테리터리가 얼어붙잖아……?!"

"이대로 있으면 위험해! 테리터리를 해제한 후, 다시 전개하면서 공중으로 대피해!"

위저드들은 얼어붙은 테리터리를 한순간만 해제한 후, 다시 전개하려 했다.

하지만―.

"크크큭! 시건방진 전술이지 않느냐! 뭐, 다른 때라면 그것이 정답일 것이니라!"

"유감. 하지만 카구야와 유즈루가 있는 이상, 그 전술은 오답이에요."

위저드들이 테리터리를 전개하는 것보다 먼저 그런 목소리가 들려오더니, 강렬한 바람이 방어벽을 잃은 위저드들의 몸을 날려버렸다.

"우, 우왓?!"

"후하하하핫! 정말 물러 터졌구나!"

"조소. 한심하기 그지없군요."

쾌활한 웃음소리와 단조로운 목소리가 들려온 후, 판으로 찍어내기라도 한 것처럼 똑같이 생긴 두 소녀가 지면에 내려섰다. 야마이 자매. 토카와 마찬가지로 나츠미의 능력에 의해 어려지고 만 소녀들이었다.

"……?!"

나츠미는 조금 전까지와는 다른 의미에서 당혹스러워하고 있었다.

이해가 되지 않았다.

왜— 나츠미 때문에 고생을 한 그녀들이, 나츠미를 구하려 하는 것일까.

"나츠미!"

하지만 나츠미의 머릿속은 자신을 부르는 목소리를 들은 순간 그대로 새하얗게 변하고 말았다.

뒤쪽에서 달려온 이츠카 시도가 나츠미에게 다가온 것이다.

"피가……! 나츠미! 괜찮아?!"

"……시, 도…… 군……?"

—왜, 당신까지…….

나츠미는 말을 끝까지 잇지 못했다. 출혈이 너무 심한 탓에 몸에 힘이 들어가지 않았다.

"큭……. 금방 치료해줄 테니까 조금만 버텨……!"

"—그렇게 놔둘 것 같습니까?"

시도의 말을 부정한 사람은 바로 엘렌이었다. 야마이 자매의 바람에 위저드들은 날아가 버렸지만, 그녀는 테리터리의 마력 밀도를 높여서 동결을 막은 것 같았다.

"〈프린세스〉, 〈베르세르크〉, 이 냉기는 〈허밋〉인가요. 그리고 이 노래— 〈디바〉도 어딘가에 숨어 있는 것 같군요. 흐음, 힘이 저하된 〈프린세스〉가 제 공격을 막아낼 수 있었던 것은 다른 정령들이 도와준 덕분인가요."

엘렌은 말을 이으면서 눈을 가늘게 떴다.

"정령이 여섯이나 한자리에 있는데다. 그중 다섯이 어려졌으며, 남은 하나는 중상을 입은 상태⋯⋯. 아이크는 한동안 두고 보겠다고 했지만 이런 호기를 놓칠 수는 없죠."

엘렌은 검을 고쳐 들면서 말했다. 시도는 긴장감 어린 시선으로 그녀를 노려보면서 입을 열었다.

"⋯⋯동료들이 다 뻗었는데도 꽤나 자신만만하잖아, 엘렌 씨. 수적으로는 우리가 우세하다고."

"상관없습니다. 처음부터 그녀들은 숫자에 넣지 않았으니까요."

엘렌의 말을 들은 시도의 볼을 타고 식은땀이 흘러내렸다.

나츠미가 보기에도 우세한 것은 엘렌이었다. 아무리 시도 쪽이 수적으로 우세하다고 해도 엘렌은 너무나도 강했다. 정령들이 원래 힘을 되찾았다면 몰라도, 이런 상태에서는 승산이 있을 리가 없었다.

하지만 시도는 혀로 입술을 핥은 후, 긴장 섞인 미소를 지으면서 말했다.

"아, 그래? 그럼 수적 우세를 최대한 활용해주겠어. ─미쿠!"

시도가 고함을 지른 순간, 어디선가 들려오던 음악의 곡조가 변했다.

조금 전까지 들려오던 노래가 용기를 북돋는 듯한 행진곡이었다면, 지금은 우아하면서도 섬세한, 그리고 마치 마음속에 음표를 새기는 느낌의 야릇한 매력을 지닌 노래가 들려왔다.

"쓸데없는 짓 그만하시죠. 저에게 이런 노래가─."

"그래, 안 통하겠지. **너한테는 말이야.**"

"뭐라고요?"

엘렌이 미간을 살짝 찌푸린 순간, 주위에 쓰러져 있던 위저드들이 꼭두각시 인형처럼 몸을 일으키더니 엘렌을 향해 몰려왔다.

"쳇─."

엘렌은 혀를 찬 후 지면을 내디뎠다. 그러자 엘렌의 주위에 전개된 보이지 않는 벽이 팽창하면서, 좀비처럼 몰려오는 위저드들의 움직임을 막았다.

하지만 시도는 이렇게 될 줄 알고 있었다는 것처럼 다음 행동을 취했다.

"─지금이야! 코토리! 회수 부탁해!"

시도가 귀에 손을 대면서 그렇게 외친 순간, 나츠미는 자신의 몸이 공중으로 떠오르는 느낌을 받았다.

"아, 니……."

"상처가 아플지도 모르지만, 잠시 동안만 참아줘……!"

"뭐—."

시도의 말을 들으면서, 자신의 몸이 공중으로 떠오르는 감각과 변신이 풀리는 감각을 동시에 느낀 나츠미는— 그대로 의식을 잃었다.

◇

"……?!"

자신의 집 거실에 있던 오리가미는 느닷없이 자신을 덮친 위화감 때문에 미간을 찌푸렸다.

갑자기 그녀의 몸에서 옅은 빛이 뿜어져 나오더니, 정령·나츠미에 의해 어려졌던 몸이 원래대로 되돌아가기 시작했다.

"이건……."

오리가미는 몸의 감각을 확인하기 위해 몸 곳곳을 움직여 봤다. 딱히 이상이 있는 곳은 없었다. 진짜로 몸이 원래대로 돌아온 것 같았다.

"이게 대체……."

뭐가 어떻게 된 것일까. 나츠미가 시도와 자신들을 가지고 노는 것에 질린 것일까? 아니면 시도가 나츠미를 찾아내서 설득했거나, AST가 나츠미를 토벌한 것일까—. 몇 가지 가능성이 머릿속에서 떠오르기는 했지만 어느 쪽이든 간에 낭보임에는 틀림없었다. 오리가미는 그렇게 생각하면서 몸을 일으켰다.

"큭……."

몸이 느닷없이 원래 상태로 돌아간 탓일까, 약간의 현기증이 난 오리가미는 한 손으로 테이블을 짚은 채 비틀거렸다.

하지만 몇 초 만에 현기증은 가라앉았다. 오리가미는 한 손으로 머리를 짚은 채 다시 몸을 일으켰다.

우선 사실 관계부터 확인해야만 한다. 우선 시도에게 가서 무슨 일이 일어난 것인지 물어볼 필요가 있었다. 그리고 야토가미 토카를 비롯한 정령들도 원래대로 돌아왔는지 확인하는 편이 좋을 것이다. 만약 그녀들이 원래대로 돌아오지 않았다면, 학교는 오리가미와 시도만의 사랑의 보금자리가 될 것이다.

그뿐만 아니라 AST의 텐구 주둔지에 얼굴을 비추는 편이 좋을지도 모른다. 현재 오리가미는 일전의 명령 위반에 대한 처분을 기다리고 있는 상태이기 때문에 임무에 참가할 수는 없다. 하지만 동료인 미키에와 밀드레드를 통해서 부대의 근황 정도는 알아낼 수 있을 것이다.

일단 방침을 정한 오리가미는 입고 있는 상의의 목덜미 부분을 잡아당겼다. 어린이용 옷을 입은 채 몸이 커진 탓에 사이즈가 맞지 않았다.

침실에 간 오리가미는 다른 옷을 꺼냈다. 그리고 재빨리 옷을 갈아입은 후, 현관으로 향했다.

하지만— 바로 그때, 오리가미의 눈썹이 흔들렸다.

이유는 단순했다. 현관 밖에서 누군가의 기척이 느껴졌기 때문이다.

오리가미의 맨션은 입구에도 오토록이 달려 있기 때문에 입주자의 허가 없이는 맨션 안으로 들어올 수 없다. 그러니 택배원이나 외판원일 가능성은 낮았다. 그렇다면—.

"……."

오리가미는 아무 말 없이 벽 뒤로 몸을 숨긴 후, 현관 쪽에 주의를 기울이며 허벅지에 찬 홀스터에서 소형 자동권총을 꺼내 들었다.

그리고 잠시 후, 철컥 하는 소리가 나더니 문이 열리면서 몇 명의 남자들이 집 안으로 들어왔다.

하지만 그 순간, 문에 연결되어 있던 와이어가 당겨지면서 남자들을 향해 최루 스프레이가 힘차게 뿜어졌다.

"커억?!"

"앗…… 이건……!"

일반 맨션에 침입자 방지용 트랩이 설치되어 있을 것이라고는 생각도 못 한 남자들은 당황하고 말았다.

오리가미는 미간을 찌푸렸다. 예상했던 것보다 남자들의 숫자가 많았기 때문이다. 교전을 한다고 해도 승리를 장담할 수 없는 숫자였다.

눈 깜짝할 사이에 그렇게 판단한 오리가미는 집 안을 가로지른 후, 창문을 통해 밖으로 나갔다.

오리가미는 이런 상황에 대비해 맨션 벽면에 (맨션 주인에게는 알리지 않고) 자그마한 발판을 설치해뒀다. 그녀는 그 발판을 이용해 지상에 내려섰다.

"창문을 통해 도망쳤다!"

"쫓아!"

위쪽에서 남자들의 목소리가 들렸다. 남자들이 쫓아오기 전에 도망치기로 결정한 오리가미는 만약에 대비해 맨션 부지 안에 숨겨둔 신발을 꺼내 신은 후, 내달리기 시작했다.

"저들은⋯⋯."

대체 누구일까. 오리가미는 도주하면서 머릿속으로 저들의 정체가 무엇일지 생각했다. 하지만 그가 아는 사람 중에는 허락도 없이 자신의 집에 멋대로 들어올 만큼 난폭한 이는 없었다.

그런 생각을 하고 있을 때, 호주머니 안에 있는 핸드폰이 진동했다.

속도를 줄이지 않도록 주의하면서 호주머니에서 핸드폰을 꺼내보니, 화면에는 『쿠사카베 료코』라는 이름이 표시되어 있었다. 오리가미가 소속된 AST의 대장에게서 온 전화였다.

통화 버튼을 누르고 핸드폰을 귀에 대자, 귀에 익은 목소리가 흘러나왔다.

『여보세요? 오리가미?』

"무슨 일이야?"

오리가미가 달리면서 대답하자, 료코는 그녀가 어떤 상황인

지 눈치챘는지 숨을 삼켰다.

『오리가미. 너 지금 도주 중인 거야?』

"……그걸 어떻게 알았어?"

오리가미가 묻자, 료코는 잠시 동안 침묵을 지킨 후 무거운 목소리로 말했다.

『진정하고 들어. ―조금 전, 너에게 징계 처분이 내려졌어.』

"……"

료코의 말을 들은 순간, 오리가미는 숨을 삼켰다.

그리고 그 말을 통해, 오리가미는 모든 상황을 파악했다. 조금 전 자신의 집에 쳐들어온 남자들은 오리가미를 구속하기 위해 파견된 에이전트인 것이다. 문제를 일으킬 소지가 있는 대상자에게 처분을 내릴 때는 우선 처분을 전달하기 전에 저항하지 못하도록 구속한다는 말을 들은 적이 있다.

지난달, 오리가미는 시도를 지키기 위해 사용 금지된 토멸 (討滅) 병기로 아군인 DEM 사의 부대를 공격했다. 그 건이 정리될 때까지 오리가미는 AST의 임무에 참가하는 것이 금지되었다.

하지만 그 일은 DEM의 횡포에 가까운 행동이 근간을 이루고 있었기 때문에, 상층부에서는 오리가미에게 동정적인 여론이 형성되고 있다고 들었다. 그런데 왜―.

오리가미가 생각에 잠겨 있는 와중에도, 료코의 말은 계속되었다.

『……군 내부에서는 이번 건을 특례로 처리하자는 분위기가 형성되고 있었어. 하지만 최종적으로 내려진 처분은 징계야. ─누군가의 입김이 작용한 게 틀림없어.』

"……DEM."

『…….』

료코는 대답하지 않았지만─ 이 침묵이 대답이나 마찬가지였다.

『─아무튼. 나는 지금부터 높으신 분들을 찾아가서 따져볼 생각이야. 그러니 너는 그 동안─.』

"찾았다! 이쪽이다!"

바로 그 순간, 한 남자가 오리가미의 앞을 막아섰다. 쫓아오고 있는 남자들에게 따라잡힌 것으로 보기는 힘들었다. 아마 처음부터 별동대가 주변에 배치되어 있었던 것이리라.

"……큭."

오리가미는 어쩔 수 없이 옆길로 빠졌지만─ 그곳은 막다른 골목이었다. 오리가미는 결국 벽을 등에 진 채 궁지에 몰리고 말았다.

"일을 번거롭게 만드는군. 토비이치 상사. 네 처분이 결정됐다. 순순히 따라오도록."

대장 격으로 보이는 남자가 앞으로 나서더니, 오리가미를 노려보면서 말했다. 오리가미는 아무 말 없이 눈동자만 움직여 주위를 살폈다. 전방, 후방, 위, 좌우─ 그 어디에도 이 인원들에게서 도망칠 루트는 존재하지 않았다.

오리가미의 생각을 읽은 듯한 대장격의 남자는 코웃음을

쳤다.

"쓸데없는 짓 하지 말고 얌전히 따라와라."

"큭⋯⋯."

오리가미가 눈앞의 남자를 노려본 순간, 갑자기 들고 있던 핸드폰이 진동했다. ―누군가에게서 전화가 온 것 같았다. 아무래도 저 남자들에게서 도망치다 실수로 전화를 끊고 만 것 같았다. 아마 료코에게서 다시 전화가 온 것이리라.

어쩌면 새로운 정보를 얻을 수 있을지도 모른다. 그렇게 생각한 오리가미는 남자들에게서 눈을 떼지 않은 채 핸드폰 화면도 보지 않고 통화 버튼을 누른 후, 핸드폰을 귀에 댔다.

하지만.

『―여보세요? 토비이치 오리가미 상사의 핸드폰 맞습니까?』

핸드폰에서 흘러나온 것은 전혀 예상하지 못한 목소리였다.

"⋯⋯에, 엘렌·메이저스⋯⋯?"

오리가미는 미간을 찌푸리면서 그 이름을 입에 담았다. 전화 너머의 상대는 DEM 사의 위저드인 엘렌이 분명했다.

그 이름을 들은 걸까, 대장격으로 보이는 남자의 눈썹이 흔들렸다.

"무슨 일이야?"

『그렇게 적대시할 건 없지 않나요. 토비이치 상사.』

엘렌은 오리가미의 목소리에 담긴 희미한 적의를 느꼈는지 그렇게 말했다.

하지만 오리가미는 현재 DEM에 의해 정령과 싸울 힘을 잃게 되었다. 이 상황에서 엘렌을 적대시하지 않는 것이 무리이리라.

그 이전에, 오리가미와 엘렌은 DEM 일본 지사에서 전투를 벌인 적이 있었다. 압도적일 정도로 실력 차가 났지만— 오리가미는 엘렌에게 상처를 입히는 데 성공했다. 그러니 엘렌이 오리가미에게 호의를 가지고 있을 리가 없었다.

하지만 엘렌은 오리가미를 향해 악감정을 드러내기는커녕, 지극히 사무적인 목소리로 말을 이었다.

『단도직입적으로 묻겠습니다. —토비이치 상사. 제 밑으로 들어올 생각은 없습니까?』

"……그게 무슨 소리야?"

예상외의 말을 들은 오리가미는 미간을 찌푸렸다.

『말 그대로의 의미입니다. DEM인더스트리 제2집행부에 들어오지 않겠습니까? 당신이 지금 받고 있는 것 이상의 대우를 약속하죠.』

"—시도에게 해를 끼치려는 조직에 들어갈 생각은 없어."

『그 걱정은 하지 않아도 됩니다. 당분간 이츠카 시도에게 적극적인 공격을 하지는 않을 방침이니까요.』

"……그 말을 믿으라는 거야?"

오리가미의 말을 들은 엘렌은 작게 한숨을 내쉬었다.

『그런가요. 유감이군요. 하지만 정말 괜찮은 건가요? 당신, 지금 궁지에 몰려 있을 텐데요. 지금 잡히면 당신은 정령에게 대항할 힘을 영원히 잃고 말 겁니다.』

"……!"

엘렌의 말을 들은 오리가미의 시선이 날카로워졌다. —그녀는 오리가미가 현재 처한 상황을 알고 있다.

그 순간, 오리가미는 모든 것을 이해했다. DEM의 개입을 통해 오리가미에게 징계 처분이 내려진 이유까지도 말이다.

"……당신의 몸에 상처를 낸 나에게 원한이 있지 않아?"

『없다고는 할 수 없습니다. 하지만 그것보다 쓸 만한 부하를 원하는 욕구가 더 강하답니다. —그것도 제 몸에 상처를 낼 수 있을 만큼 강한 부하가 말이죠.』

"……."

핸드폰 너머로 오리가미의 표정까지 전해질 리는 없지만, 엘렌은 오리가미가 어떤 표정을 짓고 있는지 알고 있다는 것처럼 말을 이었다.

『DEM인더스트리에는 각국에 배치된 것과는 비교도 되지 않을 만큼 성능이 뛰어난 CR-유닛이 다수 존재합니다. —부모님의 원수를 갚고 싶지는 않나요?』

"……윽."

아무래도 오리가미의 과거도 이미 조사한 것 같았다. 오리가미는 불쾌하다는 듯이 한숨을 내쉬었다.

하지만 그 뒤를 이어 엘렌이 한 말을 들은 순간, 오리가미는 한숨을 삼키고 말았다.

『—5년 전, 텐구 시 난코쵸에서 발생한 화재. 그 당시, 현장에서는 복수의 영파 반응이 확인되었습니다. 이것은 DEM의

극비 자료입니다만— 당신이 제2집행부의 위저드가 된다면 이 자료를 제공하죠.』

"뭐—."

그 말을 들은 오리가미는 눈을 치켜떴다.

복수의 영파 반응. 그것은 시도가 일전에 한 말이 사실이라는 것을 뒷받침했다.

시도의 여동생, 〈이프리트〉 이츠카 코토리. 오리가미는 그 불꽃의 정령이 부모님의 원수라 생각했다.

하지만 시도는 그 당시 현장에 다른 정령이 존재했으며— 코토리는 오리가미의 부모님을 죽이지 않았다고 말했다.

바로 그때, 오리가미의 앞에 서 있는 남자가 짜증 섞인 목소리를 토했다.

"좀 전부터 무슨 소리를 하는 거냐! 빨리 연행해!"

대장격의 남자가 그렇게 말한 순간, 주위에 있던 에이전트들이 오리가미를 둘러싸면서 거리를 좁혔다.

"큭—."

『—자아, 어떻게 하겠습니까? 토비이치 오리가미.』

"…………."

몇 초 동안의 침묵 후. —오리가미는, 결단을, 내렸다.

"—좋아. 나에게, 힘을 줘."

그리고 그 순간.

"큭……?!"

"커, 억—."

오리가미를 잡기 위해 다가오던 남자들이 동시에 신음을 흘리면서 지면에 쓰러졌다.

"이, 이건……."

오리가미가 미간을 찌푸렸을 때, 쓰러진 남자들의 뒤쪽에서 옅은 금발을 지닌 소녀가 핸드폰을 귀에 댄 채 이쪽을 향해 걸어왔다.

그리고 그녀는 오리가미를 향해 손을 내밀었다.

"『—DEM인더스트리에 들어온 것을 환영합니다.』"

정면과 핸드폰.

양쪽에서 들려온 엘렌·메이저스의 목소리가 오리가미의 고막을 흔들었다.

제8장 변신 Makeup

"—나츠미가 정신을 차렸다면서요?!"

시도는 문을 열어젖히면서 외쳤다.

텐구 시 시내에 있는 〈라타토스크〉가 소유한 지하 시설에 온 시도가 문을 열고 안으로 들어가 보니, 그곳에는 〈프락시너스〉의 함교와 비슷한 구조의 방이 존재했다. 방 안에는 각양각색의 계기판과 거대한 모니터가 설치되어 있었다.

"아, 시도. 빨리 왔네."

시도의 목소리에 응답하듯 방 중앙에 놓인 의자가 회전하더니, 거기에 앉아 있는 소녀가 그를 바라보았다. —그녀는 바로 코토리였다. 나츠미가 의식을 잃으면서 〈하니엘〉의 변신 능력이 해제된 탓에 그녀는 원래 모습으로 되돌아와 있었다.

아니— 정확하게 말하자면 약간 달랐다. 시도는 미간을 찌푸리면서 고개를 갸웃거렸다.

"응……? 코토리, 얼굴이 왜 그런 거야?"

자세히 보니, 코토리의 얼굴에는 붉은색 선이 그어져 있었다. 마치 고양이에게 긁히기라도 한 것처럼 말이다.

코토리는 "아……." 하고 중얼거리면서 볼을 긁적인 후, "……뭐, 시도도 조심해."라고 말했다.

"대, 대체 뭘 조심하라는 거야? ……뭐, 그것보다 나츠미는 어디 있어? 정신이 들었다면서?"

"그래. 조금 전에 말이야. ―이쪽이야."

시도는 코토리와 함께 그 방에서 나온 후, 〈프락시너스〉에 비해 폭이 넓은 복도를 통해 어딘가로 이동했다.

이곳에 온 것은 처음이지만, 일전에 나츠미의 정체를 알아내기 위해 이용했던 시설과 비슷한 구조인 것 같았다. 아무래도 〈라타토스크〉는 각종 사태에 대비해 이런 시설을 다수 보유하고 있는 것 같았다.

〈라타토스크〉 측에서는 어제 나츠미를 〈프락시너스〉에 회수한 후, 그녀를 이 시설로 이송해 치료 및 검사를 행했다. 엘렌에게 입은 부상은 농담으로라도 가볍다고 말하기 힘들 만큼 깊었지만, 다행히 목숨에는 지장이 없다고 한다.

"―엘렌이 또 노릴 수도 있다는 점을 생각하면 〈프락시너스〉에 수용하는 편이 좋겠지만…… 역시 봉인이 되지 않은 정령을 〈프락시너스〉에 들일 수는 없잖아."

복도를 걷던 코토리가 시도를 바라보면서 말했다.

그것도 그랬다. 만약 풀 파워 상태의 정령이 〈프락시너스〉

내부에서 날뛴다면, 정령용 격리 구역이라고 해도 단숨에 박살나고 말 것이다.

"여기야."

코토리는 그렇게 말하면서 걸음을 멈췄다. 그런 그녀의 앞에는 튼튼해 보이는 문이 있었다.

코토리는 익숙해 보이는 손놀림으로 문 옆에 설치된 단말기에 번호를 입력한 후, 손바닥을 댔다. 그러자 경쾌한 전자음이 나면서 문이 열렸다.

"들어가, 시도."

"응……."

시도는 코토리의 말을 듣고 안으로 들어갔다.

문 너머에는 넓은 공간이 존재했다. 어둑어둑한 그 공간에는 각종 기계가 놓여 있었고, 중앙에는 유리로 된 방이 있었다. 과거, 힘을 되찾은 코토리가 갇혀 있었던 〈프락시너스〉의 격리 구역과 비슷해 보였다.

그리고 그 안에 있는 침대 위에는 인상을 한껏 찡그린 소녀 한 명이 봉제 인형을 만지작거리면서 앉아 있었다.

"……나츠미."

시도는 낮은 목소리로 그 소녀의 이름을 입에 담았다.

까치집투성이의 머리카락과 건강에 문제가 있어 보일 만큼 하얀 피부. 키는 꽤나 작았고, 손발은 나뭇가지처럼 가늘었다.

그런 소녀가 환자복을 입은 채 침대에 앉아 있었다. 시도의 눈에는 나츠미가 위독한 병에 걸려 목숨이 얼마 남지 않은 환자처럼 보였다.

어제 시도 일행이 구한 정령·나츠미와는 전혀 닮지 않았다. 하지만 시도는 알고 있다. 유리 너머로 보이는 저 모습이야말로 나츠미의 진짜 모습이라는 사실을 말이다.

"—시도도 알고 있겠지만."

코토리는 입에 문 막대 사탕의 막대 부분을 흔들면서 말했다.

"주의에 주의를 기울여줘. 엘렌에게 받은 대미지 때문에 일시적으로 천사를 쓸 수 없는 것 같지만, 그래도 상대는 정령이야. 게다가 현시점에서 시도에 대한 상대의 인상은 최악이야."

"알고 있어. ······그래도 내가 저 녀석과 대화를 나눌 수밖에 없잖아."

"맞아. 나츠미가 시도에게 마음을 열지 않는 한, 나츠미의 능력을 봉인하는 건 불가능해. 지금 바로 나츠미를 반하게 만들기를 바라는 건 아니지만, 최소한의 실마리 정도는 찾아내도록 해. 이건 다시없는 찬스란 말이야."

"찬스?"

시도가 고개를 갸웃거리면서 되묻자, 코토리는 어깨를 으쓱했다.

"그렇잖아? 나츠미는 부상을 입어서 뜻대로 힘을 쓸 수 없는 데다, 생전 처음 보는 곳에 갇혀 있잖아. 겉으로는 강한 척하고 있지만, 꽤 불안감을 느끼고 있을 거야. 그 불안감을 시도가 해소해주면 호감도가 높아질 가능성이 커."

"그렇게 뜻대로 될까……. 내가 나츠미라면 상대를 경계할 것 같은데……."

"뭐, 그럴 가능성도 없지는 않아. 하지만 너는 목숨을 걸고 나츠미를 구한 히어로잖아. 그러니 시도에게는 마음을 열거야."

"그러면 좋겠지만 말이야."

가볍게 호흡을 가다듬은 시도는 "갔다 올게." 하고 코토리에게 말한 후, 유리로 된 방의 입구로 향했다.

시도는 천천히 입구에 설치된 문을 열고 안으로 들어갔다. 밖에서는 투명한 유리 같아 보였던 벽은 안에서 보니 평범한 흰색 벽처럼 보였다. 방 안에는 침대 외에도 찬장과 테이블이 놓여 있었다. 그리고 각종 오락도구도 비치되어 있었다. 어떻게든 나츠미가 따분해하지 않게 하기 위한 〈라타토스크〉 측의 눈물어린 노력이 그것들을 통해 느껴졌다.

"……윽!"

시도가 방 안으로 들어온 순간, 침대 위에 있던 나츠미의 어깨가 희미하게 떨렸다.

"여, 여어…… 나츠미."

시도는 가능한 한 밝은 표정을 지으면서 인사를 했다. 하지만 나츠미는 마주 인사를 하기는커녕 침대 위에 있는 베개와 쿠션, 봉제 인형 같은 것을 손에 잡히는 대로 내던졌다.

"……윽! 윽……!"

"우왓! 왓! 위험하잖아, 나츠미!"

"이…… 쳐…… 마……!"

"뭐?"

나츠미가 뭐라고 말했지만, 알아듣지 못한 시도는 눈썹을 살짝 찌푸리면서 그녀에게 되물었다.

"이쪽…… 쳐다보지…… 마!"

"아, 아니, 왜……."

시도가 고개를 갸웃거린 순간, 판다 모양 인형이 그의 안면에 정통으로 꽂혔다.

"커억?!"

"……!"

하지만 그 판다 인형이 마지막 탄환이었던 것 같았다. 더는 던질 게 없다는 사실을 눈치챈 나츠미는 잠시 동안 허둥대다 후, 이불 안으로 들어갔다.

그리고 몇 초 동안 이불 안에서 꿈틀대던 나츠미는 이불 밖으로 얼굴을 반쯤 내민 후, 시도를 노려보았다. 마치 위장복을 입고 덤불 속에 숨어 있는 스나이퍼를 연상케 했다.

"무…… 무슨 일이야……?!"

나츠미는 적의에 찬 시선으로 시도를 노려보면서 말했다.

"아니, 그게, 할 이야기가 있어서……."

"나는 할 이야기 없어……! 나, 나가!"

"그, 그런 소리 하지 마. 다친 데는 괜찮아?"

"으……."

시도의 말을 들은 나츠미는 거북한 표정을 지으며 우물댔다. 그리고 몇 초 후, 그녀는 입을 열었다.

"……왜…… 나를 구해준 거야?"

"왜냐니…… 그야, 네가 엘렌에게 당하고 있길래……."

"내, 내 말은 그게 아니라!"

시도의 대답을 들은 나츠미는 고함을 질렀다.

"나, 나는…… 너로 변신하기도 했고, 네 동료들을 납치하기도 했고…… 아무튼, 너를 마구 괴롭혔잖아! 그런데…… 왜 나를 구해준 거야?! 너도! 네 동료들도……!"

나츠미는 시도를 손가락으로 가리키면서 외쳤다. 그 말을 들은 시도는 팔짱을 끼더니 한숨을 내쉬었다.

"아…… 그때는 정말 힘들었어. 가슴이 몇 번은 내려앉았다니깐. 그러니 앞으로는 그런 짓 하지 마."

"그러니까……!"

나츠미는 짜증 섞인 목소리로 그렇게 외쳤다. 그 말을 들은 시도는 잠시 동안 생각에 잠긴 후, 가볍게 손뼉을 치면서 입을 열었다.

"아, 그래. 나중에 다른 애들에게도 사과해."

"아아, 정말……!"

나츠미가 이불 안에서 양손을 휘두르자 먼지가 피어올랐다. 아무래도 시도의 대답이 마음에 들지 않는 것 같았다.

하지만 "왜 구했느냐?"라는 질문을 받고 난처해하던 시도는 뒤통수를 긁적이면서 말했다.

"그게 말이야……. 그런 상황을 보고 안 구할 수도 없잖아."

"허…… 헛소리하지 마! 그딴 게 이유가 된다고 생각해?! 자, 빨리 말해! 목적이 뭐야?! 대체 어떤 이해타산이 있어서 자신을 괴롭힌 범인을 구해준 건데?!"

"……아니, 뭐, 그게 말이야. 확실히 너 때문에 꽤 피해를 입기는 했지만…… 정령과 이야기할 때는 정도의 차이는 있어도 항상 비슷한 꼴을 당했거든. 토카와 요시노, 알지? 이미 알고 있겠지만 그 애들도 너와 마찬가지로 정령이야. 그 녀석들과 처음 만났을 때도 나는 몇 번이나 죽을 뻔했다고."

"주, 죽을 뻔……?"

"그래. 막무가내로 빔을 날려댔고, 도시 전체를 꽁꽁 얼려 버리려고도 했지."

"뭐…… 뭐어?!"

"진짜로 잡아먹힐 뻔한 적도 있고, 숯덩이가 될 뻔한 적도 있어."

"어…… 어?"

"그리고 태풍에 휘말려 날아가기도 했고…… 아, 얼마 전에는 이 도시 사람들을 전부 세뇌해서 나를 해치려고 했지. 그때는 정말 위험했어."

"……."

나츠미는 믿기지 않는다는 표정으로 시도를 바라보고 있었다. 시도는 쓴웃음을 지으면서 말을 이었다.

"그러니까…… 뭐랄까, 피해를 입은 사람이 있으니 신경 쓰지 말라고는 못 하겠지만 말이야. 토카나 다른 녀석들은 그런 일들을 저질렀다는 사실을 반성하고, 극복한 후, 지금 저렇게 살고 있어. 그러니 너도 마음만 먹으면 얼마든지 그럴 수 있지 않을까?"

시도의 말을 들은 나츠미는 잠시 동안 침묵한 후, 거친 콧김을 뿜었다.

"흐, 흥……! 폼 나는 소리라도 했다고 생각하는 거지?"

"따, 딱히 그런 건……."

아니라고 딱 잘라 말할 수는 없었다. 시도는 볼을 긁적이면서 다시 나츠미에게 말을 걸었다.

"그것보다 나도 질문 하나 해도 될까?"

"…………………뭔데?"

꽤나 뜸을 들인 후, 나츠미는 말했다. 하지만 질문을 허락받은 것만으로도 상당한 진보라고 생각한 시도는 고개를 가볍게 끄덕이면서 물었다.

"네가 나로 변하거나, 다른 애들을 납치한 이유 말이야. 대체 왜 나한테 그런 짓을 한 거야?"

"……큭!"

시도의 말을 들은 나츠미는 무시무시한 눈빛으로 시도를 노려보았다.

"……그걸 몰라서 묻는 거야?! 그건…… 네가 내 비밀을 알았기 때문이야……!"

"비밀……?"

"내, 내…… 본모습을 봤잖아!"

"뭐……? 자, 잠깐만. 왜 본모습을 본 것 정도로 그런 짓을 벌인 건데?!"

시도는 울먹거리면서 고함을 지른 나츠미를 향해 말했다. 그러자 나츠미는 어금니를 깨물면서 입을 열었다.

"뭐…… 뭐어……? 허, 헛소리 좀 작작해! 그거야 보면 알 수 있잖아! 이, 이렇게 볼품없는 모습을 남에게 보여주고…… 어떻게 가만히 있냔 말이야! 너, 설마 내 입에서 이 말이 튀어나오도록 하는 게 목적이었던 거야?!"

나츠미는 히스테리를 부리듯 침대를 양손으로 두드려대면서 외쳤다. 시도는 잘 모르겠지만, 나츠미에게 있어 그것은 치명적인 일인 것 같았다. 나츠미는 핏발 선 눈으로 시도를 노려보며 흥분한 목소리로 외쳤다.

"처음 나와 네가 만났을 때는 꽤 좋은 분위기였지? 그때, 너는 나보고 예쁘다고 했잖아. 왜 예쁘다고 말했던 거야? 그건 그때 내가 예쁜 언니 모습이었기 때문이지?! 만약 내가 처음부터 지금의 이 모습이었다면 네가 그런 반응을 보였을까? 안 보였을걸? 긴장 같은 것도 안 했을 거야. 어쩌면 내가 말을 걸어도 깔끔하게 무시했을걸?!"

"그, 그럴 리……."

"억지로 부정 안 해도 됩니다요오오오오! 그리고— 이쪽 사람들은 『내』가 『나』일 때는, 전혀 상대도 안 해줬단 말이야……!"

"나츠미……?"

한순간, 그녀의 목소리에서 슬픔이 묻어난 듯한 느낌을 받은 시도는 미간을 찌푸렸다.

하지만 다음 순간, 나츠미는 다시 시선을 날카롭게 만들었다.

"아무튼! 나는 내 진짜 모습을 아는 녀석이 이 세상에 존재한다는 것을 용납할 수가 없어……!"

그렇게 말한 나츠미는 다시 이불을 뒤집어썼다. 마치 애벌레처럼 이불로 자신의 몸을 돌돌 말았다.

시도는 나츠미의 기세에 압도당한 것처럼 한 걸음 뒤로 물러선 후, 나츠미의 말을 머릿속으로 정리했다.

아무래도…… 나츠미는 자신의 진짜 모습을 싫어하는 것 같았다. 그래서 〈하니엘〉의 능력으로 자신을 아름다운 성인 여성으로 변화시킨…… 것이다.

그 점만 보자면 만화나 애니메이션에 나오는 꼬마 마녀 히로인과 비슷했다. ……뭐, 나츠미의 경우 자신의 진짜 모습에 대한 혐오감이 상상을 초월할 정도지만 말이다.

하지만 시도는 아직 납득이 되지 않는 점이 있었다.

그것은 단순한 문제였다. 즉―.

"으음…… 그런데 나츠미. 지금의 네 모습도 그렇게 비관할 정도는 아닌 것 같은데?"

머리카락은 푸석푸석하고 까치집이 지어져 있는데다, 건강미 같은 것은 눈곱만큼도 느껴지지 않았지만, 나츠미가 저렇게 비하할 만큼 나쁘지는 않아 보였다. 조금만 가꿔주면 충분히 귀여울 것이다.

하지만 시도의 말을 들은 나츠미는 적의에 찬 시선을 그에게 보냈다.

"내가 그딴 말에 속을 것 같아……?! 안 속아! 안 속는단 말이야!"

"아니, 딱히 속일 생각은 없는데……. 자, 고개 좀 들어봐."

그렇게 말하면서 침대를 향해 다가간 시도는 나츠미가 덮은 이불을 잡았다.

"아! 이익! 이이익!"

나츠미는 발버둥을 치면서 저항했지만— 상처가 아픈지 저항을 멈췄다. 그 탓에 그녀는 시도에게 이불을 빼앗기고 말았다.

"……윽!"

얼굴을 새빨갛게 붉힌 나츠미는 눈을 꼭 감은 후 몸을 웅크렸다.

확실히 어른 버전 나츠미처럼 육감적이고 관능적인 매력은 없지만, 조금만 가꿔주면 멋진 레이디로 변신할 수 있을 것이다.

"응, 나쁘지 않네. 너무 자신을 비하하지 마. 지금의 너에게는 너만의 매력이 있다고."

"……윽! 마, 말도 안 되는 소리……!"

나츠미는 얼굴을 한껏 찡그렸지만, 시도는 그녀의 얼굴을 지그시 바라보았다. 그러자 나츠미는 난처한 표정을 지으며 시선을 돌렸다.

그리고 잠시 후, 나츠미는 입을 열었다.

"……정말? 나…… 지금 이대로도 괜찮아?"

"그래."

시도는 힘차게 고개를 끄덕이면서 나츠미를 향해 손을 내밀었다.

"그러니까 진짜 네 모습으로, 네 목소리로, 다른 애들에게 사과해. 너무 걱정하지 마. 다들 이해해줄 거야. 그리고— 분명 그 녀석들과 친구가 될 수 있을 거야."

"……친, 구……."

"응."

나츠미는 어쩌면 좋을지 모르겠다는 듯이 고개를 푹 숙였지만, 이윽고 머뭇거리면서 시도의 손을 향해 자신의 손을 내밀었다.

하지만 두 사람의 손이 닿기 직전.

나츠미는 손바닥을 돌리더니, 가운데 손가락을 꼿꼿이 세웠다.

"—그런 말에 속을 것 같아?! 바보오오오옷!"

그리고 큰 목소리로 그렇게 외쳤다.

"뭐……?"

"친구우우우? 그딴 말 해놓고, 결국 속아 넘어간 나를 놀려대는 게 목적이지?! 우와~. 이 녀석, 진짜로 그딴 말을 믿었잖아! 완전 바보네! 같은 소리 하면서 다른 녀석들과 깔깔거릴 거지?! 『속았지?』라고 적힌 판때기도 준비해뒀지?! 다 알아! 다 안단 말이야!"

"아, 아니…… 나츠미?"

시도는 나츠미에게 압도당한 것처럼 한 걸음 뒤로 물러섰다. 하지만 나츠미는 진정하기는커녕 더욱 흥분했다.

"이런 못난이가 예쁜 언니의 가죽을 뒤집어쓰고 있었다니 역겨워~! 같은 생각을 하고 있지?! 시끄러워! 그딴 건 나도 알아! 내가 구제불능의 쓰레기라는 건 이 세상에서 내가 가장 잘 안단 말이야! 하지만 어쩔 수 없잖아! 나보고 대체 어쩌라는 건데?!"

"지, 진정해, 나츠미! 아무도 그런 생각—"

"시·끄·러·워어어어어어어어엇! 너처럼 선량한 척하는 녀석일수록 안 보이는 곳에서 남들 험담을 하거나, SNS에다 욕설을 쓴단 말이야! 오늘 이런 못난이 봤는데, 정말 구역질 나서 미칠 뻔했어~ 같은 소리를 사진 첨부해서 올릴 거지?! 아아아아아아아! 그냥 죽어죽어죽어죽어죽어죽어어어어엇! 박살 내주겠어! 네 SNS를 해킹해서 네가 한 짓을 거대 게시판에 올려버릴 거야! 학교에서 퇴학당하게 만들어줄 거란 말이야아아아아아앗!"

"너, 현대 사회의 문물에 대해 엄청 잘 아는 것 같은데?!"

시도는 무심코 딴죽을 걸고 말았지만, 지금은 그런 소리를 할 때가 아니다. 그는 어떻게든 나츠미를 진정시키려고 했다.

"이, 일단 진정해. 응?! 자, 심호흡을 하면서……."

"우갸아아아아아아앗!"

하지만 헛수고였다. 흥분한 나츠미는 양손을 들어 올리더니 — 손톱을 세워서 시도의 얼굴을 마구 긁어버렸다.

"……."

"이래서 내가 조심하라고 했던 거야."

시도가 나츠미의 방에서 나오자, 시도와 마찬가지로 얼굴에 손톱자국이 난 코토리가 어깨를 으쓱하면서 말했다. 아무래도 코토리의 얼굴에 난 손톱자국도 나츠미의 짓인 것 같았다.

"……나츠미의 정신 상태는 어때?"

"다소 변화가 있기는 했지만, 봉인은 불가능한 레벨이야."

"그렇구나……."

시도는 손톱자국이 난 얼굴을 손으로 쓰다듬으면서 투명한 벽에 둘러싸인 격리실 쪽을 바라보았다. 나츠미는 침대 위에 앉아서 거칠게 어깨를 들썩이고 있었다.

시도가 나간 후, 마음이 조금 진정됐는지 나츠미는 호흡을 고르면서 침대에서 내려오더니 조금 전에 자신이 던졌던 봉제 인형과 베개를 주웠다.

언뜻 보기에는 자신이 던진 물건을 정리 중인 것처럼 보였다. 하지만 시도가 보기에는 정리 정돈이 아니라 또 누군가가 방에 들어왔을 때 상대를 공격하기 위한 탄환을 보충하고 있는 것처럼 보였다.

"스스로에게 자신이 없는 것 같아. 어떻게든 저 콤플렉스를 해소해주지 않으면 설령 영력을 봉인한다고 해도 바로 역류하고 말 거야."

코토리는 턱에 손을 대면서 말했다.

확실히 코토리의 말이 옳았다. 만약 나츠미의 힘을 봉인하는 데 성공하면, 그녀는 변신 능력을 사용할 수 없게 된다. 그렇게 되면— 일전의 미녀 모습으로 변신할 수 없으며, 원래 모습으로 살아야만 한다. 지금의 나츠미에게 있어…… 그런 삶은 무리일 것이다.

"하지만 그렇다고 가만히 있을 수도 없어. 시간제한도 있으니까 말이야."

"시간제한?"

시도의 말을 들은 코토리는 "당연하잖아?"라고 말하면서 고개를 끄덕였다.

"지금 나츠미가 얌전히 있는 건 엘렌에게 입은 부상이 아직 낫지 않아서야. 천사를 자유자재로 다룰 수 있을 정도로 몸이 회복되면 바로 도망치지 않겠어?"

"아…… 그렇구나. 그럼 그때까지 시간이 얼마나 남았어?"

시도의 말을 들은 코토리는 브이 사인을 취하듯 손가락 두 개를 세웠다.

"레이네의 말에 따르면 길어도 이틀 정도인 것 같아. 그러니 이틀 안에 나츠미가 우리에게 마음을 열게 해야 해."

"으음⋯⋯."

팔짱을 낀 시도는 미간을 찌푸리며 생각에 잠겼다.

시간은 얼마 남지 않았다. 게다가 나츠미는 우리와의 대화를 완강히 거부하고 있는 상황이다. 역시 나츠미의 강력한 콤플렉스부터 어떻게 완화시키지 않으면―.

"⋯⋯아."

바로 그때, 시도는 좋은 생각이 떠올라 손뼉을 쳤다.

"저기, 코토리. 잘될지는 모르겠지만, 이렇게 해보는 건 어떨까?"

"응? 어떤 건데?"

코토리는 눈썹을 살짝 찌푸리면서 고개를 갸웃거렸다. 시도는 그런 코토리에게 방금 생각난 작전을 간결하게 설명했다.

"흐음⋯⋯."

시도의 말을 들은 코토리는 턱에 손을 대더니, 입에 문 막대 사탕의 막대 부분을 꼿꼿이 세웠다.

"좋아. 그 외에는 별다른 방법도 없으니까 한번 해보자. 필요한 건 전부 〈라타토스크〉에서 준비할게."

"그래. 부탁해. 나는 다른 애들에게 협력을 부탁해볼게."

"응. 알았어. ―작전 개시일은 내일. 나츠미가 아침 식사를 끝낸 순간, 급습하는 거야."

"오케이. 늦잠 자지 마."

"시도나 그러지 마."

코토리는 그렇게 말하고 막대 사탕을 입에서 빼더니 미소를 머금으며 말했다.

"자아— 우리의 전쟁을 시작하자구."

◇

"으음……."

다음 날 아침. 눈을 뜬 나츠미는 방 안이 맛있는 냄새로 가득 차 있다는 사실을 눈치챘다.

이 냄새의 근원지가 어디인지는 바로 눈치챘다. 벽 한쪽이 테이블 형태로 변해 있었고, 그 위에는 아침 식사가 놓여 있었다. 메뉴는 롤빵 두 개와 베이컨 에그, 그리고 수프와 샐러드였다. 수프에서는 김이 모락모락 나고 있었고, 베이컨 또한 자글자글 소리를 내며 익어가고 있었다. 미리 만들어둔 것이 아니라 방금 요리한 음식 같았다.

아무래도 이 방의 벽 중 일부는 개폐식인 것 같았다. 어제 점심과 저녁도 나츠미가 눈치채지 못하는 사이에 방 안에 준비되어 있었다.

"……."

쟁반을 테이블로 옮긴 나츠미는 접시 위에 놓은 요리의 냄새를 맡은 후, 머뭇거리면서 음식을 입안에 넣었다.

육즙 가득한 베이컨의 진한 풍미와 달걀의 순한 맛이 입안에서 복잡하게 얽혔다. 나츠미는 무심코 미소를 지을 뻔했지만— 고개를 저으면서 참았다.

"젠장…… 왜 이렇게 맛있는 거야……."

나츠미는 퉁명스러운 목소리로 그렇게 중얼거리면서 식사를 했다.

그녀는 잼을 듬뿍 바른 빵을 먹으면서 자신이 갇혀 있는 방을 둘러보았다.

침대와 테이블, 텔레비전, 그 외에도 생활에 필요한 것은 대부분 갖춰져 있었다. 게다가 식사까지 꼬박꼬박 나오는데다. 사람들과 얼굴을 마주할 필요도 없다. 어떤 의미에서 보면 최고의 환경이었다.

하지만— 이곳에 계속 있을 수는 없다. 나츠미는 복부에 난 상처를 매만지면서 어금니를 깨물었다.

시도와 코토리의 목적이 무엇인지는 모르겠지만, 그것이 나츠미에게 있어 불이익이 되리라는 것은 충분히 상상이 되었다. 분명 나츠미에게 복수하기 위해 데리고 있는 것이리라. 어쩌면 잔뜩 살을 찌운 후 잡아먹을 생각일지도 모른다. 그렇게 보면 나츠미에게 이렇게 맛있는 식사를 제공하는 것도 납득이 되었다.

"너희 생각대로는 안 돼……!"

엘렌에게 입은 상처는 나아가고 있었다. 이대로 가면 며칠 안에 〈하니엘〉을 현현시킬 수 있을 만큼 회복될 것이다. 그렇게 되면 이 방의 벽은 그야말로 종잇조각이나 다름없었다. 마음만 먹으면 바로 탈출할 수 있을 것이다.

지금 바로 로스트해서 인계로 도망치는 방법도 있지만, 세계 간의 이동은 몸에 부담을 주는데다─ 인계에 돌아간 순간, 이쪽 세계에 또다시 끌려올 가능성도 있기 때문에 가능하면 쓰고 싶지 않은 수단이다.

게다가 낮은 확률이기는 하지만 이 세계로 다시 끌려왔을 때, 그 엘렌이라는 위저드와 마주치기라도 하면 이번에는 살해당하고 말 것이다.

아무튼 지금은 상처를 치료하는 것을 우선시할 수밖에 없다. 그렇게 생각한 나츠미는 남은 음식을 입안에 집어넣었다.

하지만 다음 순간.

느닷없이 방문이 열리더니, 몇몇 사람이 안으로 들어와서 순식간에 나츠미를 포위했다.

"어……?!"

전혀 예상치 못한 일이 발생하자, 나츠미는 당황하고 말았다.

허둥지둥 주위를 둘러본 나츠미는 자신을 포위한 사람들이 전부 아는 이들이라는 사실을 눈치챘다.

시도와 코토리, 그리고 나츠미 때문에 일전에 용의자가 되었던 토카, 요시노였다.

코토리는 물론이고, 축복받은 용모를 지녔으면서도 그 사실을 전혀 뽐내지 않는 토카도, 보호 본능을 자극하는 태도로 남자들의 관심을 끄는 요시노도, 나츠미가 싫어하는 타입이다.

하지만 지금 문제인 점은 그게 아니다. 나츠미를 둘러싼 이들은 손에 마대와 밧줄 같은 것을 들고 있었다.

"뭐, 뭐…… 하려는 거야?!"

포위당한 나츠미가 당황한 목소리로 그렇게 말한 순간, 코토리가 나츠미를 손가락으로 가리키면서 지시를 내렸다.

"확보해!"

『오오~!』

코토리의 지시를 들은 시도, 토카, 요시노가 동시에 움직였다.

등 뒤에서 누군가가 마대를 뒤집어씌운 탓에 나츠미의 시야가 완전히 가려졌다. 그리고 그 뒤를 이어 밧줄이 나츠미의 몸을 꽁꽁 동여맸다.

"으~! 으으으으응~?!"

나츠미는 뒤늦게 발버둥 쳤지만 헛수고였다. 손발이 밧줄에 묶인 탓에 손가락 하나 까딱할 수가 없었다. 나츠미가 할 수 있는 것이라고는 물에서 나온 바다표범처럼 몸을 꿈틀거리는 것뿐이었다.

그리고 잠시 후, 누군가가 자신을 어깨에 짊어지는 느낌이 들었다.

『코토리. 이제 뭘 하면 되느냐?』

『이제 거기로 옮겨줘.』

『음, 알았다!』

튼튼한 마대 너머로 그런 대화가 들려온 후, 나츠미를 짊어진 토카가 이동을 시작했다.

—어딘가로 끌려가는 거야?! 나츠미는 머릿속으로 최악의 상상을 했다. 마대에서 나와 보니 도마 위……?! 혹은 마대 채로 냄비에 집어넣으려는 걸지도?!

"꺄, 꺄앗! 나, 나 같은 걸 잡아먹으면 배, 배탈 날 거야아 아앗!"

하지만 나츠미를 짊어진 토카는 그 말을 듣고도 아무런 반응도 보이지 않았다. 마대 너머로 느껴지는 진동이 서서히 목적지에 다가가고 있다는 사실을 나츠미에게 알려주었다.

그리고 그 후로 어느 정도의 시간이 흘렀을까. 고함을 너무 지른 탓에 지친 나츠미가 축 늘어졌을 즈음, 토카는 걸음을 멈추더니 나츠미를 내려놓았다.

그리고 밧줄을 푼 후, 마대를 벗겨주었다. 어둠에 익숙해져 있던 나츠미의 눈에 부드러운 빛이 비쳤다.

"으……."

손으로 얼굴에 그늘을 만들며 눈이 빛에 익숙해질 때까지 기다린 나츠미는— 눈앞에 펼쳐진 의외의 광경을 보고는 입을 쩍 벌렸다.

"뭐, 뭐야, 여기는……."

그곳은 거대한 도마 위도, 펄펄 끓는 지옥의 냄비 안도 아니었다.

따뜻한 느낌의 빛으로 가득 찬 방 안에는 사람 한 명이 누울 수 있을 정도 되는 크기의 침대가 놓여 있었고, 주위는 꽃 향기로 가득 차 있었다. 나츠미가 상상했던 것과는 전혀 다른 공간이었다.

나츠미가 망연자실한 표정을 짓고 있을 때, 간호사복처럼 생긴 옷을 입은 소녀가 침대 옆에 서서 가볍게 손을 흔들었다.

"일일 한정 피부 관리샵,『살롱·드·미쿠』에 어서 오세요~."

그렇게 말한 소녀는 환한 미소를 지었다. 아는 얼굴이었다. 그녀의 이름은— 이자요이 미쿠다. 풍만하기 그지없는 가슴을 자랑이라도 하듯 달고 다니는, 나츠미가 싫어하는 타입의 여자애다.

"여, 여긴 대체 뭐야……?"

"뭐냐니, 미쿠가 방금 말했잖아. 피부 관리샵이야. 말 그대로 피부를 관리하는 곳이지."

"……뭐?!"

시도의 말은 단순 명료했지만, 그 말을 들은 나츠미는 혼란에 빠지고 말았다.

"자, 잠깐만. 무슨 소리를 하는 건지 모르겠어. 대체 왜—."

바로 그때, 나츠미의 어깨가 부르르 떨렸다. 시도의 진짜 목적이 무엇인지 눈치챘기 때문이다.

"하…… 하하. 그래……. 피부 관리를 받고 자기가 예뻐졌다고 착각한 못난이를 마음껏 비웃어주려는 거지? 아하하…… 취미 한번 고상하네. 나와 맞먹을 만큼 배배 꼬인 성깔……."

"에잇."

"아야!"

나츠미가 말을 끝까지 잇기도 전에, 코토리가 그녀의 정수리를 향해 수도 치기를 날렸다. 그 수도 치기를 맞은 나츠미는 머리를 부여잡은 채 몸을 웅크렸다.

"뭐, 뭐 하는 거야?!"

"겉모습보다, 매사에 부정적인 성격과 피해망상부터 어떻게 해야겠네. 됐으니까 빨리 눕기나 해. 피부 관리 외에도 할 게 많단 말이야."

"싫어……! 비웃음 살 걸 뻔히 알면서 그딴 짓을 왜 해……!"

"너 말이야……."

코토리는 한숨을 내쉬면서 머리를 긁적였다. 바로 그때, 시도가 코토리의 어깨에 손을 얹었다.

"그럼 나츠미. 이러는 건 어때? 우리는 오늘, 우리가 아는 모든 방법을 동원해 너를 『변신』시킬 거야. 그게 성공하면 우리의 승리. 우리의 이야기를 진지하게 들어줬으면 해. —그리고 만약 네가 하나도 변하지 않았다고 생각한다면 우리의 패배야. 그러니까 네가 하고 싶은 대로 해."

"……하고 싶은 대로 하라는 게 무슨 소리야?"

"글쎄……. 너를 순순히 놓아준다는 건 어때?"

"……뭐?!"

시도의 말을 들은 나츠미는 눈을 치켜떴다. 그 제안은 코토리에게 있어서도 의외였던 것 같았다. 그녀는 팔꿈치로 시도를 콕콕 찔렀다.

"잠깐, 시도."

"어쩔 수 없잖아. 이것 외에는 방법이 없어. —나츠미, 어때? 나쁜 제안은 아닌 것 같은데 말이야."

"……."

나츠미는 시도의 생각을 읽으려는 것처럼 눈을 가늘게 떴다.

어차피 몸이 회복되면 〈하니엘〉로 도망칠 수 있다. 하지만 시도의 곁에는 토카와 요시노 같은 정령이 있으니 방해받을 가능성도 있었다.

게다가 이것은 승부라고도 할 수 없었다. 아무리 저들이 최선을 다한다고 해도 이 꾀죄죄한 용모를 어떻게 할 수는 없을 것이다. 시도의 말에 놀아나는 것은 마음에 안 들지만 그래도 안전하게 도주할 수 있다면 나쁘지 않은 이야기라는 생각이 들었다.

"……좋아. 하자."

"그래? —그럼 우선 미쿠의 지시에 따라줘."

"……."

나츠미는 아무 말 없이 시도를 노려봤다. 하지만 시도는 겁먹기는커녕 그녀를 마주 쳐다보면서 힘찬 어조로 말했다.

"가르쳐줄게, 나츠미."

"……응? 뭘?"

"—여자애는 천사의 힘을 빌리지 않아도 『변신』할 수 있다는 사실을 말이야."

"……윽."

그 말을 듣고 짜증이 솟구친 나츠미는 시도에게서 고개를 돌렸다.

"—그럼 부탁해, 미쿠."

"예~. 맡겨만 주세요~."

시도는 가볍게 손을 흔든 후, 방 밖으로 나갔다. 그러자 미쿠는 나츠미를 향해 돌아선 후, 그녀의 몸을 차근차근 살펴보았다.

"자아, 그럼 시작할게요. 우선 지금 입고 있는 옷부터 벗길게요~."

그렇게 말한 미쿠는 양손의 손가락을 꼼지락거리면서 나츠미에게 다가갔다. 왠지 미쿠의 눈빛이 시도가 이 방에 있을 때와는 달라진 것 같은 느낌이 들었다.

"어…… 아……."

나츠미는 무심코 뒷걸음질 쳤다. 홀스타인 같은 가슴을 지닌 여자에게 자신의 빈약하기 그지없는 몸을 보여주는 것은 죽어도 싫은 데다— 그녀는 본능적으로 위험을 감지했다.

하지만 등 뒤에 있던 코토리에게 어깨를 잡힌 탓에 도망칠 수가 없었다.

"자, 잠깐……!"

"정말 고집불통이네. 이제 그만 포기해."

"걱정하지 마세요~. 하나도 안 아파요~."

"꺄앗! 꺄앗!"

미쿠가 콧김을 뿜으면서 나츠미의 옷을 벗겼다. 나츠미는 필사적으로 발버둥 쳤지만, 결국 실오라기 하나 걸치지 않은 채 침대에 엎드리고 말았다.

"뭐, 뭘 하려는 거야⋯⋯?!"

"우후후. 당신 덕분에 엄청 공포에 떨었거든요~. 듬~뿍 답례 해줄게요~."

그렇게 말한 미쿠는 선반에 놓인 병 같은 물건을 들더니, 그 안에 들어 있는 수상한 액체를 나츠미의 등에 발랐다.

"꺄아아아앗! 뭐야?! 뭐 하는 거야?!"

"자아, 날뛰지 마세요. 이건 최고급 아로마 오일이에요~."

미쿠는 손가락으로 나츠미의 피부를 상냥하게 매만졌다.

"아⋯⋯. 아앙⋯⋯."

지금까지 한 번도 느껴본 적 없는 감각을 느낀 나츠미는 태어나서 지금까지 한 번도 내본 적 없는 기묘한 소리를 내고 말았다.

"우후후, 기분 좋죠? 프로급은 아니지만, 그래도 꽤 자신 있는 편이랍니다~. 그리고 피부 관리를 너무 안 했네요~. 피부는 여자의 생명이니 꼭 신경 써주세요~."

"하⋯⋯ 하지만⋯⋯."

"당신은 툭하면 자기는 못났다고 하던데, 아무런 노력도 하지 않으면서 그런 말을 해봤자 아무도 납득하지 않아요~. 물론 이 세상에는 토카 양처럼 타고난 미인도 있지만, 당신이 질투하는 이 세상의 여성들은 다~들 아름다워지려고 노력을 아끼지 않는다고요~."

"하지만…… 나 같은 애가, 노력해봤자……."

말을 잇던 나츠미는 자신의 의식이 흐려져 가는 것을 느꼈다. 몸에 피로가 쌓였기 때문일까, 미쿠의 마사지가 너무 기분 좋기 때문일까, 갑자기 잠이 쏟아지기 시작했다.

"나, 는……."

그 말을 끝으로, 나츠미는 잠에 빠져들었다.

"─자! 다 됐어요~!"

"……아!"

미쿠의 말을 들은 나츠미는 눈을 떴다.

정신을 차려보니 자신은 천장을 보며 누워 있었다. 일단 가슴은 목욕 수건으로 가려져 있었지만 그래도 부끄러웠다.

"자아, 감상을 말해줄래요?"

"아……."

미쿠의 말을 들은 나츠미는 자신의 피부를 가볍게 매만져보았다.

그리고─ 그녀는 눈을 치켜떴다.

"아! 마, 말도 안 돼……."

믿기지가 않았다. 자신의 딱딱하기 그지없던 건조 피부가, 촉촉한 아기 피부로 변해 있었다.

"우후후~. 피부 관리를 처음 받아본 사람은 다들 놀라곤 해요~. 뭐, 이 상태가 계속 유지되지는 않지만, 그래도 감동

적이죠~?"

"우와…… 거짓말…… 이게 진짜 내 손이야……?"

"예, 맞아요. 우후후, 이렇게 멋진 리액션을 해주니, 다음 방에서 어떤 반응을 보여줄지 정말 기대되네요~."

"뭐……?"

"자, 옷 입고 따라와."

방구석에 놓인 의자에 앉아서 기다리던 코토리가 몸을 일으키면서 말했다. 참고로 그녀의 옆에서는 토카와 요시노가 서로에게 기댄 채 졸고 있었다.

그 말을 들은 나츠미는 미쿠가 벗겼던 환자복을 입은 후, 방 안쪽에 있는 문을 통해 다음 방으로 이동했다.

"크크크, 야마이의 영역에 잘 왔노라!"

"칭찬. 자기 발로 이곳에 온 당신의 배짱만은 높이 사줄게요."

나츠미가 다음 방에 들어가자, 판으로 찍어낸 것처럼 똑같이 생긴 쌍둥이 자매가 멋진 포즈를 취하면서 그녀를 맞아주었다.

슬렌더한 카구야와 글래머인 유즈루, 라고 하는 빈틈없는 포진이었다. 두 사람 다 나츠미가 싫어하는 타입이다.

"여, 여기는……."

나츠미는 눈을 동그랗게 뜨면서 방 안을 둘러보았다. 벽에는 커다란 거울이 달려 있고, 그 앞에는 의자가 놓여 있었다. 나츠미는 한눈에 여기가 어디인지 눈치챘다. 이곳은— 미용실이었다.

"유도. 우선 이쪽으로 와주세요."

유즈루는 그렇게 말하면서 나츠미의 손을 잡아끌었다.

"아……."

나츠미를 방 안에 있는 의자에 앉힌 유즈루는 그녀의 목 아랫부분에 커다란 천을 둘렀다.

그리고 나츠미가 앉은 의자를 뒤로 젖혔다.

"뭐, 뭘……."

"속행. 곧 알게 될 거예요."

유즈루가 그렇게 말하면서 손 언저리에 있는 스위치를 돌리자 의자에 달린 장치에서 적당한 온도의 물이 흘러나왔다. 유즈루는 그 물로 나츠미의 머리카락을 적셨다.

그 후, 손에 샴푸를 묻힌 유즈루는 나츠미의 머리카락을 천천히 감겨주기 시작했다.

"아, 응……."

남이 머리카락을 감겨준다고 하는 행위에 익숙하지 않은 나츠미는 몸을 비틀었다. 옆에 있던 카구야가 그 모습을 보고는 웃음을 터뜨렸다.

"후하하하하! 유즈루의 샴푸질은 쾌락의 극치일 것이니라! 그것도 그럴 것이 제91시합이었던 머리 감겨주기 대결 때 1분도 채 지나기 전에 나에게서 승리를 빼앗아 갔을 정도의 실력이니 말이다!"

"미소. 카구야가 간지럼을 잘 타기 때문에 유즈루가 이겼던 거예요."

유즈루는 낮은 목소리로 그렇게 말하면서 거품을 씻어낸 후, 좋은 향기가 나는 트리트먼트로 나츠미의 머리카락을 코팅했다. 나츠미는 너무 기분이 좋은 나머지 그대로 잠들어 버릴 뻔했다.

"교대. ―이제 카구야 차례예요."

트리트먼트를 끝내고 나츠미의 머리카락을 깨끗하게 닦은 유즈루는 의자에서 일어나면서 그렇게 말했다. 그 말을 들은 카구야는 허리에 찬 이발용 가위를 꺼내 들더니 서부극에 나오는 총잡이가 총을 돌리듯 그 가위를 돌려댄 후 양손에 쥐었다.

"크크큭! 이 몸만 믿거라!"

"머, 머리카락…… 자르는 거야?"

"그러하니라! 하지만 걱정할 필요는 없을 것이니라! 내 실력은 제92시합, 헤어커트 대결의 결과를 봐도 명명백백하니까 말이다!"

"……너희 둘, 정말 뭐든 대결 종목으로 삼았구나."

옆에서 지켜보던 코토리가 쓴웃음을 지으며 말했다. 카구야는 자랑하듯 가슴을 펴며 "음!" 하고 말한 후, 나츠미의 등 뒤에 섰다.

"뭐, 머리카락을 싹둑싹둑 잘라댈 생각은 없느니라. 하지만 ― 갈라진 머리카락 끝과 뭉친 머리카락! 너희는 놔둘 수 없도다! 이 몸의 협기(鋏技)·초제쌍인열풍진(超帝雙刃烈風陣) 카이저·시에르·빈트에 의해 흩날려 버리거라!"

고함을 지른 카구야는 손에 쥔 가위를 경쾌하게 휘두르며 나츠미의 머리카락을 잘라댔다.

몇십 분 후, 까치집투성이였던 나츠미의 머리카락이 깔끔하게 정리되었다.

"우와…… 말도 안 돼."

"후후…… 뭐, 이 정도면 됐을 터."

결투를 끝낸 총잡이처럼 가위 끝을 후~ 하고 분 카구야는 가위를 빙글빙글 돌린 후 다시 허리에 찬 가위집에 집어넣었다.

그 후 카구야는 드라이어와 빗으로 머리카락을 세팅했다.

"크큭…… 꽤 까치집을 좋아하는 머리카락이다만 방법이 없는 것은 아니다. 머리카락이 젖어 있을 때 숨통을 끊어버리면 그 녀석들도 더는 날뛸 수 없을 게야."

"그, 그렇구나……."

나츠미는 식은땀을 흘리며 엉겁결에 대답했다.

카구야의 실력은 확실했다. 항상 까치집투성이였던 나츠미의 머리카락은 믿기지 않을 만큼 깔끔하게 정리되어 있었다. 그뿐만 아니라 희미하게 빛을 뿜고 있는 것처럼 보였다.

"크큭. 자, 끝났으니 다음 에어리어로 가보거라."

"수긍. 이쪽이에요."

"으음……."

다음 에어리어. 그 말을 들은 나츠미는 불안을 나타내듯 눈썹을 모았다.

하지만 여기까지 온 이상 물러설 수는 없다. 각오를 다진 나츠미는 방 안쪽에 있는 문을 열었다. 그런 그녀의 뒤를 코토리와 야마이 자매, 미쿠, 그리고 나츠미가 머리 손질을 받는 사이 잠에서 깨어난 토카와 요시노가 따랐다.

문 너머에는 지금까지 본 것 중 가장 넓은 공간이 있었다. 백열등 불빛으로 가득 차 있는 넓은 방 안에는 깔끔하게 접힌 셔츠와 옷걸이에 걸려 있는 코트, 치마 등이 진열되어 있었다.

그렇다— 이곳은 옷가게 혹은 부티크라고 불리는 가게와 흡사한 공간이었다.

"여, 여기는……."

나츠미는 주위를 두리번거렸다. 그러다 등 뒤에 있는 코토리와 시선이 마주쳤다.

"후후. 피부 관리샵, 미용실 다음은 당연히 옷가게 아니겠어?"

코토리의 말을 들은 다른 소녀들은 고개를 끄덕였다.

"……뭐, 뭐어? 자, 잠깐만. 나, 이런 건 좀—."

"이야기는 나중에 들을게. —다들, 시작해."

코토리는 나츠미의 말을 끊고 손뼉을 쳤다.

"음!"

그러자 양손에 옷가지를 든 소녀들이 나츠미를 향해 다가왔다. 토카는 귀여운 원피스를 나츠미의 몸에 대보면서 쾌활한 목소리로 말했다.

"이거면 괜찮지 않겠느냐?! 이 옷을 입으면 정말 귀여울 거다!"

"응, 맞아. 나쁘지는 않은 것 같아. 하지만 이 시기에 입기에는 조금 얇아 보여."

코토리가 턱에 손을 댄 채 그렇게 말하자, 이번에는 요시노가 외투를, 유즈루가 모자를 내밀었다.

"그럼 이걸 같이……."

"제안. 이걸 추천할게요."

"아, 괜찮네. 자, 일단 입어봐. 나츠미."

코토리는 그렇게 말하면서 나츠미를 탈의실 쪽으로 밀었다.

"자…… 잠깐, 왜 멋대로 이야기를 진행하는 거야!"

나츠미가 그렇게 외친 순간, "맞는 말이니라." 하고 카구야가 말했다.

"다들 물러서거라. 이 몸께서 직접 나츠미에게 어울리는 예복을 골라 왔느니라."

그렇게 말한 카구야는 체인과 벨트가 잔뜩 달린 검은색 옷을 내밀었다.

"아~ 그건 좀 아니잖아요. 나츠미 양에게는 이게 훨씬 잘 어울릴 거예요~."

미쿠는 그렇게 말하면서 다른 옷을 내밀었다. 그것은 프릴이 잔뜩 달린, 그야말로 인형옷을 연상케 하는 드레스였다.

"……."

나츠미는 아무 말 없이 토카와 요시노, 유즈루가 골라준 의

복을 들고 탈의실을 향해 걸어가더니, 힘차게 커튼을 쳤다.

『왜, 왜냐! 왜 이 몸께서 고른 칠흑의 예복을 거부하는 것이냐……!』

『아앙~! 이 옷을 입으면 훨씬 귀여울 텐데~!』

커튼 너머에서 카구야와 미쿠의 목소리가 들렸다.

"쳇. 대체 왜 이러는 거야……."

나츠미는 투덜거리면서 입고 있던 환자복을 벗었다.

마음에 들지는 않지만 가만히 있다가는 카구야나 미쿠가 고른 옷을 입게 될 것만 같았다. 우울한 기분을 맛보며 환자복을 벗은 카구야는 원피스와 외투를 입은 후, 모자를 썼다.

『나츠미, 아직이냐?』

『계속 고집을 피우면 나와 토카가 강제로 갈아입힐 거야.』

커튼 너머에서 토카와 코토리의 목소리가 들렸다. 나츠미는 땅이 꺼져라 한숨을 내쉬면서 각오를 다진 후, 천천히 커튼을 젖혔다.

토카, 코토리, 요시노, 야마이 자매, 미쿠의 시선이 나츠미를 향했다.

"윽……."

나츠미는 치밀어 오르는 구토기를 참으려는 것처럼 눈을 꼭 감으면서 어금니를 깨물었다. 이윽고 토카를 비롯한 소녀들의 조소 섞인 웃음소리가…….

"음! 괜찮구나."

"으음, 개인적으로는 좀 더 세련된 게 어울릴 것 같은데, 어떻게 생각해?"

"아…… 이런 거, 말인가요?"

『으음~ 좀 더 대담한 걸로 가자~. 이런 건 어때~?』

—들려오지, 않았다.

"……어?"

나츠미는 고막을 흔드는 의외의 목소리를 듣고 눈을 떴다. 그러자 즐거운 듯한, 혹은 진지한 표정을 짓고 있는 여섯 소녀와 인형 하나가 눈에 들어왔다.

"저기……."

예상외의 반응을 접한 나츠미는 당황했다. 그때, 코토리가 고급스러운 블라우스와 단색 스커트를 나츠미에게 건넸다.

"자, 나츠미. 이번에는 이걸 입어봐. 내 생각에는 이게 더 어울릴 것 같아."

"저, 저기……."

"자, 빨리 입어봐."

—그 후로 세 시간 동안, 나츠미는 각양각색의 옷을 입어보았다.

엄밀하게 말하자면 옷만이 아니었다. 구두와 모자, 각종 액세서리와 시계, 안경(물론 도수는 없음) 같은 것도 착용해본 데다, 나중에는 별의별 포즈까지 취해야 했다. 마치 패션 인형이나 온라인 게임의 아바타가 된 것 같았다. 뭐가 어떻게 되고 있는 것인지 감조차 오지 않았다. 모두가 납득할 수 있는 옷을 골랐을 즈음, 나츠미는 완전히 지쳐버렸다.

"―읭! 이게 가장 좋을 것 같아."

"예…… 정말 멋져요."

『응응, 정말 괜찮네~.』

"음! 괜찮은 것 같구나!"

토카는 쾌활하게 웃으면서 고개를 끄덕였다. 그리고 코토리는 나츠미를 바라보면서 말했다.

"자, 그럼 다음이 마지막 방이야."

코토리의 말을 들은 순간, 모두의 표정이 살짝 굳어졌다. 범상치 않은 분위기를 느낀 나츠미의 볼을 타고 식은땀이 흘렀다.

"뭐, 뭐야……?"

나츠미가 불안한 표정을 짓자, 야마이 자매는 유쾌한 웃음을 터뜨렸다.

"크큭, 가면 알 수 있을 것이니라. 자, 이쪽이다."

"수긍. 최강의 자객이 그 방에서 당신을 기다리고 있어요."

"최, 최강……?!"

불온한 단어를 들은 나츠미는 마른침을 삼켰다. 솔직하게 말해 다음 방에는 가고 싶지 않았다.

"자, 빨리 가죠~."

"아, 잠깐……!"

하지만 미쿠에게 등을 떠밀린 나츠미는 반강제적으로 다음 방에 들어가고 말았다.

마지막 방이라 불린 곳은 지금까지 갔던 방보다 좁았다. 방

가운데에 의자가 놓여 있었고— 그 옆에 한 소녀가 등을 보이며 서 있었다. 처음 보는 뒷모습이었다. 저 소녀가 야마이 자매가 말한 최강의 자객인 것일까.

나츠미가 마른침을 삼키자, 그 소녀가 천천히 뒤돌아섰다.

등까지 기른 머리카락에 네잎 클로버 모양 머리핀을 꽂고 중성적인 외모를 지닌, 키가 큰 소녀였다.

그 소녀의 얼굴에는 자포자기에 가까운 감정이 어려 있었다. 이유는 모르겠지만 꽤나 무리하고 있는지 눈가에는 눈물마저 맺혀 있었다.

"—잘 왔어요! 여기가 나츠미 변신 계획, 최후의 방이에요!"

"뭐, 뭘 하려는 거야⋯⋯?"

나츠미가 묻자, 그 소녀는 낮은 목소리로 "⋯⋯젠장, 될 대로 되라고."라고 중얼거리면서 미소를 지은 후, 양손을 가슴 앞에서 교차시켰다.

자세히 보니 그 소녀의 손가락 사이에는 립글로스와 아이라이너, 컨실러(Concealer) 같은 메이크 도구가 끼워져 있었다.

"그, 그건—!"

"맞아요. 제 메이크로 당신을 변신시켜드리겠어요!"

그 소녀는 립글로스로 나츠미를 가리키며 말했다. 그 박력에 압도당한 것처럼, 나츠미는 무심코 한 걸음 물러섰다.

그리고 잠시 후, 그녀는 고개를 세차게 저었다.

"무, 무슨 소리 하는 거야. 그런 걸로 나를 변신시킬 수 있을 리가⋯⋯."

"가능해요!"

"마, 말도 안 되는 소리 하지 마! 나 같은 애가······!"

"정말 그렇게 생각하나요? 메이크 같은 걸로 사람이 변할 리가 없다고 진심으로 생각하나요?"

"다, 당연하잖아!"

나츠미의 말을 들은 그 소녀는 들고 있던 메이크 용품을 허리에 찬 휴대용 포치에 넣었다. 그리고 천천히 자신의 목덜미에 손을 댔다.

"그럼 제가······ 아니—."

그리고 그 소녀는 목에 붙인 조그마한 반창고 같은 것을 뗐다.

"내가 남자라고 해도 그렇게 생각할 거야?!"

"뭐······?!"

소녀의 목에서 남자 목소리가 흘러나오자, 나츠미는 몸을 부르르 떨었다.

"뭐······? 그, 그게 무슨······."

잠시 동안 곤혹스러운 표정을 짓고 있던 나츠미는 한 가지 사실을 눈치챘다.

그렇다. 나츠미는 이 목소리를 들은 적이 있었다.

"서, 설마······ 너, 시도······?!"

"그래! 나야!"

그녀(?)는 힘차게 고개를 끄덕였다.

유심히 보니, 눈앞의 소녀는 이츠카 시도와 외모가 매우 닮았다. 그 사실을 인식한 순간, 나츠미는 무심코 새된 비명을 질렀다.

"벼, 변태……?!"

"……."

"아. 시도가 상처받았어."

"뭐, 그래도 부정은 하지 못할 거예요~."

등 뒤에서 코토리와 미쿠의 목소리가 들렸다. 아무래도 그녀들은 눈앞의 소녀가 시도라는 사실을 알고 있었던 것 같았다.

"아, 아무튼!"

그대로 정신적으로 무너질 뻔했던 시도는 마음을 다잡은 후 다시 나츠미를 향해 고개를 돌렸다.

"내 메이크 기술은 남자를 여자로 보이게 할 정도의 레벨이야! 지금의 나라면 네가 자신감을 가지게 만들어줄 수 있어!"

"뭐, 기술이 좋기도 하지만, 본인에게 소질이 없으면 저렇게 완벽한 여장을 하지는 못할 거야."

"맞아요~. 저, 처음에는 진짜로 여자인 줄 알았거든요~."

코토리와 미쿠는 또 낮은 목소리로 대화를 나눴다. 그 말을 들은 걸까, 시도의 시선이 날카로워졌다.

"외, 외야는 입 다물어! 아무튼! 승부다, 나츠미! 내 전심전력, 그리고 모든 기술로! 너를!『변신』시켜주겠어!"

"……윽!"

그 말을 듣고 표정을 딱딱하게 굳힌 나츠미는…… 어금니를 깨물었다.

"……좋아. 그 승부, 받아주겠어. 하지만 잊지 마. 내가 납득하지 못하면 이 승부는 내 승리야!"

"그래, 알았어. ―자아, 시작하자."

시도는 고개를 끄덕인 후, 나츠미에게 의자를 권했다. 그 모습은 마치 공주님을 모시는 시종을 연상케 했다.

고개를 끄덕이며 의자에 앉은 나츠미는 시도의 얼굴을 뚫어져라 쳐다보았다. 시도의 외모적 특징이 남아 있는데도 불구하고, 너무나도 아름다웠다. 정말 완벽하기 그지없었다.

―어쩌면 나도…….

"……그, 그럴 리가 없어……."

나츠미는 머릿속을 스치고 지나간 상상을 떨쳐내려는 것처럼 고개를 저었다. ―아무리 시도의 기술이 뛰어나다고 해도, 어차피 부질없는 짓이다. 그렇다면 처음부터 기대하지 않는 편이 낫다. 어중간한 희망은 절망을 더욱 깊게 만들 뿐이다.

바로 그때, 시도는 나츠미의 생각을 읽기라도 한 것처럼, 입가에 미소를 머금었다.

"괜찮아."

"……윽."

나츠미는 볼을 살짝 붉힌 후, 고개를 숙였다.

"……저기, 한마디만 해도 돼?"

"물론이지. 말해봐."

"……그 얼굴로 남자 목소리를 내니 엄청 기분 나빠."

"……."

시도는 슬픈 표정을 지으며 조금 전에 뗐던 반창고 같은 것을 다시 붙였다.

"그, 그럼 시작하자! 우선 메이크업의 기본 중의 기본인 세안부터야. 이걸 소홀하게 하면 화장이 잘 안 먹거든!"

목소리 톤이 약간 올라간 시도는 마음을 다잡으면서 말했다.

나츠미는 시도의 지시에 따라 정성들여 세수를 한 후, 화장수(化粧水)를 적당히 손에 묻혀 얼굴 전체에 발랐다.

"―좋아. 남은 건 나에게 맡겨."

시도는 그렇게 말한 후 나츠미의 얼굴에 화장 베이스를 바른 뒤, 분첩을 이용해 파운데이션을 발랐다.

"나츠미, 미리 말해두겠는데 말이야."

시도는 작업을 하면서 나츠미에게 말했다.

"나는 화장으로 너를 완전히 다른 사람으로 만들 생각은 없어. 나는 그저 네 등을 살짝 밀어줄 뿐이야. 네 마음속에 있는 『나는 안 돼.』라는 생각에서 빠져나올 수 있도록 도와주려는 것뿐이라고."

"……흐, 홍. 말은 잘하네."

나츠미는 짜증 섞인 목소리로 그렇게 말했지만, 시도는 아무 말 없이 미소 지었다.

그리고 볼에 치크를 하고, 눈화장을 한 후― 마지막으로 입술에 립글로스를 발랐다.

"―자, 다 됐어."

가볍게 한숨을 내쉬며 그렇게 말한 시도는 화장용품을 포치에 집어넣은 후— 몸을 일으켰다.

"이, 이걸로 끝이야? 꽤 금방 끝났네."

"내가 말했잖아. 원래 외모를 죽여서는 의미가 없다고 말이야. 하지만— 이 정도로 충분해. 자."

"뭐, 뭐야……."

나츠미가 고개를 돌려보니, 그곳에는 토카를 비롯한 소녀들이 한곳에 서 있었다. 그리고 중앙에는 커다란 천이 덮인 얇은 판 같은 것이 있었다.

나츠미는 바로 눈치챘다. 저것은 거대한 거울이다. 저것으로 나츠미에게 자신의 변한 모습을 보여주려는 것이리라.

—바로 그때, 나츠미의 눈에 거울 옆에 서 있는 소녀들의 표정이 들어왔다. 그녀들은 놀란 것처럼 눈을 치켜뜨고 있었다.

"왜, 왜 그래……?"

나츠미가 동요한 듯한 표정을 지으면서 그렇게 말하자, 토카는 고개를 끄덕이면서 거울을 덮은 천 끝을 잡았다.

"음! 직접 봐라!"

그리고 천을 잡아당겼다. 그러자 커다란 거울이 모습을 드러냈다.

"아—."

거울에 비친 소녀의 모습을 본 순간.

나츠미는 말문이 막히고 말았다.

거칠기 그지없었던 머리카락은 원래의 느낌이 남아 있으면서도 예쁘게 세팅되어 있었으며, 조명 빛을 받아 찬란히 빛나고 있었다. 혈색이 나빠 보이고 푸석푸석하던 피부는 몰라볼 만큼 촉촉해졌을 뿐만 아니라 윤기를 지녔고, 귀여운 옷과 조화를 이루면서 마치 정숙한 숙녀 같은 분위기를 자아냈다.

하지만 무엇보다 나츠미를 놀라게 한 것은 바로 얼굴이었다.

앞 머리카락을 뒤로 넘긴 덕분에 노출된 얼굴은 나츠미 본인의 얼굴이 분명했다. 화장을 통해 희미하게 붉은색을 띤 볼과 윤곽이 확연해진 눈매, 연분홍색을 띤 입술 등, 변화된 부분 자체는 극히 적었다.

하지만 그런 희미한 차이점들이 합쳐지자, 그녀의 얼굴은 예전과는 비교도 되지 않을 만큼 귀여워졌다. 한순간, 저것이 거울이 아니라 다른 영상을 투영하는 스크린일지도 모른다고 의심할 정도였다.

"이, 이게…… 나……?"

"그래. 나츠미, 바로 너야."

믿기지 않는다는 표정을 지은 나츠미가 자신의 볼을 손가락으로 만져보며 그렇게 중얼거리자, 시도는 그녀의 자그마한 어깨에 손을 얹으면서 말했다.

그 뒤를 이어, 이곳에 있는 소녀들이 일제히 입을 열었다.

"음! 정말 예쁘구나!"

"꽤 괜찮은 것 같네. 너희는 어떻게 생각해?"

"와아…… 저기, 나츠미 양. 다음에 저희 집에 놀러오지 않겠어요~?"

한 소녀는 다른 소녀들과 전혀 다른 의미를 지닌 눈빛을 띠고 있었지만, 그녀들의 반응을 보고 당황한 나츠미는 그 사실을 눈치채지 못했다.

"—자, 나츠미. 이 승부의 결과를 말해주겠어?"

그렇게 말한 시도는 거울 너머로 나츠미의 눈을 바라보았다.

"……윽!"

나츠미는 무심코 숨을 삼켰다. 방금 나츠미는 거울 안에 있는 소녀를 보고—

—귀엽다고 생각하고 말았다.

"아…… 아……."

나츠미의 눈동자는 빙글빙글 돌기 시작했고, 다리는 부들부들 떨리고 있었다.

기쁘지 않을 리가 없었다. 행복하지 않을 리가 없었다. 지금까지 그렇게 싫어했던 자신의 외모가 이렇게 변해버릴 것이라고는 몇 시간 전까지는 생각도 하지 못했다.

하지만 짧은 시간 안에 예상 못 한 일이 너무 많이 발생한 탓에 뇌가 이 상황을 이해하지 못했다.

—뭐야? 지금 무슨 일이 일어난 거야? 이건 누구지? 나, 나 맞아? 그것보다, 이 녀석들은 대체 뭐야? 왜 나한테 이렇게 잘해주는 거지? 나는 그렇게 심한 짓을 했는데. 제정신 아닌 거 아냐? 승부? 승부가 뭐야? 내가 나 자신이 귀엽다고 생각하면 진 거라고 했지? 그럼 내가 진 거잖아. 완전 패배잖

아. 무지막지하게 귀엽단 말이야. 어, 하지만, 이건, 어⋯⋯?

"어, 어이, 나츠미⋯⋯?"

"우, 아, 아, 아아아아아아아아아아아아—————앗!!"

뭐가 뭔지 전혀 알 수가 없었다. 머리를 쥐어뜯은 나츠미는 고함을 지르면서 밖으로 뛰쳐나갔다.

◇

결국 『살롱·드·미쿠』까지 뛰어간 나츠미는 그곳에서 발을 헛디뎌 넘어지다 그대로 벽에 머리를 찧고 기절하고 말았다. 꽤나 정신적으로 충격을 받은 것 같았다. 깔끔하게 세팅한 머리카락은 흐트러질 대로 흐트러졌고, 옷도 찢어지고 말았다.

기절한 나츠미는 환자복으로 갈아입혀진 후, 격리실에 누워 있었다. 뭔가 좋지 않은 꿈이라도 꾸고 있는 것인지, 때때로 침대 위에서 몸부림 치면서 고통스러운 신음을 흘렸다.

"흐음⋯⋯."

격리실 외부에서 모니터로 내부의 모습을 보고 있던 코토리는 턱에 손을 댔다. 여동생의 표정을 본 시도는 볼을 긁적이며 말했다.

"역시 너무 억지로 밀어붙였나 봐. 이렇게 싫어할 줄은 몰랐어⋯⋯."

"⋯⋯아니, 꼭 그렇지도 않아."

"예?"

시도가 고개를 갸웃거리자, 코토리의 옆에 앉아 있던 레이네가 눈앞에 있는 화면을 가리켰다. 그 화면에는 나츠미의 얼굴과 각종 수치가 표시되어 있었다.

　"……정신 상태, 기분, 호감도…… 전부 다 최저 수치에서 벗어났어. 영력을 봉인할 수 있는 레벨이 되려면 아직 멀었지만 말이야."

　"그, 그래요?"

　"……응. 그녀는 자신의 변신을 싫어하는 것은 아냐. 뭐, 꽤 동요한 것 같기는 하지만 말이야."

　"아……."

　레이네의 말을 들은 시도는 고개를 끄덕였다. 확실히 나츠미는 비정상적일 정도로 당황한 것처럼 보였다.

　"……아마 변신을 하지 않은 상태에서 칭찬을 받는 데 익숙하지 않은 걸 거야. 나츠미는 자신은 못생겼다, 변신을 하지 않으면 누구도 자신에게 관심을 가져주지 않는다는 생각을 가지고 있어. 마음속 깊은 곳으로는 『자신』을 인정해주기를 바라면서도, 스스로에게 자신감을 가지지 못하고 있는 거지."

　레이네는 손가락 하나를 세우면서 말을 이었다.

　"……문진(問診)과 해석 결과, 나츠미는 다른 정령에 비해 이 세계에 정숙 현계 한 횟수가 매우 많다는 사실을 알았어. 분명 호기심이 강한 정령일 거야. 이쪽 세계에 대해서도 매우 잘 알고 있어. 그렇게 추천할 만한 수단은 아니지만 〈하니엘〉로 지폐를 위조하는 것도 가능하기 때문에 쇼핑 같은 것도 자유롭게 할 수 있었던 듯해."

"그랬군요……. 그럼 왜 저렇게 스스로에게 자신감을 가지지 못하는 거죠?"

"……어쩌면 그래서가 아닐까?"

레이네는 표정을 굳히면서 말했다. 그 말을 들은 시도는 나츠미가 일전에 했던 말을 떠올렸다.

"그러고 보니 이쪽 사람들은 『나츠미』가 『나츠미』일 때는 전혀 상대도 안 해줬다고……."

"……아마 그런 경험을 반복한 탓에, 나츠미의 가치관이 일그러져 버린 걸 거야. 자유자재로 자신의 형태를 바꿀 수 있기 때문에 점점 더 원래의 자신을 부정하게 된 거지. ……중요한 건 아름다우냐 아름답지 않으냐가 아니라, 그녀가 누군가에게 인정받았다고 생각하느냐 안 하느냐야."

"쉽지 않은 문제네."

코토리는 어깨를 으쓱하면서 한숨을 내쉬었다.

"하지만 저렇게 남들에게 인정받고 싶어 한다면, 공략할 방법은 있어. 즉, 스스로에게 자신감을 가지게만 하면 되잖아? 그렇게 하면 우리가 하는 말을 솔직하게 받아들일 수 있을 거야. 그럼 조금은 태도가 부드러워지겠지."

"그렇게 잘 풀리면 좋겠지만……."

"비관적으로 생각해서는 죽도 밥도 안 돼. 일단 시도는 해보자. 내일부터 바로 나츠미 재활 훈련 개시야."

"재활 훈련……이라. 구체적으로 뭘 할 건데?"

시도가 묻자, 코토리는 잠시 동안 생각에 잠겼다.

"으음…… 일단 『자신은 귀엽다』는 걸 믿게 만들어야 하니까, 제삼자의 평가를 다이렉트로 전해주는 게 좋지 않을까?"

"하지만 우리가 아무리 귀엽다고 말해도……."

"그러니까 제삼자의 평가를 전해주자는 거야. 시도와 정령들은 나츠미를 『변신』시키는 데 관여했잖아. 이쪽이 정당한 평가를 내리더라도, 나츠미가 색안경을 낀 평가라고 생각하면 의미가 없어. ―〈라타토스크〉에서 적당한 인재를 준비하는 것도 가능하지만 가능하면 이쪽과는 전혀 연관이 없는 인간이면 바람직할 것 같아. 시도, 괜찮은 사람 없어?"

"응? 글쎄……."

볼을 긁적거리던 시도는 한 지인의 얼굴을 떠올리곤 "아." 하고 탄성을 터뜨렸다.

"이야~ 여자애를 소개시켜준다고? 역시 이래서 좋은 친구를 둬야 한다니깐!"

다음 날. 일전에 일어났던 소동을 깔끔하게 잊은 듯한 토노마치는 시도의 어깨를 두드리면서 밝은 목소리로 말했다.

그렇다. 나츠미의 재활 훈련 상대로 삼기 위해 시도가 부른 인물은 바로 클래스메이트인 토노마치 히로토였다. 시도의 지인 중에서는 꽤 재미있는 편인데다 말솜씨도 좋다. 게다가 일전에 벌어진 사건의 피해자이기도 하기 때문에 나츠미도 토노마치에 대해 잘 알고 있다. 그러니 초면인 사람을 만날 때 느끼는 긴장감을 나츠미가 조금은 덜 느끼지 않을까 하고 생각한 것이다.

"딱히 소개해주는 건 아니지만…… 뭐랄까, 조금 낯가림이 심한 애거든. 그러니 말상대가 되어주지 않겠어?"

"오케이, 오케이. 나한테 맡겨, 마이 베스트 프렌드~. 결혼식에는 꼭 불러줄게."

"……하하."

토노마치가 가슴을 두드리며 고개를 끄덕였다. 뭐랄까, 상대를 만나보기도 전에 김칫국만 마셔대고 있는 것 같았다. ……사람을 잘못 고른 걸까.

"그런데 시도. 여기는 대체 어디야? 네가 나한테 눈가리개를 씌운 후 택시에 태울 때는 납치당하는 건가 싶어서 불안에 떨었다고……."

시도와 토노마치는 호텔 라운지 같은 공간에 있었다. 나츠미를 지상으로 데려갈 수는 없기 때문에 지하 시설 일부를 개조해서 이런 공간을 준비한 것이다. 이 공간에 있는 손님이나 종업원들은 전부 〈라타토스크〉의 기관원이다.

"너, 너무 신경 쓰지 마. 돌아갈 때도 데려다줄게."

시도가 식은땀을 흘리면서 한 말을 듣고 토노마치는 눈빛을 날카롭게 만들었다.

"어이, 이츠카. 설마, 그 여자애……."

"응?"

날카롭기 그지없는 토노마치의 눈빛을 본 시도는 온몸을 부르르 떨었다.

토노마치는 정령의 존재를 모르지만 그래도 불신감을 느낀 것 같았다. 나츠미와 대면하기 전에 선입관을 가지게 할 수는 없다. 시도는 어떻게든 얼버무리기 위해 고민에 고민을 거듭했다. 하지만…….

"혹시 상대가 재벌집 무남독녀인 거야?!"

"뭐……?"

시도는 흥분한 목소리로 그렇게 외치는 토노마치를 보고 어안이 벙벙해졌다.

"병약한 탓에 집 밖으로 거의 나가보지 못한 온실 속 화초 같은 아가씨…… 그녀의 유일한 즐거움은 친구(이츠카)가 보여주는 학교 사진을 보는 것이었다……. 어느 날, 그녀는 사진에 찍힌 한 소년에게 반하고 만다……. 아아, 이 분을 만나보고 싶어……! 그리고 그 애는 용기를 쥐어짜내, 그 남자를 만나게 해달라고 친구에게 부탁했다……! 이렇게 된 거 아냐?!"

"으, 응. 뭐…… 비슷해."

시도가 적당히 맞장구를 쳐주자, 토노마치는 감격에 겨운 목소리로 "크으으으으~." 하고 외치면서 몸을 배배 꼬았다.

"내 인생에도 드디어 봄이 왔구나! 고마워, 이츠카! 내가 재벌집 사위가 되어도 우리는 영원한 친구야……!"

"으, 응……."

토노마치는 시도에게 악수를 청했다. 그의 손을 맞잡은 시도는 양심의 가책을 느꼈다.

하지만 그런 시도의 속내를 모르는 토노마치는 주위를 둘러보았다.

"그런데 내 스위트 허니는 어디 있어?"

"아…… 저기 있어."

시도는 그렇게 말하면서 건물 안쪽을 가리켰다. 그곳에는 귀여운 옷을 입고, 예쁘게 화장을 한— 무지막지하게 언짢은 표정을 짓고 있는 나츠미가 앉아 있었다.

"……"

나츠미는 퉁명한 표정을 지은 채 의자에 앉아 있었다.

아침에 눈을 떠보니, 코토리가 느닷없이 찾아와서 아무런 설명도 해주지 않고 나츠미를 이곳으로 끌고 왔다.

여기는 대체 어디일까. 〈하니엘〉로 변신하지 않은 상태에서 남들 앞에 서는 것에 익숙하지 않은 나츠미는 가시방석에 앉은 것 같은 느낌이 들었다. 주위에 있는 사람들이 웃음을 터뜨릴 때마다 마치 자신을 비웃는 것 같은 느낌이 들어 마음이 불안했다.

바로 그때.

"안녕~!"

앞쪽에서 힘찬 목소리가 들려오자, 나츠미는 온몸을 부르르 떨었다.

고개를 돌려보니, 한 소년이 눈앞에 서 있었다. 눈에 익은 얼굴이었다. ─그렇다. 시도의 클래스메이트다. 이름은 분명─.

"……토, 토노마치 히로토……. 네가 왜 이런 곳에 있는 거야?"

그에게서 고개를 돌린 나츠미가 미심쩍은 목소리로 그렇게 말하자, 토노마치는 놀란 것처럼 눈을 치켜떴다.

"아, 내 이름을 아는구나! 토카와 카구야는 아직도 내 이름을 외우지 못했는데……!"

토노마치는 감격의 눈물을 흘리기 시작했다. 그 모습을 보고 기분이 나빠진 나츠미는 의자를 뒤로 뺐다.

하지만 나츠미의 반응이 눈에 들어오지 않는 듯한 토노마치는 텐션을 한껏 끌어올리면서 그녀의 맞은편에 앉았다.

"만나서 반가워! 너, 이름이 뭐야?!"

"……나, 나츠미……야."

"나츠미 양이구나! 멋진 이름이네!"

"……윽."

친한 척하며 말을 거는 토노마치를, 나츠미는 미심쩍은 눈으로 쳐다보았다.

이 남자, 느닷없이 나타나서 무슨 소리를 하는 걸까. 혹시 시도와 코토리가 이 남자에게 나츠미를 칭찬하라는 의뢰라도 한 것이 아닐까……?

그렇다. 분명하다. 그렇지 않다면 처음 보는 나츠미에게 이런 말을 할 리가 없다.

"이야~. 이렇게 귀여운 애일 줄은 몰랐어. 이거 진짜 이츠카에게 감사해야겠는걸~."

나츠미가 생각에 잠겨 있는 사이에도, 토노마치는 싱글벙글 웃으면서 말을 해댔다. 그 말을 들은 나츠미는 흥 하고 코웃음을 쳤다.

"······얼마야."

"뭐?"

"대체 얼마 받고 이딴 일을 하는 건데? 꽤 짭짤했나 봐?"

"······응? 무슨 소리를 하는 거야?"

토노마치는 고개를 갸웃거렸다. 그의 얼굴에서는 정곡을 찔린 듯한 기색을 전혀 찾을 수 없었다.

"······."

나츠미는 미간을 찌푸렸다. ······대체 어떻게 된 것일까. 인간은 보통 정곡을 찔리면 얼굴이나 몸에 드러나곤 한다. 그리고 관찰이 특기인 나츠미가 그것을 놓칠 리가 없다.

그렇다면······ 이 남자, 설마 진짜로 나츠미를 귀엽다고 생각하는 걸까?

"······윽."

그 생각을 한 순간, 나츠미는 자신의 심박수가 급격하게 올라가는 느낌을 받았다. 아니다. 연기하는 것이 분명하다. 하지만 지금의 나츠미는 어제까지의 나츠미와는 다르다. 시도와 다른 정령들에 의해 변신한 나츠미인 것이다. 어쩌면—.

나츠미의 눈이 빙글빙글 돌기 시작했을 즈음, 토노마치는 이마에 손을 대면서 말을 이었다.

　"이야, 정말 놀랐어. 이렇게 귀여운 애랑 만나게 될 줄은 몰랐거든. 딱 본 순간, 어질어질하더라니깐!"

　"…………아!"

　토노마치의 말을 들은 순간, 나츠미는 표정을 딱딱하게 굳혔다.

　어질어질하다.

　　　　↓

　어질어질하다…… 의미 : 현기증이 나서 쓰러질 것 같다.

　　　　↓

　너를 보고 현기증이 나서 쓰러질 것 같다.

　　　　↓

　너를 딱 본 순간 현기증이 날 정도로 기분이 더러워졌다고, 못난이.

　"내가 이럴 줄 알았어어어어어어어엇!"

　나츠미는 고함을 지르면서 테이블을 엎어버렸다.

　"우, 왓?! 나, 나츠미 양, 왜 이러는 거야?!"

　"그걸 몰라서 묻는 거야?! 바, 바보 취급하지 마……! 나도 좋아서 이러고 있는 게 아니란 말이야~!"

　나츠미가 고함을 지르면서 날뛰자, 주위에 있던 종업원들이 몰려와서 그녀를 말렸다.

"지, 진정하세요, 손님……!"

"아, 아무튼 일단 철수! 이대로 데리고 간다!"

"라, 라져……!"

"뭐 하는 거야?! 놔! 놓으란 말이야아아아아앗!"

나츠미는 그대로 라운지 안쪽으로 끌려갔다.

"……실패군."

"……실패네."

나츠미를 진정시킨 후, 시도와 코토리는 동시에 한숨을 내쉬었다.

참고로 토노마치는 이미 돌려보냈다. 느닷없이 날뛰기 시작한 나츠미를 본 그는 당황한 것 같았지만 "역시, 위중한 병에 걸렸구나……. 그래도 내가 나츠미 양의 버팀목이 되어주겠어……!"라고 말했다. 바보인 건지, 남자다운 건지 감이 잘 안오는 녀석이다.

"우리가 생각했던 것보다 훨씬 더 부정적인 것 같네……. 역시 내부 사정을 전혀 모르는 외부 요원에게는 한계가 있는 것 같아."

"그럼 어떻게 할 거야?"

"일단 다음 수는 생각해뒀어. ―칸나즈키."

"예!"

코토리가 손가락을 튕기자, 장신의 남성이 재빨리 모습을 드러냈다. 코토리의 부관이자 〈프락시너스〉의 부함장인 칸나즈키 쿄헤이였다.

시도는 몇 번 만난 적 있는 칸나즈키를 보고는 눈살을 찌푸렸다. 그럴 만도 했다. 그는 현재 갈색 선글라스를 쓰고 어깨에 걸친 카디건의 소매를 가슴 앞에서 묶는다고 하는, 악덕 프로듀서를 연상케 하는 옷차림을 하고 있었기 때문이다.

"칸나즈키 씨……? 옷차림이 그게 뭐예요?"

"후후— 다 생각이 있어서 이런 옷차림을 한 겁니다. 네거티브한 아기 고양이 양이 자신의 매력에 눈뜨게 만들어 보이죠."

시도의 말을 들은 칸나즈키는 자신만만한 표정을 지으며 엄지를 치켜세웠다.

"……이번에는 또 뭐야?"

토노마치와 만나고 약 세 시간이 흘렀을 즈음. 겨우 마음을 진정시킨 나츠미는 카페 같은 장소에 홀로 방치되어 있었다.

시도와 코토리는 그녀를 데려가고 싶은 장소가 있으니 잠시 동안 여기서 기다려달라고 나츠미에게 말한 후 자리를 비웠다. ……대체 어디에 데려갈 생각인 걸까. 주위의 시선을 피하듯 고개를 숙이면서 나츠미는 생각했다.

하지만— 바로 그때.

"오옷? 오오오오옷?"

기묘한 탄성이 들려오나 했더니, 어깨에 카디건을 걸치고 선글라스를 낀 장신의 수상쩍은 남자가 나츠미의 얼굴을 뚫어져라 쳐다보면서 다가왔다.

"……윽, 뭐, 뭐야……?"

나츠미가 경계심을 가지면서 말하자, 남자는 과장스럽게 자신의 이마를 손바닥으로 두드렸다.

"오오, 실례했습니다! 저는 이런 사람입니다."

그는 품에서 명함을 꺼내더니 나츠미에게 건넸다. 나츠미는 머뭇거리면서 받은 명함을 쳐다보았다.

"……라타토스크 프로덕션, 치프 매니저, 칸나즈키 쿄헤이."

"예! 모델, 탤런트 등의 매니지먼트부터 영화, 방송 등의 제작도 하는 회사입니다!"

칸나즈키라는 남자는 과장스러운 목소리로 인사를 건넨 후, 흥분한 목소리로 말했다.

"저기, 아가씨! 혹시 모델 일 해볼 생각 없습니까?!"

"뭐……?"

그 말을 들은 나츠미는 눈을 치켜떴다.

"모, 모델……. 자, 잡지 같은 데 실리는 그 모델……?"

"예! 그 모델입니다!"

칸나즈키는 힘차게 고개를 끄덕였다. 하지만 그 반응을 본 나츠미는 차가운 표정을 지으며 한숨을 내쉬었다.

나츠미는 이쪽 세계에서 본 잡지나 텔레비전을 떠올렸다. 나츠미의 기억에 따르면, 모델이라는 것은 키가 크고 몸매가 좋은 여성들이 된다.

　〈하니엘〉로 변신한 나츠미라면 몰라도 지금의 나츠미가 모델이 될 수 있을 리가 없었다. 눈앞에 있는 이 남자는 감언이설로 여자애를 속인 후 레슨 비용이라는 명목으로 거금을 갈취하는 악덕 사기꾼이 틀림없다.

　"……미안하지만 나는 농담을 싫어해. 모델이란 건 키가 크고 몸매가 좋은 여자들이 하는 거잖아. 나 같은 게ㅡ."

　나츠미가 자조적인 목소리로 그렇게 말하자, 칸나즈키는 세차게 고개를 저었다.

　"농담을 하는 게 아닙니다! 몸매가 좋아야 한다? 흥, 커다랗기만 한 가슴 따위에 무슨 의미가 있죠?! 눈곱만큼도 없습니다! 진정한 아름다움은 활짝 필 순간을 기다리고 있는 꽃봉오리처럼 미성숙한 바디에 있습니다! 멋지군요! 지금의 당신은 너무나도 멋집니다! 당신이야말로 진정한 나이스 바디! 평생 지금 이대로 있어주세요!"

　"……윽."

　콧김을 뿜으면서 다가오는 칸나즈키를 본 나츠미는 무심코 뒷걸음질 쳤다. 눈앞에 있는 남자 또한 토노마치와 마찬가지로 거짓말을 하고 있는 것처럼 보이지는 않았다.

　약간 기분이 나쁘기는 하지만, 그가 방금 한 말은 본심에서 우러나온 것일지도 모른다. 이 세상에는 나츠미 같은 타입을 좋아하는 인간도 존재하는 것일까……? 하지만 지금의 나츠미는 나이스 바디와는 거리가 먼…….

"……아!"

나츠미는 눈을 치켜떴다.

나츠미는 나이스 바디.

↓

나츠미의 몸은 좋다.

↓

겉보기에는 별로지만, 기능면에서는 문제없어 보인다.

↓

네 장기는 꽤 비싼 값에 팔릴 것 같군.

"사, 살인마……?!"

나츠미는 새된 비명을 지르면서 의자에서 일어났다.

"음? 왜 그러시죠?"

"다, 다가오지 마! 안 속아! 안 속는단 말이야!"

"속일 생각은 추호도 없습니다! 자, 이런 데서 이러는 것도 좀 그러니, 제 사무실에서—"

칸나즈키는 그렇게 말하면서 나츠미의 팔을 잡았다.

"꺄아아아아아앗!"

나츠미는 새된 비명을 지르면서 칸나즈키의 뺨을 후려갈긴 후, 가게 안쪽으로 도망쳤다.

"……또 실패군."

"……또 실패네."

이 전말을 본 시도는 코토리와 함께 또 한숨을 내쉬었다.

"아하하, 면목 없습니다."

칸나즈키는 미안해하는 기색이 전혀 느껴지지 않는 표정을 지으며 웃음을 터뜨렸다. 그의 볼에는 손바닥 자국이 확연하게 남아 있었고, 선글라스도 한쪽 렌즈가 깨졌다.

"뭐, 칸나즈키가 너무 기분 나쁘게 행동하기도 했지만, 나츠미의 부정적인 사고방식도 상상 이상이네. 아무래도 레벨을 낮춰야 할 것 같아."

"레벨을 낮춘다고……?"

"응. 일단 칭찬을 해주는 게 아니라, 다른 사람과 대화를 나눠도 비웃음을 사지 않는다는 걸 가르쳐주는 것부터 시작하자."

"흠……. 구체적으로 어떻게 할 건데?"

"패스트푸드점에 데려가서 직접 주문을 하게 하는 거야."

"……레벨을 엄청 내렸네."

시도는 쓴웃음을 지으면서 볼을 긁적거렸다. 하지만 지금까지 나츠미가 보인 반응을 생각하면 그 정도가 딱 좋을지도 모른다. 그리고 서서히 레벨을 올려가면 문제없을 것이다.

"좋아. 그럼 다음 세트로 이동하자. 나츠미를 방에서 데려올 테니까 준비하고 있어."

코토리는 그렇게 말하면서 물고 있던 막대 사탕의 막대 부분을 꼿꼿하게 세웠다.

"……이번에는 또 뭐야?"

나츠미는 퉁명한 표정을 지으면서 맞은편에 앉은 시도와 코토리를 노려보았다.

두 사람이 나츠미를 데리고 온 곳은 햄버거 가게였다. 가게 안은 학생들과 자식들을 데리고 온 가족들로 붐비고 있었다.

"조금 배가 고파서 말이야."

"응, 맞아. 배가 고픈 것뿐이야."

코토리는 천연덕스럽게, 그리고 시도는 부자연스러운 목소리로 말했다. 나츠미는 미심쩍은 눈으로 두 사람의 얼굴을 바라보았다.

"저기, 나츠미. 미안한데 돈 줄 테니까 주문 좀 해줄래? 메뉴는 뭐라도 상관없어."

"뭐…… 뭐?! 왜 내가……."

"딱히 문제될 건 없잖아? 자, 떨어뜨리지 마."

"자, 잠깐만……!"

나츠미에게 억지로 지폐를 쥐어준 코토리는 그녀를 주문 카운터 쪽으로 향하게 했다.

"………큭."

여러모로 마음에 들지 않았지만 어쩔 수 없다. 나츠미는 고개를 푹 숙인 채 카운터 앞에 섰다.

"어서 오세요! 메뉴는 정하셨나요?"

카운터에 서 있는 앞머리가 긴 여성이 밝은 목소리로 나츠미에게 말을 걸었다. 나츠미는 미친 듯이 뛰는 심장을 달래면서 떨리는 목소리로 말했다.

"……해, 햄, 버거…… 세 개……."

"예! 햄버거 세 개 맞나요?"

"……으, 응."

"감자를 추가해드릴까요?"

"……윽!"

점원이 방긋 웃으면서 한 말을 들은 나츠미는 눈을 치켜떴다.

감자를 추가해드릴까요?

↓

지금 점원이 말한 감자는 바로 감자튀김이다.

↓

탄수화물과 기름 조합의 음식은 매우 살찌기 쉽다.

↓

군살이라도 붙으면, 그 빈약하기 그지없는 몸도 조금은 봐줄 만해질걸?

"빌·어·먹·으으으으으으으으을!"

나츠미가 금전 등록기를 향해 코크스크류 펀치를 날리자, 점원이 깜짝 놀란 표정을 지었다.

"그딴 건 나도 잘 알고 있어어어어어어엇! 나도 좋아서 이런 몸으로 태어난 건 아니란 말이야아아아앗!"

"자, 잠깐…… 소, 손님?!"

"나, 나츠미!"

"시도! 말려!"

등 뒤에서 시도와 코토리의 목소리가 들렸다. 두 사람에게 잡힌 나츠미는 원래 있던 방으로 끌려갔다.

제9장 거짓말이 분명하다
I'd like to believe

『―〈험프티·덤프티〉, 도킹 성공했습니다.』

『시스템 올 그린. 궤도 조정에도 문제없습니다.』

『약 다섯 시간 후, 목표 지점 상공에 도달합니다.』

『DSS-009, 공중함 〈엡타메롱〉, 지정 위치에 도착했습니다.』

DEM인더스트리 영국 본사 회의실에 설치된 스피커에서 목소리가 흘러나왔다. 머독은 눈앞에 있는 액정 화면에 표시된 데이터를 보면서 고개를 끄덕였다.

"―웨스트코트 MD는 현재 어디에 있지?"

『숙박 장소인 호텔에 틀어박혀 있습니다. 공간진 경보가 발령되면 호텔 안의 셸터 혹은 가장 가까운 곳에 있는 DEM 관련 시설로 피난할 것으로 보입니다.』

"내구도는?"

『〈험프티·덤프티〉의 충돌 위치가 오차 범위 10킬로미터 이내라면 문제없습니다.』

"『세컨드·에그』쪽은?"

『배치 완료 상태입니다. 지시를 내려주시면 언제든지 실행 가능합니다.』

"좋아."

"……『세컨드·에그』?"

머독의 말을 들은 심슨이 미심쩍은 눈으로 그를 바라보았다. 머독은 미소를 머금으면서 그를 바라보았다.

"뭐, 만약의 사태에 대비한 보험입니다. 별것 아니니 신경 쓰지 마시길."

"……."

심슨은 잠시 동안 아무 말 없이 머독을 바라본 후, 다시 자신의 앞에 있는 액정 화면을 향해 고개를 돌렸다.

그 모습에서는 불안과— 머독에 대한 혐오가 느껴졌다.

—좋은 징후다. 머독은 만족스러운 미소를 지으면서 회의실 안에 있는 이사들을 둘러보았다.

"계획은 매우 순조롭게 진행되고 있습니다. 오늘 저녁 즈음에는 웨스트코트 MD의 타계 소식을 접할 수 있겠죠. 장례식은 성대하게 치를 예정입니다. 그러니 여러분도 미리 애도사를 준비해두시죠."

그 말을 들은 이사들은 서로를 쳐다본 후, 어색한 미소를 지었다.

계획을 실행하는 날이 되었는데도, 그들은 웨스트코트 MD를 적으로 돌리는 것을 두려워하고 있는 것 같았다. 아마 만에 하나라도 작전이 실패했을 때, 모든 책임을 머독에게 씌우기 위해 준비 중인 이도 있을 것이다.

머독은 다른 이들에게 들리지 않을 만큼 낮게 코웃음을 쳤다. 모든 책임을 자신에게 뒤집어씌우는 것은 상관없다. 그런 보험 하나로 이 겁쟁이들이 자신의 작전에 참가해준다면 오히려 남는 장사이기 때문이다. 어차피 이 작전이 실패로 돌아가면 주모자인 머독은 살아남을 수 없을 것이니 딱히 상관없다.

실은 정보 누설이라는 위험 부담을 짊어지면서까지 반(反) 웨스트코트 파인 이사 전원을 작전에 참가시키고 싶지는 않았다. 하지만 머독이 지닌 권력만으로는 작전 실행에 필요한 인원과 공중함의 확보, 작전 관련 정보의 은폐 등을 전부 해내는 것은 무리였다. 아니— 정확하게 말하자면 이 정도 규모의 작전을 혼자서 실행에 옮길 수 있는 사람은 DEM 사 내부에는 웨스트코트 한 명뿐이다.

하지만 다른 이사들을 이 작전에 끌어들인 덕분에 생긴 이점도 있다.

그 이점이라는 것은 단순했다. —지금 이 자리에 있는 멤버들은 웨스트코트가 사라지는 이유와 원인을 잘 알고 있는 것이다.

웨스트코트의 사망 소식이 전해지면 바로 임시 이사회가 열릴 것이며, 그 자리에서 새로운 최고 권력자가 뽑힐 것이다.

그런 자리가 열렸을 때— 지금 이곳에 있는 멤버들은 가장 먼저 누구를 의식할 것인가.

물론 전 MD 암살은 최악의 스캔들이다. 일방적으로 이 정보를 쥔 상대가 있다면, 이번에는 그 정보를 쥔 상대를 없애야만 한다. 하지만 지금 이 자리에 있는 이사들은 간단히 말해 공범이다. 게다가 겁쟁이인 것이다. 머독이 다음 MD 자리를 노리더라도 불평하지는 않을 것이다.

그 때문에 머독은 이런 작전을 태연하게 실행에 옮기는 광기에 찬 남자를 연기하고 있었다. 웨스트코트가 사라진 순간, 그를 향하던 공포가 그대로 자신을 향하게 하기 위해서 말이다.

"……아니, 약간 다르군."

머독은 붕대에 감긴 오른손을 쥐락펴락하면서 중얼거렸다.

원래는 광기에 찬 남자를 연기할 생각이었다. 어디까지나 인심(人心)을 장악하기 위한 수단으로서 말이다.

하지만— 엘렌·메이저스에게 팔을 잘린 순간부터, 서서히, 그리고 확실하게…….

자신이 미쳐가고 있는 듯한 느낌이 들었다.

입가에 미소를 머금은 머독은 액정 화면에 비친 〈험프티·덤프티〉를 바라보며 동요를 읊조렸다.

"……Humpty Dumpty sat on a wall. Humpty Dumpty had a great fall……♪"

◇

　침대 위에서 두 무릎을 끌어안은 채 앉은 나츠미는 이불을 머리까지 뒤집어쓴 채 낮은 목소리로 중얼거렸다.

　"……뭐야……. 대체 뭐야……. 대체 뭐냔 말이야……!"

　정체불명의 감정이 머릿속을 가득 채운 후, 입을 통해 말이 되어 흘러나오는 감각. 쉴 새 없이 돌고 있는 생각. 혼란에 사로잡힌 나츠미는 이불을 뒤집어쓴 채 같은 말만 반복하고 있었다.

　"그 녀석들은…… 대체 뭐야……."

　나츠미는 자신의 뇌리에 떠오른 소년 소녀들의 모습을 머릿속에서 지우려는 것처럼 머리를 쥐어뜯었다.

　왜 그들은 나츠미를 신경 써주는 것일까. 왜 나츠미에게 이렇게 잘해주는 것일까.

　〈하니엘〉의 힘으로 아름다운 여성으로 변한 나츠미에게 그랬다면 이해가 될 것이다. 변신한 나츠미는 눈부실 정도로 아름다웠다. 남자들은 연모와 저열한 감정을, 여자들은 선망과 질투를 가슴속에 숨긴 채 나츠미를 향해 각양각색의 미사여구를 늘어놓았다.

　하지만— 그들은 달랐다.

　나츠미를. 〈하니엘〉의 힘으로 변신하지 않은, 있는 그대로의 나츠미를 귀엽다고 말해준 것이다.

　그것은 나츠미가 너무나도 갈망해왔던 말이다. 하지만……

그런 말을 처음 들었기 때문일까, 그 말을 솔직하게 받아들일 수가 없었다.

"그딴 말…… 거짓말이 분명해. 으, 응…… 맞아. 나를 가지고 놀고 있는 거야. 그렇잖아? 나는—."

그렇게 중얼거린 나츠미는 뒤집어쓰고 있던 이불을 걷어냈다. 그러자 벽에 설치된 거울에 비친 자신의 모습을 볼 수 있었다.

—그들의 의해 귀엽게 꾸며진 자신의 모습을 말이다.

"……윽!"

숨 막힐 것 같은 느낌을 받은 나츠미는 다시 이불을 뒤집어썼다. 그와 동시에 그녀의 머릿속은 더욱 혼란스러워졌다.

—나츠미는 흉측하다. 눈길조차 주기 싫을 만큼 못났고, 귀여운 구석은 눈곱만큼도 없으며, 하는 짓도 추악하다. 그래야만 한다. **그렇게 정해져 있는 것이다.**

"……어, 라……."

바로 그 순간, 한 가지 의문이 나츠미의 뇌리를 스치고 지나갔다.

—그렇게 정해져 있다……?

왜— 그렇게 정해져, 있는, 것일까.

"……아, 아무튼…… 아무 이유도 없이, 적인 나에게 이렇게 잘해줄 리가 없어. 분명…… 목적이 있어서 이러는 걸 거야……."

그렇게 말한 나츠미는 손을 가슴에 대더니 낮은 목소리로 중얼거렸다.

"……〈하니엘〉……!"

다음 순간, 손 언저리에서 옅은 빛이 뿜어져 나오더니, 그녀의 손바닥 위에 거울 같은 것이 출현했다.

"윽……."

상처가 욱신거리지만…… 못 참을 정도는 아니었다. 나츠미는 거울을 아래쪽― 침대 쪽을 향해 든 후, 침대를 『사람 한 명이 숨을 수 있는 크기의 구멍이 나 있는 침대』로 변화시켰다.

그 뒤를 이어 봉제 인형을 이불 안으로 가지고 온 후, 그것을 〈하니엘〉의 힘으로 취침 중인 나츠미와 똑같은 모습으로 변화시켰다.

나츠미는 더미용 나츠미를 침대 위에 놓아둔 후, 자신은 침대 안에 존재하는 구멍 안으로 들어갔다. 그리고 〈하니엘〉의 힘으로 침대 표면을 원래대로 만든 후, 구멍을 파면서 나아가듯, 침대, 바닥, 벽 안을 〈하니엘〉로 변화시키면서 통과했다.

"……좋아."

그리고 몇 분 후. 아무도 없는 복도에 도착한 나츠미는 벽을 원래 형태로 되돌린 후 주위를 둘러보았다.

나츠미가 감금되어 있는 방에는 감시 카메라가 몇 대나 설치되어 있었지만, 한동안은 나츠미가 탈출했다는 사실을 들키지 않을 것이다. 하지만 식사가 나왔는데도 먹지 않으면 체크하려고 할지도 모른다. 그러니 시간은 그렇게 많지 않았다.

빨리 목적을 달성하기로 마음먹은 나츠미는 이곳에서 만났던 사람들을 머릿속으로 떠올려보았다. 아마 그중에서 가장 적당한 인물은—.

"……그 녀석일 거야."

나츠미는 고개를 끄덕인 후, 〈하니엘〉의 거울에 자신을 비췄다.

거울이 빛난 순간, 나츠미의 몸에서 옅은 빛이 뿜어져 나왔다. 그리고 그녀의 실루엣이 점점 변하더니— 몇 초 후, 나츠미는 전혀 다른 인물로 변했다.

붉은색 군복을 걸친, 자그마한 체구의 소녀였다. 검은색 리본을 이용해 둘로 나눠 묶은 머리카락과 자신만만한 표정이 인상적이었다.

그렇다—. 그녀는 바로 이츠카 시도의 여동생, 이츠카 코토리였다.

사람들을 관찰하면서 이 시설 안을 돌아다니려면, 그녀로 변신하는 것이 가장 적당할 것이라고 나츠미는 판단했다.

하지만 이 소녀의 헤어스타일은 트윈 테일이다. 귀여운 헤어스타일의 표본이자 에이스라고 할 수 있는 트윈 테일. 스스로에게 자신이 있어야만 할 수 있는 헤어스타일인 것이다. 나츠미는 이 머리 모양이 정말 싫었다. 이 나라의 권력자로 변신해 법 개정을 해서라도 사람들이 트윈 테일을 하지 못하게 할까 생각한 적이 있을 정도였다. ……하지만 지금은 어쩔 수 없었다. 이런 대놓고 귀여운 척하는 트윈 테일 계집애로 변신하는 건 정말 싫지만, 지금은 능률을 우선시할 수밖에 없다.

"아, 깜빡했네."

나츠미는 눈에 잘 띄지 않는 위치의 단추 하나를 뗀 후, 〈하니엘〉에 비췄다.

그러자 단추가 옅은 빛을 뿜으면서 막대 사탕으로 변모했다. 코토리는 항상 막대 사탕을 입에 물고 있었다.

"뭐, 이정도면 됐겠지."

몇 초 사이에 완전히 달라진 목소리로 그렇게 말한 나츠미는 손가락을 튕겼다. 그러자 손바닥 위에 떠 있던 〈하니엘〉이 빛의 입자가 되면서 공기 중에 녹아들 듯 사라졌다.

"자, 그럼……."

완벽하게 이츠카 코토리가 된 나츠미는 가볍게 심호흡을 한 후, 걸음을 옮겼다.

누군가와 마주치더라도 의심을 사지 않도록, 그녀는 눈동자만 움직여 주위를 살폈다. 넓고 긴 복도 곳곳에는 전자 록이 달린 문이 존재했다. 이 건물 전체를 둘러보지는 않았지만 꽤 큰 시설이라는 사실만은 알 수 있었다.

"……여기는 대체 어디야……?"

나츠미는 낮은 목소리로 중얼거렸다. 시도와 코토리, 토카 같은 이들과 관련이 있는 시설인 것은 분명하지만 그 외에는 아무것도 알 수가 없었다. 그리고 평범한 소년, 소녀들이 이런 시설을 자유롭게 이용할 수 있을 리가 없다. 그들은 분명 어떤 조직에 소속되어 있거나— 배후에 거대한 지원자가 있을 것이다.

거기까지 생각이 미친 나츠미는 등골이 오싹해지는 느낌을 받았다.

설마 그들은 정령인 나츠미를 잡아서 실험동물로 삼으려는 것일까. 병원 혹은 연구 시설을 연상케 하는 주변을 둘러보면서 나츠미는 그런 생각을 했다.

나츠미가 생각에 잠긴 채 걸음을 옮기고 있을 때, 등 뒤에서 누군가의 목소리가 들려왔다.

"어머, 사령관님?"

"……윽!"

나츠미가 어깨를 희미하게 떨면서 뒤돌아보니, 그곳에는 코토리와 색깔만 다른 군복을 입은 앞머리카락이 긴 여성이 서 있었다. 나츠미의 모습을 본 그녀는 고개를 갸웃거렸다. ─유심히 보니, 그녀는 어제 시도가 나츠미를 데리고 갔던 햄버거 가게의 점원이었다.

"이런 데서 뭐 하고 계신 거예요? 조금 전에 〈프락시너스〉에 돌아가겠다고 말씀하셨잖아요."

"……그, 그게 말이야. 나츠미가 어쩌고 있는지 살펴본 후에 갈 거야."

나츠미는 동요했다는 사실을 가능한 한 숨기면서 말했다. 나츠미의 말을 들은 그녀는 고개를 끄덕였다.

"아, 그렇군요. ……뭐, 확실히 난적이긴 하네요. 이대로는 봉인할 수도 없으니……."

"봉인? 그게 무슨 소리야?"

나츠미가 고개를 갸웃거리자, 그녀는 눈을 동그랗게 떴다.

"그야 영력의 봉인 말이죠. 시도 군과 키스하게 해서 정령의 힘을 봉인하는 것. 저희는 그것을 목적으로 하는 조직이잖아요."

"……윽!"

그 말을 들은 순간, 나츠미의 눈썹이 크게 흔들렸다. 하지만 그녀는 동요했다는 사실을 숨기기 위해 태연을 가장했다.

"아…… 그랬지. 미안. 나 조금 지쳤나 봐."

"아하하……. 무리도 아니에요. 그럼 저도 일이 끝나면 돌아갈 테니 잠시 후에 뵐게요."

그녀는 그렇게 말한 후 인사를 건넸다. 그 모습을 본 나츠미는 마음속으로 안도하면서 입을 열었다.

"응. ―아, 맞다. 하나 물어봐도 돼?"

"예? 뭐죠?"

그녀의 말을 들은 나츠미는 자연스러운 목소리로 말했다.

"토카와 다른 애들은…… 어디 있어? 볼일이 조금 있거든."

"토카 양…… 말인가요? 으음, 아마 저쪽에 있는 휴게실에 있을 거예요."

"그, 그렇구나. 고마워. 나중에 봐."

"아― 예. 그럼 이만 실례할게요."

그녀는 나츠미를 향해 그렇게 말한 후 걸음을 옮겼다.

나츠미는 잠시 동안 그녀의 뒷모습을 지켜본 후, 그녀가 가리킨 방향을 향해 다시 걸음을 내디뎠다. ―부자연스러워 보이지 않을 만큼 빠른 발걸음으로 말이다.

조금 전에 만난 여성에게서는 이득과 손해를 동시에 보았다. 이득은― 토카를 비롯한 정령들이 있는 장소와 이 시설 안에 코토리가 없다는 사실을 알아낸 것이다. 이것으로 나츠미가 이 안을 아무리 돌아다녀도 본인과 마주치지 않을 것이라는 확증을 얻었다.

그리고 무엇보다, 시도를 비롯해 이 시설 안에 있는 이들의 목적이 무엇인지 또한 알아낼 수 있었다. 뭔가 꿍꿍이가 있을 것이라고는 생각했지만, 설마 자신의 힘을 봉인하는 것이 목적일 줄이야.

"내가 이럴 줄 알았다니깐. 위선자 자식……!"

하지만 그와 동시에 이 시설 안에 코토리의 모습을 한 이가 있다는 사실이 알려지고 말았다. 볼일을 끝내고 〈프락시너스〉라는 곳에서 돌아온 코토리가 그 사실을 알면 의심을 품을 가능성이 있다. 그러니 느긋하게 있을 수는 없다.

한동안 걸음을 옮기던 나츠미의 눈에 약간 널찍한 공간이 들어왔다. 자판기와 벤치 의자가 몇 개나 놓여 있는 그곳에는 ― 토카와 요시노가 있었다.

나츠미는 눈을 가늘게 뜨면서 그녀들에게 다가갔다.

"―안녕, 토카. 요시노."

"음?"

"아…… 안녕하세요."

『오오~? 코토리잖아~.』

토카, 요시노, 그리고 요시노가 왼손에 낀 『요시농』이 그녀를 바라보면서 입을 열었다. 나츠미는 손을 흔들면서 두 사람이 앉아 있는 벤치 앞에 섰다.

"오오, 코토리! 여기 정말 엄청나구나! 주스를 공짜로 마실 수 있을 줄이야!"

"코토리 씨도, 음료수 마시러…… 온 거예요?"

『뭐 마실 거야~? 요시농이 환상의 왼손으로 눌러줄게~.』

『요시농』은 그렇게 말하고 쉭쉭! 쉭쉭! 하는 소리를 내며 섀도복싱을 했다.

나츠미는 쓴웃음을 지으면서 고개를 저은 후, 가볍게 팔짱을 꼈다.

그리고— 물었다. 자신이 가장 알고 싶어 하는 것을 말이다.

"딱히 목이 마른 건 아니니까 사양할게. 그것보다 너희는 — 나츠미라는 애를 어떻게 생각해?"

그렇다. 눈앞에 있는 소녀들도 마음속 깊은 곳으로는 나츠미를 바보 취급하고 있을 것이 분명했다. 힘을 봉인하기 위해 나츠미의 기분을 맞춰줄 수밖에 없는 것일지도 모르지만, 나츠미가 없는 이곳에서라면 그녀들도 악의로 점철된 본심을 드러낼 것이다.

"어떻게…… 생각하냐니?"

토카는 고개를 갸웃거렸다. —짜증 나는 애다. 혹시 자신이 가장 먼저 나츠미에 대한 험담을 하는 것을 주저하고 있는 것일까? 그렇다면—.

나츠미는 코웃음을 치면서 눈을 살짝 감은 후…….

"그 나츠미라는 애, 정말 기분 나쁘지 않아? 우리가 조금 띄워주니 자기가 정말 잘난 줄 알잖아. 못난이 주제에 말이야. 정말 보면 볼수록 짜증이 난다니깐."

……짜증이 묻어나는 목소리로 말했다.

─밑밥은 던져줬다. 자아, 본심을 말해봐라. 나츠미는 토카와 요시노의 반응을 살피기 위해 눈을 희미하게 떴다. "가장 먼저 험담을 한 사람은 자신이 아니다."라는 면죄부를 얻은 그녀들은 혐오감이 묻어나는 표정을 짓고 있을 것이다.

하지만─.

"음?"

"예……?"

『으응~?』

나츠미의 눈에 들어온 것은 영문을 모르겠다는 표정을 짓고 있는 두 소녀와 한 인형의 모습이었다.

"어……?"

예상치 못한 반응을 본 나츠미는 눈을 치켜떴다. 그러자 토카는 미간을 찌푸리면서 입을 열었다.

"코토리…… 무슨 일 있었느냐? 그런 소리를 하다니, 너답지 않구나."

"저, 저기…… 나츠미 씨는, 하나도 기분 나쁘지…… 않, 아요."

『맞아~. 왜 그래, 코토리~. 사령관 업무 때문에 피로 모드

~?』

"뭐……."

그 말을 들은 나츠미는 무심코 한 걸음 물러섰다.

"다, 다들 왜 그러는 거야? 우리끼리 있으니까 착한 척할 필요 없어. 그리고 그런 못난 녀석 기분 맞춰주는 것도 귀찮잖아? 안 그래?"

"무슨 소리를 하는 것이냐. 전혀 그렇지 않다. 옷 고르는 것이 얼마나 즐거웠는데!"

토카가 밝은 표정을 지으며 그렇게 말하자, 요시노와 『요시농』도 동의한다는 듯이 고개를 끄덕였다.

"예……. 나츠미 씨, 정말 예뻤어요……."

『응~. 그리고 시도 군의 메이크도 정말 끝내줬어~. 다음에 요시농한테도 해달라고 해야지~.』

『요시농』은 그렇게 말한 뒤 우후후~ 하고 웃으면서 허리를 흔들어댔다. 그 우스꽝스러운 모습을 본 토카와 요시노는 웃음을 터뜨렸다.

"하, 하지만…… 그…… 그럼……."

동요할 대로 동요한 나츠미는 온몸을 부르르 떨기 시작했다.

―이 소녀들이 방금 한 말은 진심에서 우러나온 것이었다.

그 사실이, 나츠미의 정체성에 금이 갈 정도의 충격으로 다가왔다.

나츠미의 머릿속에서는 수많은 가능성이 제시되고 있었다. 어쩌면 나츠미가 코토리로 변했다는 사실을 꿰뚫어 보고 이런 말을 하는 것일까. 아니면 누군가가 이 녀석들의 소중한 사람을 인질로 잡고 나츠미에 대해서는 좋은 말만 하라고 강요하고 있는 것일까. 그것도 아니면—.

황당무계한 생각이 줄지어 고개를 쳐들었다. 하지만 그 모든 생각들이 눈앞에 있는 소녀들의 미소 앞에서 설득력을 잃었다.

"거, 거짓말이야. 어째서……"

코토리를 연기해야 한다는 사실을 잊은 채 부들부들 떨고 있는 나츠미의 눈에 이쪽을 향해 걸어오는 세 소녀가 들어왔다. 야마이 자매와 미쿠였다.

"크큭, 이런 데서 뭘 하고 있는 게냐?"

"요청. 저희들도 끼워주세요."

"후후, 다 같이 티타임을 가져요~."

"카, 카구야, 유즈루, 미쿠……!"

나츠미는 애원하는 듯한 목소리로 그 소녀들의 이름을 외쳤다. 갑자기 고함을 지른 나츠미 때문에 놀랐는지, 세 소녀는 눈을 동그랗게 뜨면서 걸음을 멈췄다.

"흠. 왜 그러느냐, 코토리. 분위기가 범상치 않구나. 어둠 속에 봉인한 지옥의 문이라도 열린 게냐?"

카구야는 멋진 포즈를 취하면서 묘한 말을 했다. 그 말을 일단 무시한 나츠미는 마음을 진정시키면서 입을 열었다.

"내, 내 말 좀 들어봐. 토카와 요시노가 좀 이상해."

"의문. 이상하다고요?"

유즈루는 고개를 갸웃거리면서 되물었다. 나츠미는 딱딱한 미소를 지으면서 말했다.

"나츠미가 예쁘다느니, 그 녀석 기분 맞춰주는 게 귀찮지 않대. 그게 말이 돼? 웃기지? 그딴 못난이, 보고만 있어도 기분이 가라앉는데 말이야."

나츠미가 어깨를 으쓱하면서 그렇게 말하자, 세 사람은 의아한 표정을 지으며 미간을 찌푸렸다.

"흠, 이상한 건 코토리, 그대구나. 대체 무슨 일이 있었던 것이냐? 달의 독에 중독되어 미치기에는 아직 이른 시간이지 않느냐."

"의아. 코토리답지 않은 말이에요."

"나츠미 양 험담 하지 마세요~. 계속 그런 소리 하면 저, 화낼 거예요~!"

미쿠가 양손으로 허리를 짚으면서 볼을 한껏 부풀렸다.

그녀들의 반응을 본 나츠미는 심장의 고동이 빨라지는 느낌을 받았다.

"자, 잠깐만……. 그 애는 너희를 거울 안에 가두고, 너희 행세를 하려고 한 나쁜 정령이잖아! 잘 생각해봐! 왜 그런 애의 편을 드는 거야! 너희 전부 어떻게 된 거 아냐?!"

나츠미는 코토리로 변했다는 사실마저 잊은 채, 마음속에서 솟구치는 감정에 따라 고함을 질렀다.

그런 나츠미의 반응을 본 소녀들은 서로를 바라보면서 당황한 표정을 지었지만…….

"뭐…… 확실히 나츠미 양 때문에 공포에 떨기는 했어요~."

"그렇지?! 그럼—."

턱에 손가락을 대면서 미쿠가 한 말에 동조하듯 나츠미가 입을 열었다. 그러나—.

"하지만~. 그렇게 치면 저도 엄청난 소동을 일으켰었거든요……. 그냥 지나간 일로 치부할 생각은 없지만, 적어도 저는 나츠미 양과 사이좋게 지내고 싶어요~."

미쿠의 말을 들은 다른 이들이 고개를 끄덕였다.

"오오! 나도 동감이다!"

"저, 저도…… 그래요. 분명…… 사이좋게 지낼 수, 있을 거예요."

『그 애, 일전에 요시농으로 변신했었다면서~? 꽤 눈이 높은 여자애잖아~.』

"흥. 뭐, 이 몸을 궁지로 몰아넣은 강자인 만큼, 휘하에 둘 가치는 있을 것이니라."

"동의. 꽤 괜찮은 애 같아요."

"……윽!"

할 말을 잃은 나츠미는 비틀거리면서 뒷걸음질 쳤다.

머릿속이 뒤죽박죽 된 것 같은 느낌이 들었다. 어금니를 힘껏 깨문 나츠미는 다른 이들의 얼굴을 쳐다보지도 않은 채 휴게실을 나섰다.

"으음…… 숙박 에어리어는 B구역이었지?"

시도는 나츠미의 격리실이 있는 〈라타토스크〉 지하 시설의 복도를 천천히 걷고 있었다.

이츠카 가는 이곳에서 꽤 떨어져 있는데― 엘렌을 비롯한 DEM의 인간들에게 미행 당하지 않기 위해 빙빙 돌아서 이동해야 하기에 집에 갔다 오려면 상당한 시간이 걸린다.

하지만 나츠미가 이 시설에 있는 이상, 시도가 얼굴을 내밀지 않을 수도 없었다. 그래서 한동안 이곳 지하에 있는 숙박 시설에서 지내기로 한 시도는 집에 가서 갈아입을 옷과 세면도구를 가져왔다.

복도 모퉁이를 돌던 시도는 누군가와 가볍게 부딪혔다.

"어이쿠."

고개를 숙여보니, 눈에 익은 트윈 테일이 보였다.

"아, 코토리."

"……"

시도가 손을 가볍게 들면서 그렇게 말하자, 코토리는 아무 말 없이 시도를 힐끔 쳐다봤다.

"힘이 없어 보이네. 무슨 일 있었어?"

"……별로. 아무 일도 없었어."

코토리는 우울한 목소리로 그렇게 말했다. 그 말을 들은 시도는 머리를 긁적였다.

코토리는 시도와 말을 섞고 싶지 않다는 듯이 고개를 휙 돌리면서 걸음을 옮기려 했다.

"아, 잠깐만."

"……뭐야. 나 지금 바쁘단 말이야."

"아, 미안. 그래도 금방 끝나니까 조금만 시간 내줘. ―나츠미에 관한 건데 말이야."

"……!"

시도가 나츠미의 이름을 거론한 순간, 코토리의 귀가 쫑긋 서는 것이 보였다.

"뭔데?"

코토리는 눈을 치켜뜨면서 시도에게 부리나케 다가갔다. 나츠미 때문에 신경질적이 된 것은 알겠지만, 그래도 반응이 너무 극단적인 것 같은 느낌이 들었다.

"으, 응……. 나츠미의 식사 말인데."

시도가 떠듬거리면서 한 말을 들은 코토리는 입가에 미소를 머금었다.

"……후후. 드디어 본성을 드러내는구나."

"뭐?"

"아무것도 아냐. 그런데 뭘 하라는 거야? 오늘부터 나츠미에게 식사를 제공하지 말라는 거야? 아니면 독이라도 탈까?"

"아니…… 너 지금 무슨 소리를 하는 거야. 농담치고는 너무 지나치잖아."

시도는 식은땀을 흘리면서 표정을 찡그렸다. 그러자 코토리는 미심쩍은 표정을 지으며 미간을 찌푸렸다.

"그럼 대체 뭘 어쩌라는 거야?"

"오늘 저녁 식사 때, 나츠미를 그 방에서 나오게 해줄 수는 없어?"

"……이유가 뭔데?"

"오늘 저녁은 다 같이 먹는 것이 어떨까 해서 말이야."

"……뭐?"

코토리는 잠시 동안 영문을 모르겠다는 표정을 지은 후, "……아하."라고 말하면서 입술 가장자리를 일그러뜨렸다.

"봉인을 위해서 그러는 거구나. 너도 보기보다 악랄한 남자네. 그런 수단으로 농락해서까지 나츠미에게서 영력을 빼앗고 싶은 거야?"

코토리답지 않은 말을 들은 시도는 눈썹을 찌푸렸다.

"무슨 소리를 하는 거야. 영력을 봉인해 정령이 안전하면서도 행복하게 살 수 있게 하는 것이 〈라타토스크〉의 목적이잖아."

"뭐……?"

"그리고— 꼭 호감도 때문에 그러자는 건 아냐. 아무리 격리 상태라고 해도 혼자서 밥 먹으면 쓸쓸하잖아. 다른 녀석들도 나츠미와 더 이야기 하고 싶어 하기도 하고."

"……"

"그리고 맛있는 음식을 먹으면 나츠미의 기분도 조금은 풀릴지도 모르니까…… 어? 코토리?"

시도는 눈을 치켜떴다.

이유는 단순했다. 코토리의 눈에서 커다란 눈물방울이 흘러내리고 있었기 때문이다.

볼과 눈이 새빨개진 코토리는 온몸을 떨고 있었고, 그녀의 입에서는 때때로 흐느낌이 새어 나왔다. 언제나 당당하던 여동생의 평소와 다른 모습을 본 시도는 깜짝 놀라고 말았다.

"어, 어이. 왜 그러는 거야?! 내가 뭐 잘못한 거야?!"

"아무…… 것도, 아냐…….."

"뭐가 아무것도 아니라는 거야! 네 몫도 만들 테니까—."

"시끄러워! 죽어! 바보오오오옷!"

코토리는 큰 목소리로 그렇게 외친 후, 소매로 눈물을 닦으면서 복도를 내달렸다.

"어이, 코토리?!"

여동생을 그냥 놔둘 수 없었던 시도는 허둥지둥 그녀의 뒤를 쫓았다.

하지만 모퉁이를 돈 순간, 시도는 걸음을 멈췄다.

"어라……?"

조금 전 이 모퉁이를 돌았던 코토리가 눈 깜짝할 사이에 홀연히 사라져버리고 말았기 때문이다.

"코토리 녀석, 대체 어디로 간 거야?"

좌우를 둘러봤지만 코토리는 보이지 않았다. 그 대신, 아직 포장을 뜯지 않은 막대 사탕 하나가 코토리의 행방을 알려주듯 복도에 떨어져 있었다.

"……그 녀석이 사탕을 떨어뜨리다니…… 대체 무슨 일이 있었던 거야……."

나중에 돌려주자고 생각하며 사탕을 주운 시도는 왔던 길을 되돌아갔다.

그리고 어느 정도 걸음을 옮겼을 즈음, 호주머니 안에 있던 핸드폰이 진동하기 시작했다. ―화면에 표시된 이름은 『이츠카 코토리』. 시도는 허둥지둥 통화 버튼을 눌렀다.

"여보세요? 코토리, 괜찮아?"

『……응? 뭐가 괜찮냐는 거야?』

시도가 묻자, 코토리는 영문을 모르겠다는 듯이 되물었다.

"아니, 조금 전에―."

『그것보다 긴급 사태가 발생했어. 방금 관리실에서 연락이 왔는데 말이야.』

코토리는 시도의 말을 막으면서 말했다.

『―나츠미가 도망쳤어.』

"뭐……?!"

그 말을 들은 시도는 숨을 삼켰다.

"도망쳤다고……?! 대체 어떻게?! 아직 천사를 쓸 수 없는 것 아니었어?!"

『우리 쪽 계산이 물렀거나…… 불완전한 상태에서도 변신 능력을 사용할 수 있는 수단이 있는…… 걸 거야. 이불 안에 봉제 인형을 변화시켜 만든 가짜 자신을 남겨둔 채 모습을 감췄어. 아마 누군가로 변신해서 도주하고 있을 거야. 혹시 짐작 가는 데 없어?』

"짐작 가는…… 데라니……."

시도는 눈을 치켜뜨면서 "아." 하고 외쳤다.

◇

—그리고 약 두 시간 후. 시도는 지상으로 이동했다.

기관원들을 총동원해서 지하 시설 안을 이 잡듯이 뒤졌지만 나츠미를 찾지는 못했다. 시도와 정령들, 그리고 시이자키의 증언을 통해 나츠미가 코토리로 변신했을 것이라는 사실은 알아냈다. 하지만 나츠미는 얼마든지 다른 이로 변신할 수 있기 때문에 결정적인 단서는 되지 못했다.

"나츠미……."

시도는 혼잣말을 중얼거리면서 주택가를 돌아다녔다. 나츠미가 없어졌으니 시도가 지하 시설에 있을 이유가 사라졌다. 그래서 그는 갈아입을 옷이 든 가방을 들고 집으로 향하고 있었다.

결국 시도는 지하 시설에서 나츠미의 미소를 단 한 번도 보지 못했다. 시도와 정령들이 최선을 다해도 나츠미는 싫어하기만 할 뿐, 마음을 열지는 않았다.

하지만— 시도는 그것이 나츠미의 본심이라는 생각이 들지 않았다.

오랫동안 인간에게 학대 받아온 개가 인간과 사이좋게 지내고 싶으면서도 인간을 볼 때마다 겁을 먹는 것과 비슷한 느낌이 들었다.

그래서 이곳에는 나츠미의 험담을 하는 이가 없다. 이곳에는 나츠미를 괴롭히는 이가 없다. 끈기를 가지고 그 사실을 전하다 보면 언젠가는 이쪽의 진심이 전해질 것이라고 믿고 있었다.

"⋯⋯아냐."

걸음을 멈춘 시도는 고개를 저었다.

어쩌면 그것도 시도의 착각에 불과할지도 모른다. 자그마한 후회가 시도의 가슴을 찔렀다.

변신 능력을 쓸 수 있다고 해도 상처가 완전히 나은 것은 아닐 것이다. 부상을 입은 상태에서 AST나 DEM의 위저드와 맞닥뜨린다면 위험하리라.

만약 나츠미가 탈주 한 이유가 시도에게 있다면⋯⋯ 그런 생각이 시도의 마음을 어두운 방향으로 이끌어가고 있었다.

"⋯⋯이럴 때가 아냐."

가볍게 자신의 뺨을 두드려 마음을 다잡은 시도는 다시 걸음을 옮겼다.

잠시 후, 집 앞에 도착한 시도는 호주머니 안에서 열쇠를 꺼내 문에 달린 열쇠 구멍에 집어넣었다.

"⋯⋯어?"

다음 순간, 시도는 고개를 갸웃거렸다. 열쇠를 돌렸는데, 자물쇠가 열리는 소리가 나지 않았기 때문이다. 시도가 고개를 갸웃거리면서 문손잡이를 돌리자, 문은 그냥 열렸다.

시도는 집을 나설 때, 분명히 문을 잠갔다. 그리고 시도보다 먼저 이 집에 돌아와 있을 인물 또한 없었다.

"이상하네. 다른 녀석들은 아직 지하에 있을 텐데—."

거기까지 말한 후, 시도는 눈을 치켜떴다.

"나츠미……?!"

그렇다. 나츠미는 이츠카 가의 위치를 알고 있다. 힘차게 현관문을 연 시도는 재빨리 신발을 벗은 후 거실을 향해 달려갔다.

그리고 거실에 들어간 그는— 걸음을 멈췄다.

그곳에는 시도의 예상대로, 한 소녀가 있었다.

하지만.

"아……."

말문이 막힌 시도의 얼굴이 경악으로 가득 찼다.

"—멋대로 들어와서 죄송합니다."

거실 소파에 앉아 있는 소녀는 시도가 예상했던 이가 아니었다.

햇빛을 받아 빛나고 있는 듯한 옅은 색의 금발과 벽안을 지닌 소녀. —그렇다. 소파에 앉아 있는 이는 DEM인더스트리의 위저드, 엘렌·메이저스였다.

"엘렌?! 네가 왜 우리 집에 있는 거지……?!"

"그 이유를 설명해드릴 테니 일단 앉으시죠."

엘렌은 그렇게 말하면서 맞은편 소파를 가리켰다.

"무슨……."

엘렌의 말을 들은 시도는 잠시 동안 머뭇거리는 척을 하면서 호주머니 안에 있는 핸드폰을 조작했다. 긴급 사태가 발생했으니 한시라도 빨리 코토리에게 알려야—.

"……."

"윽……."

하지만 다음 순간, 엘렌이 오른손을 들어 올리자 시도의 핸드폰이 허공으로 붕 떠올랐다. 그리고 공중을 미끄러지듯 움직인 핸드폰은 엘렌의 손에 쥐어졌다.

"도움을 요청해도 딱히 문제될 것은 없습니다만 대화에 방해가 될 것 같아서 말이죠. 죄송하지만 이 핸드폰은 잠시 동안 제가 가지고 있겠습니다."

엘렌은 시도에게서 빼앗은 핸드폰을 테이블 위에 둔 후, 그를 향해 고개를 돌렸다.

"미리 말해두겠습니다만, 당신은 이미 제 사정거리 안에 들어와 있습니다. 그러니 부질없는 저항은 하지 말아주세요."

"큭……."

그 말을 듣고 어금니를 깨문 시도는 작게 한숨을 내쉬면서 소파에 앉았다.

"……그런데 그 잘나가는 DEM의 위저드님께서 무슨 이유로 약해빠진 일반 시민의 집에 불법 침입을 하신 겁니까?"

시도는 비아냥거림을 섞어가며 그렇게 말했다. 하지만 엘렌은 그다지 기분 나빠 하지 않으면서 시도를 향해 말했다.

"별것 아닙니다. 그저 간단한 질문을 하나 하러 왔을 뿐이죠."

"질문?"

"예. 단도직입적으로 묻겠습니다. ―일전에 당신들이 데리고 간 정령 〈위치〉는 지금 어디 있죠?"

엘렌이 차분한 목소리로 한 말을 들은 시도는 주먹을 쥐었다.

"……허, 헛소리하지 마! 내가 그걸 너에게 가르쳐줄 것 같아?!"

시도도 저 질문의 답이 몹시 알고 싶었지만― 말하지 않았다. 나츠미가 도망쳤다는 사실을 이 여자가 알게 해서는 안 된다고 생각했기 때문이다. 나츠미가 아직도 〈라타토스크〉의 보호를 받고 있다고 생각하게 하는 것만으로도, 그녀가 위험에 처하는 일을 미연에 막을 수 있을 것이다.

하지만 시도의 대답을 들은 엘렌은 여전히 차분한 표정을 짓고 있었다. 그녀는 태연한 어조로 말했다.

"뭐, 예상했던 대답이군요. 저도 당신이 그렇게 간단히 〈위치〉의 소재를 가르쳐줄 것이라고는 생각하지 않았습니다."

"……그래? 그럼 빨리 이 집에서 나가 주겠어? 나는 저녁 준비를 해야 하거든."

"당신이 만드나요?"

"그래. 뭐, 문제라도 있어?"

"아뇨. 멋진 일이라고 생각합니다."

"……아, 그러서? 참 고맙습니다요."

시도가 적의를 드러내며 그렇게 말하자, 엘렌은 작게 한숨을 내쉬면서 소파에서 일어났다.

그리고 그녀는 거실 안을 돌아다니면서 주변을 살핀 후, 입을 열었다.

"—조금 좁기는 하지만 깨끗하게 청소가 되어 있는 좋은 집이군요. 저녁 식사를 위해 한자리에 모인 이들이 단란한 시간을 보내는 모습이 눈앞에 아른거립니다."

"……."

엘렌의 말에 담긴 진의를 파악하지 못한 시도는 미간을 살짝 찌푸렸다. 그녀가 한 말을 액면 그대로 받아들일 수는 없었기 때문이다.

엘렌은 시도의 반응을 깔끔하게 무시하며 아름다운 목소리로 말을 이었다.

"그런 단란한 시간을 보내고 있는 이들은 과연 누구일까요? 당신과— 이츠카 코토리, 야토가미 토카, 요시노, 어쩌면 야마이 자매와 이자요이 미쿠도 포함되어 있을지도 모르겠군요. 다들 당신이 만든 요리를 맛보겠죠. 한 폭의 그림처럼 행복한 공간이에요. 멋집니다. 부디 그 순간을 소중히 해주시길."

"……무슨 말을 하고 싶은 거야?"

초조함에 사로잡힌 시도가 묻자, 엘렌은 시도를 향해 돌아섰다. 창을 통해 들어오는 햇빛 탓에 창 앞에 선 그녀의 표정이 한순간 보이지 않았다.

"—그 행복이 누구 덕분에 존재한다고 생각하죠?"

"뭐?"

그 말을 들은 시도는 미간을 찌푸렸다.

"······그야 코토리와 〈라타토스크〉의—."

"아뇨."

엘렌은 시도의 말을 끊으면서 말했다.

"—그런 행복이 존재하는 것은 아이크, 그리고 제 덕분입니다. **저희가 당신들을 방치하고 있기 때문에, 죽이려 하지 않기 때문에,** 당신들은 그런 평화를 맛볼 수 있는 거죠."

"뭐······."

시도는 자신의 등을 타고 식은땀이 흐르는 것을 느꼈다.

엘렌의 말에서는 장난기나 농담기가 눈곱만큼도 느껴지지 않았다.

그녀는 진심이었다. 그 황당무계하고 난폭한 이론에 한 치의 의문도 품고 있지 않은 것이다.

"······큭."

엘렌은 위저드다. 즉, 뇌에 기계를 박기는 했지만 어디까지나 인간이다. 하지만 왜일까? 시도는 정령과 대화를 나눌 때보다 더 큰 위화감— 아니, 이물질이 몸속에 들어온 것 같은 느낌을 받고 있었다.

"간단하게 말하죠."

엘렌은 천천히 한 손을 들어 올려 시도를 가리켰다. 그 순간, 시도는 숨이 막히는 듯한 느낌을 받았다. 테리터리를 조작해 주위의 산소 농도를 낮춘 것일까, 시도의 코와 입이 잠시 막힌 것일까, 그렇지 않으면— 단순한 위압감만으로 시도를 압도하고 있는 것일까.

"이츠카 시도. 그리고 〈프린세스〉, 〈이프리트〉, 〈허밋〉, 〈베르세르크〉, 〈디바〉. 이들의 안전을 보장할 테니 〈위치〉의 소재를 가르쳐주세요."

"허, 헛소리—."

"착각하지 마세요. 이것이 최대한의 양보입니다. 그리고 당신에게는 선택지가 없죠."

"큭……."

"—단순한 산수예요. 〈위치〉 하나로 다른 정령들의 안전을 보장받을 수 있죠. 나쁜 거래는 아니라고 생각합니다만?"

엘렌은 이미 답이 나왔다는 듯한 어조로 말했다.

하지만. 시도는 크게 심호흡을 한 후, 코웃음을 쳤다.

"……미안하지만 나는 산수를 싫어하거든."

"그런가요. 유감입니다."

시도의 대답을 예상했던 것일까. 엘렌은 딱히 낙담한 듯한 기색을 보이지 않았다. 그리고 재킷 안에 손을 집어넣더니, 나이프의 손잡이 부분처럼 생긴 무언가를 꺼냈다.

시도는 그것이 무엇인지 바로 이해하지 못했지만— 엘렌이 눈을 가늘게 뜨는 것과 동시에 그 물건의 끝에 옅은 빛으로 된 칼날이 출현하는 모습을 보고는 숨을 삼켰다.

"그럼 당신이 이해득실을 따질 수 있게 될 때까지 어울려드려야겠군요. —대체 **몇 개까지** 버틸 수 있을지 정말 기대됩니

다."

시도를 향해 빛의 칼날을 든 엘렌의 입가에 처음으로 미소
가 맺혔다.

◇

"포인트 A, 반응 없습니다!"

"포인트 B, 마찬가지입니다!"

"격리 구역에서부터 감지되던 미약한 영파도 이제 감지되지
않습니다……!"

텐구 시 상공 15,000미터에 떠 있는 공중함 〈프락시너스〉.
그곳의 함교 안에서는 승무원들의 목소리가 울려 퍼지고 있
었다.

그들은 현재 〈프락시너스〉에 탑재된 관측기를 전부 동원해
서 사라진 나츠미의 반응을 찾고 있었다.

하지만― 결과는 참담했다.

"쳇…… 예상은 했지만, 역시 영파 반응을 쫓는 건 무리
네."

함장석에 앉은 코토리는 턱에 손을 댄 채 혀를 찼다.

영파 반응이 끊어진 이상, 마을 곳곳에 배치한 자율 카메
라로 수색할 수밖에 없지만― 변신 능력을 지닌 나츠미에게
는 의미가 없었다. 도망자인 그녀가 〈라타토스크〉에게 추적
당할 수 있는 모습으로 변할 리가 없기 때문이다. 그녀가 길

을 가던 일반인으로 변신해버리면 추적은 거의 불가능해진다.

"골치 아프네……. 저번처럼 시도를 골탕 먹으러 온다면 좋겠지만, 이쪽을 경계한 나머지 모습을 드러내지 않는다면— 나츠미의 영력을 봉인하는 것은 불가능해."

코토리는 난처한 표정을 지으면서 함교 하단부에서 작업 중인 승무원들에게 지시를 내렸다.

"—아무런 단서도 없이 나츠미를 찾으러 다니는 건 비효율적이야. 그녀가 한 번이라도 나타났던 장소를 중점적으로 뒤지도록 해. 시도와 나츠미가 처음 만난 폐쇄된 유원지, 우리집, 시도의 학교, 그리고 나츠미가 공격을 받았던 산도 뒤져봐."

『예!』

승무원들이 힘차게 대답한 순간, 모니터에 비치던 마을의 영상이 일제히 변하기 시작했다.

바로 그때.

"……응?"

퍼스널 디스플레이를 쳐다보던 미노와가 미심쩍은 목소리를 냈다.

"무슨 일이야? 혹시 나츠미를 찾은 거야?!"

"아, 아뇨. 그런 건 아니지만……."

"그럼 왜 계속 뜸을 들이는 거야? 할 말 있으면 빨리 해봐."

"아, 예……. 이걸 좀 봐주세요."

미노와가 콘솔을 조작하자 함교 메인 모니터에 미노와가 보고 있던 화면이 표시되었다.

나츠미의 반응을 찾기 위해 최대 규모로 확대된 관측 영역의 꼭대기 부분— 하늘 쪽에서 기묘한 반응이 확인된 것이다.

"……이게 뭐야?"

"고도와 궤도로 볼 때 인공위성으로 보입니다만……."

카와고에가 화면을 보면서 말했다. 코토리는 흠 하고 낮은 신음을 흘리면서 나카츠가와를 쳐다보았다.

"영상을 출력할 수 있어?"

"예. 잠시만 기다려주십시오……!"

나카츠가와가 콘솔을 조작하자, 화면에 콩알만 한 점이 표시되었다.

그것이 몇 번의 확대를 거치자 해상도가 낮은 영상이 되었다.

"확실히…… 인공위성 같군요. 하지만 왜 저것이……."

미키모토가 미간을 찌푸리면서 화면을 응시했다.

"미약하게나마 마력 반응이 있습니다! 하지만 이건…… 폭파 술식……?"

"뭐?"

그 말을 들은 코토리는 미간을 찌푸렸다. 폭파 술식. 간단하게 말해 리얼라이저를 이용한 마술적 폭탄을 말한다.

"그게 무슨 소리야. 그런 게 왜—."

코토리가 갑자기 입가에 손을 댔다.

"설마…… 아니, 그런 바보 같은 짓을 할 리가—."

"사, 사령관님……. 왜 그러시죠?"

나카츠가와가 안경을 고쳐 쓰면서 코토리에게 물었다. 그녀는 마른침을 삼킨 후, 말을 이었다.

"만약…… 만약에 말이야. 텐구 시에 인공위성이 떨어지면 어떻게 될 것 같아?"

『…………!』

코토리의 말을 들은 순간.

승무원 전원이 침묵에 휩싸였다.

◇

"……."

입안에서 짠 맛이 돌았다. 볼을 타고 흐르는 땀이 입술을 통해 혀까지 전해진 것 같았다.

시도는 엘렌이 자신을 향해 들고 있는 레이저 에지를 바라보면서 이 상황을 타개할 방법을 생각했다.

하지만 엘렌에게는 전혀 빈틈이 없었다. 시도가 도망칠 기색을 보이면 빛의 칼날로 다리를 베어버릴 것이다.

시도가 무슨 생각을 하는지 눈치챘는지, 엘렌은 작게 코웃음 치면서 말했다.

"괜한 생각 하지 마세요. 당신이 이 자리에서 살아남을 방법은 단 하나. 〈위치〉가 있는 곳을 말하는 것뿐입니다."

"……미안하지만 요즘 기억력이 나빠져서 말이야."

"그럼 기억력이 돌아오게 만들어드리죠."

엘렌은 그렇게 말하며 시도의 눈앞까지 다가왔다.

"큭……."

시도는 뒷걸음질을 치고 싶었지만— 몸이 움직여지지 않았다. 아무래도 엘렌이 테리터리로 시도의 몸을 옭아맨 것 같았다.

"자아— 처음부터 손가락을 잘라버리는 건 재미가 없죠. 으음……."

엘렌은 혀로 입술을 핥은 후, 들고 있는 레이저 에지를 시도의 관자놀이에 댔다. 마치— 그의 귀를 자르겠다는 것처럼.

"—마지막으로 한 번 더 묻겠습니다. 〈위치〉가 있는 곳을 가르쳐줄 생각은 없는 거죠?"

엘렌이 차가운 눈빛으로 시도를 쳐다보며 물었다. 시도는 심장이 미친 듯이 뛰는 것을 느꼈다.

이 여자라면…… 한 치의 주저도 없이 시도의 귀를 자를 것이다. 과거 그녀의 레이저 블레이드에 가슴을 꿰뚫렸던 것을 떠올린 순간, 시도의 두 다리가 부들부들 떨리기 시작했다.

하지만. 입가에 억지 미소를 머금은 시도는 떨림을 억누르면서 말했다.

"……마침 귀가 간지러웠는데 잘 됐네."

"그런가요."

엘렌은 그렇게 말한 후, 레이저 에지를 쥔 손에 힘을 줬다.

하지만— 바로 그 순간.

"······윽!"

테이블에 둔 시도의 핸드폰이 경쾌한 착신음을 내면서 주위를 가득 채운 긴장감을 완화시켰다.

엘렌도 그 소리에 정신이 팔린 것 같았다. 그 덕분에 테리터리에 잡혀 있던 시도는 몸을 움직일 수 있게 되었다. 그 어떤 달인이라도 와이어링 슈트를 입지 않은 상태에서 테리터리를 유지하기 위해서는 엄청난 집중력이 필요하다는 이야기를 코토리에게 들은 적이 있었다.

"하앗―!"

이것이 마지막 기회일 것이라고 생각한 시도는 양손에 힘을 주며 엘렌의 가슴을 밀쳤다.

"큭!"

엘렌은 고통 섞인 신음을 흘리면서 쓰러졌다. 시도는 멋진 타이밍에 전화를 걸어준 누군가에게 마음속으로 감사하면서 도망쳤다.

하지만 거실 밖으로 나가려고 한 순간, 또다시 몸이 무언가에 속박당하고 말았다.

"윽······."

"······꽤 하는군요."

차가운 분노가 실린 목소리로 그렇게 말한 엘렌이 천천히 몸을 일으켰다.

시간상으로는 채 3초도 지나지 않았으리라. 엘렌은 그 짧은 시간에 테리터리를 다시 전개한 것이다. 정말 무시무시한 집중력이었다.

"―자, 우연 덕분이라고는 해도 저를 쓰러뜨린 대가를 치르게 해드리죠."

"큭―."

"그리고 방금 제 가슴을 만졌죠? 죽어주세요."

"그, 그건 불가항력이었다고!"

시도가 비명을 질렀지만, 엘렌은 들은 척도 하지 않았다. 그녀는 시도의 볼에 레이저 에지를 댔다.

바로 그때, 이번에는 엘렌의 핸드폰에서 낮은 진동음이 흘러나왔다.

엘렌은 눈썹을 살짝 찌푸린 후, 테리터리를 유지한 채 전화를 받았다.

"―예, 접니다. 무슨 일이죠?"

시도에게서 시선을 떼지 않은 채 말을 하던 엘렌은―.

"……뭐라고요?"

어떤 정보를 입수한 것인지는 모르겠지만, 갑자기 표정을 한껏 찡그렸다.

"……예. 알았습니다. 이쪽에서 대처하죠."

엘렌은 그렇게 말하고 전화를 끊었다. 그리고 잠시 동안 망설인 후, 시도의 몸을 옭아매고 있던 테리터리를 해제했다.

"우왓……?!"

마치 기대고 있던 엘리베이터 문이 열린 것처럼, 시도는 균형을 잃고 그 자리에서 엉덩방아를 찧었다.

"운이 좋군요."

"뭐……?"

시도가 영문을 모르겠다는 표정을 짓자, 엘렌은 시도에게는 눈길도 주지 않은 채 집 밖으로 달려 나갔다.

"대, 대체…… 뭐가 어떻게 된 거야?"

홀로 거실에 남아 있던 시도는 잠시 동안 망연자실한 표정을 지었지만— 잠시 후, 그는 자신의 핸드폰에서 아직 착신음이 흘러나오고 있다는 사실을 눈치챘다. 핸드폰 화면을 보니, 거기에는 코토리의 이름이 표시되어 있었다.

"여보세요? 코토리? 내 이야기 좀 들어봐. 실은 방금—."

『왜 이렇게 전화를 늦게 받은 거야! 이런 비상시국에 뭐하고 있는 건데?!』

시도가 전화를 받자마자, 코토리가 귀청이 떨어져 나갈 만큼 큰 목소리로 고함을 질렀다.

"왜, 왜 그래? 나도 방금 죽다 살았—."

『그건 됐고, 일단 내 얘기부터 들어.』

코토리는 심각한 목소리로 말했다. 시도는 불만을 늘어놓으려다, 범상치 않은 분위기를 느끼고는 미간을 찌푸렸다.

"대체 무슨 일이야?"

『……믿기지 않는 이야기겠지만—.』

코토리는 호흡을 가다듬은 후, 입을 열었다.

『—수십 분 후, 텐구 시에 인공위성이 떨어질 거야.』

제10장 절망이 내려오고 있다
Falldown

"쳇—."

혀를 찬 엘렌은 테리터리를 응축해 엄청난 속도로 대지를 박찼다. 그런 엘렌을 본 통행인들이 경악을 금치 못했지만, 엘렌에게는 그들을 신경 쓸 여유가 없었다. 그녀는 목적지를 향해 필사적으로 내달렸다.

진로는 동쪽— 웨스트코트가 묵고 있는 호텔이 있는 방향이었다.

지금 속도로 간다면 호텔에 도착하는 데까지— 약 30분이 걸릴 것이다. 『착탄』까지의 정확한 시간은 알 수 없지만 텐구시에서 벗어나는 시간을 고려하면 남은 시간은 그렇게 많지 않았다.

"—어쩔 수 없군요."

눈빛이 날카로워진 엘렌은 머릿속으로 지령을 내렸다.

다음 순간 엘렌의 몸에서 옅은 빛이 뿜어져 나오더니, 그녀의 온몸이 백금색 CR-유닛 〈펜드래건〉에 감싸였다. 그와 동시에 몇 초 전까지와는 비교도 안 될 만큼 농밀한 마력으로 짠 테리터리가 전개되었다.

엘렌은 지면을 박찬 후, 유닛에 달린 스러스터를 가동해 하늘 높이 날아올랐다. 그리고 그대로 목적지를 향해 일직선으로 날아갔다.

바로 그때, 유닛에 내장된 인터컴을 통해 통신이 들어왔다.

『메, 메이저스 집행부장님! 무슨 일이십니까?!』

엘렌이 시도의 집에 들어가 있는 동안 밖에서 대기하고 있던 부하였다. 엘렌이 급하게 집에서 뛰쳐나오는 모습을 보고 놀란 듯했다. 엘렌은 전방을 향해 시선을 고정시킨 채 속도를 유지하면서 말했다.

"긴급 사태가 발생했습니다. 현재, 폐기 예정인 인공위성 〈DSA-Ⅳ〉가 텐구 시를 향해 낙하하고 있습니다. 게다가 그 위성에는—."

엘렌의 설명을 들은 부하는 경악을 금치 못했다.

『마, 맙소사…… 아무리 정령을 쓰러뜨리기 위해서라고 해도, 그런 짓을……! 게다가 이런 작전을 집행부장님께 알리지도 않고 실행에 옮기다니—.』

"아뇨. 표적은 정령이 아니라 아이크입니다."

『예……?! 웨, 웨스트코트 MD를……?! 그, 그게 무슨 소리시죠?!』

부하들이 깜짝 놀란 목소리로 말했다. 뭐, 무리는 아니었다. DEM이 지닌 칼날이 DEM의 최고 권력자를 향하고 있으니까 말이다.

"조금 전에 본사에서 연락이 왔습니다. 일전에 아이크에게 해임 요구를 했던 이사들이 이런 짓을 벌인 듯해요."

엘렌은 그렇게 말한 후 작게 혀를 찼다. ―역시 그때 팔이 아니라 목을 베어버렸어야 했다, 하고 그녀는 내심 생각했다.

결국 작전 결행 직전에서야 이사 중 한 명이 웨스트코트를 두려워한 나머지 이 정보를 제2집행부에 흘린 것 같았다. 그 판단은 옳았다고 할 수 있지만― 어차피 이쪽으로 돌아설 거라면 좀 더 빨리 결단을 내려줬으면 좋았을 것이다. 엘렌은 짜증이 솟구쳤다.

하지만 지금은 그런 것을 신경 쓸 때가 아니다. 한시라도 빨리 웨스트코트를 만나서 가능한 한 먼 곳으로 그를 대피시켜야만 한다.

"―저는 아이크를 보호하러 가겠습니다. 당신들은 개별적으로 폭풍에 휘말리지 않도록 대피하세요. 그리고 주위에서 영파 반응이 관측되거나 폭발에 휘말린 정령을 발견한다면, 그 정령의 세피라를 회수하세요."

『아, 알겠습니다……!』

그 말을 들은 후, 엘렌은 부하와의 통신을 끝냈다.

하지만 세피라를 회수할 가능성은 낮을 것이다. 〈라타토스크〉라면 〈DSA-Ⅳ〉의 강하를 이미 눈치챘을 테니 말이다. 그들이라면 정령들을 공중함으로 대피시킨 후, 안전한 위치까지 도망치는 것도 충분히 가능할 것이다. 아마 조금 전에 이츠카 시도에게 온 전화도 이 사실을 알리기 위한 전화였으리라.

"……윽."

일직선으로 하늘을 날던 엘렌은 갑자기 미간을 찌푸렸다.

이유는 단순했다. 주위에서 위이이이이이이이이이잉——하는 사이렌 소리가 들려왔기 때문이다.

"공간진 경보…… 설마 정령이 나타난 건가요?"

그렇게 중얼거린 엘렌은 바로 다른 가능성을 유추해냈다.

—아무리 웨스트코트가 방해가 된다고 해도 한 도시에 인공위성을 떨어뜨리면 DEM 사라고 해도 무사하지 못할 것이다. 그래서는 회사를 손에 넣는다고 하는 목적을 달성할 수 없을 것이다.

그래서 이사들은 이 참사가 공간진 때문에 발생한 것으로 만들 생각인 것이다. 확실히 합리적인 생각이었다.

"그렇게 되게 두진 않겠어요."

어금니를 깨문 엘렌은 한계 속도를 내면서 웨스트코트를 향해 날아갔다.

◇

엘렌이 집에서 나가고 얼마 지나지 않아 공간진 경보가 울리기 시작하면서 주민들이 피난하는 소리가 들렸다.

"공간진 경보?! 하필 이럴 때……?!"

『아냐.』

시도가 깜짝 놀란 표정으로 창밖을 쳐다보았을 때, 핸드폰에서 코토리의 목소리가 흘러나왔다.

『이 주변에서 공간의 흔들림은 관측되지 않았어. ……이건 기적적인 타이밍에 발생한 오보(誤報)이거나— 인공위성 낙하에 따른 피해를 공간진 때문에 발생한 것으로 만들 생각인 누군가의 계략이야.』

"공간진 때문에…… 대, 대체 누가 그런 짓을 한 거야?!"

『……아마 DEM 사일 거야.』

코토리는 이를 갈면서 말했다. 하지만 시도는 미간을 찌푸렸다.

"자, 잠깐만. DEM……? 그건 말이 안 되는 것 같은데?"

『무슨 소리를 하는 거야. 이런 짓을 벌일 만큼 머릿속의 나사가 풀렸을 뿐만 아니라 능력도 갖춘 조직은 거기밖에 없어.』

"아니, 그건 그렇지만……."

시도는 조금 전에 있었던 일을 코토리에게 설명했다.

집에 돌아와 보니 엘렌이 자신을 기다리고 있었으며— 조금 전, 엘렌이 허둥대면서 뛰쳐나갔다는 사실을 말이다.

『엘렌·메이저스가? 좀 이상하네……. 이게 정령을 일망타진하기 위한 계획이라면 그녀가 몰랐을 리가 없어……. 아니, 그 이전에…….』

코토리는 낮은 신음을 흘리면서 생각에 잠겼다. 하지만 지금은 그런 생각을 할 때가 아니라고 판단했는지 시도를 향해 말했다.

『아무튼! 이대로 거기에 있는 건 위험해. 지금 바로 〈프라시 너스〉로 이동시킬 테니까 밖으로 나와.』

"으, 응……. 다른 애들은?"

『걱정하지 마. 현재 지하에서 탈출 준비를 하고 있어. 시도를 회수한 후, 바로 데리러 갈 거야.』

"알았어. 그럼—."

말을 하다 멈춘 시도는 고개를 갸웃거렸다.

"지하에서 탈출? 그 시설은 셸터 급의 강도를 지녔다고 하지 않았어?"

시도의 말을 들은 코토리는 잠시 말을 멈춘 후 대답했다.

『—응, 맞아. 랭크B 이하의 공간진이라면 견뎌낼 수 있어.』

"……자, 잠깐만. 그러면—."

『응. 그냥 거기 있어도 피해를 입지는 않을 거야. 하지만 신경 쓰이는 점이 있어.』

"신경 쓰이는 점……?"

『그래. —지금 텐구 시를 향해 낙하 중인 인공위성에서 희미하지만 마력 반응이 감지되었어.』

코토리의 말을 들은 시도는 미간을 찌푸렸다.

"그, 그게 무슨 소리야?"

『아직 자세한 건 몰라. 하지만— DEM 사가 단순히 인공위성의 잔해를 낙하시켰다고 보기는 어려워. 아마 인공위성이

대기권을 돌파하면서 분해되거나 파괴되지 않도록 뭔가 수를 썼을 거야. 그러니 최악의 사태에 대비해야만 해.』

"최악의…… 사태."

『……응. 30년 전부터 전 세계에 설치된 셸터는 주로 공간진 피해를 막기 위한 거야. 기본적으로 공간진은 지상, 해상, 공중에서 관측되는 경우가 많기 때문에 지하에 숨기만 해도 피해를 입지 않을 가능성이 높아.』

하지만, 하고 코토리는 말했다.

『이번 케이스는 이야기가 달라.』

"그 인공위성이 만약 셸터 위에 떨어진다면…… 안에 있는 사람들은 목숨을 잃을 거라는 거야?!"

『……아직 자세한 건 몰라. 하지만 그렇게 될 가능성도 없지는 않아.』

"……큭! 마, 말도 안 돼! 아무리 정령이 표적이라고 해도 이런 짓을 벌이다니……!"

시도가 주먹을 쥐면서 고함을 지르자, 코토리는 또 낮은 신음을 흘렸다.

『그게― 앞뒤가 맞지 않아.』

"……뭐?"

『DEM도 우리가 공중함을 소유했다는 걸 알고 있어. 그러니 정령을 노린다면 이렇게 확실성이 낮은 수단을 쓰지는 않을 거야.』

"그, 그럼, 대체 왜 이런 짓을 벌인 건데……."

『명확한 이유는 모르겠어. 상층부에 이정도 생각도 못 하는 바보가 있거나, 상층부 전체가 미쳐버렸거나— 어쩌면 다른 이유가 있는 걸지도 몰라.』

"목적……."

시도는 마른침을 삼켰다. 수만 명 규모의 희생자를 내는 한이 있더라도 달성해야만 하는『목적』이란 대체 뭘까.

『—네 마음은 이해 되지만 일단 서둘러줘. 이러는 사이에도 남은 시간이 점점 줄어들고 있단 말이야.』

코토리는 초조한 목소리로 말했다. 하지만 시도는 움직이지 않았다.

"자, 잠깐만. 어떻게 안 되는 거야?! 이대로 있다간 우리는 살아남을지 몰라도 이 마을에 있는 사람들이—."

『이야기를 끝까지 들어.』

시도의 말을 막듯, 코토리는 단호한 어조로 말했다.

『나도 이 마을 사람들을 죽게 내버려둘 생각은 없거든? 다 방법을 생각해뒀어.』

"뭐?! 저, 정말?!"

『응. —간단해. 인공위성이 추락하기 전에 〈프락시너스〉의 주포로 박살 내버리는 거야. 그렇게 하면 그 자리에서 폭파 술식이 작동해서 폭풍과 파편을 지상에 퍼부어도 지하에 있는 셸터는 무사할 거야. ……뭐, 지상은 심각한 피해를 입을지도 모르지만 그건 공간진이 발생했을 때도 마찬가지잖아. 목숨을 건진 것만으로도 감사하게 생각해줬으면 좋겠어. 그

후에는 육상 자위대의 재해 부흥 부대가 힘써 주겠지, 뭐.』

"그래……. 그렇게 하면……!"

『이제 납득했지? 그럼 서둘러줘.』

"응!"

힘차게 고개를 끄덕인 시도는 통화를 끝낸 후, 현관으로 향했다.

그리고— 신발을 신기 위해 몸을 굽힌 시도의 호주머니에서 무언가가 흘러나왔다.

"응……?"

고개를 돌려보니, 그것은 붉은색 포장지에 감싸인 막대 사탕이었다. —지하 시설에서, 코토리로 변신한 나츠미가 떨어뜨리고 간 것이다.

"아—."

그것을 본 순간. 시도는 한 가지 사실을 눈치채고 잠시 동안 망연자실한 표정을 짓고 있었다.

그렇다. 시도는 깜빡하고 있었다. 분명 공간진 경보에 의해 인근 주민들은 지하 셸터로 피난했다. 〈프락시너스〉가 인공위성 파괴에 성공하면 다들 무사할 것이다.

하지만— 한 사람, 지상에 남아 있을 가능성이 있는 이가 있었다.

시도가 현관에 멍하니 서 있자, 또다시 핸드폰에서 경쾌한 착신음이 흘러나왔다. 통화 버튼을 누르자, 코토리의 짜증 섞인 목소리가 흘러나왔다.

『뭐 하고 있는 거야, 시도. 시간이 없단─.』

"코토리."

시도는 전화기 너머에서 초조한 목소리로 말하고 있는 여동생의 이름을 불렀다. 시도의 목소리에서 무언가를 느낀 듯, 코토리는 그를 향해 말했다.

『뭐야? 뭐 할 말이라도 있어?』

"그래. 부탁할 게 있는데 말이야……. 다른 애들을 먼저 회수해주지 않겠어?"

『뭐? 이유가 뭔데? ─아하, 혹시 자신보다 다른 애들을 먼저 대피시키라는 거야? 그런 걱정 안 해도 돼. 시간 안에 다 회수할 수 있단 말이야.』

"아니…… 나는 지상에서 해야만 하는 일이 있어."

시도의 말을 들은 코토리는 『뭐어?!』하고 고함을 질렀다.

『지금 비상사태라는 게 이해가 안 되는 거야?! 해야 할 일이라는 게 뭔지는 모르겠지만 일단 목숨부터 건지고 봐야 할 거 아니야! 그리고─.』

"─나츠미, 야."

『……윽.』

시도의 말을 들은 코토리는 숨을 삼켰다.

"아직 나츠미를 찾지 못했지……?"

그렇다. 그녀가 아직 지상에 있다면 위험에 처할 수도 있다.

평범한 인간이라면 공간진 경보를 듣고 셸터에 들어갈 것이다. 하지만 정령인 나츠미가 경보에 따를 리가 없다. 게다가

지하 시설에 갇혀 지냈던 나츠미가 자기 발로 다시 지하에 있는 셸터에 들어갈 가능성은 낮았다.

『그건…… 하지만 나츠미도 바보는 아니잖아! 셸터에는 들어가지 않더라도 먼 곳으로 도망칠 가능성도 있고— 설령 폭풍과 인공위성의 파편이 쏟아진다고 해도. 그녀는 정령이잖아?! 그 정도는 얼마든지 막아낼 수 있을 거야!』

"그럴지도 몰라. 하지만…… 나츠미가 엘렌에게 입은 상처는 아직 다 낫지 않았잖아. 그러니 만일의 상황이 벌어질 수도 있어."

『…….』

시도의 말을 들은 코토리는 그대로 침묵에 잠겼다. 시도는 애원하듯 전화 너머에 있는 코토리를 향해 말했다.

"부탁이야……. 아슬아슬한 타이밍까지 나츠미를 찾아보면 안 될까? 헛수고일지도 몰라. 아니…… 아마 그럴 가능성이 클 거야. 하지만 나츠미가 위험에 처할지도 모르는 이상, 가만히 있을 수는…… 없어."

시도가 주먹을 쥐면서 그렇게 말하자, 코토리는 잠시 동안 침묵을 유지한 후—

『……하아.』

결국 땅이 꺼져라 한숨을 내쉬었다.

『……알았어. 내가 무슨 말을 해도 대피할 생각은 없는 것 같으니 어쩔 수 없네.』

"코토리……!"

『단, 타임 리미트는 이쪽의 요격 준비가 끝날 때까지야. 그후에는 순순히 대피해줘. 그리고 바로 연락을 취할 수 있도록 인터컴을 계속 끼고 있어.』

"그래. 알았어."

『그럼 빨리 가. 이쪽도 남은 자율 카메라로 나츠미의 행방을 찾아볼게. 뭐, 그녀를 발견할 가능성은 낮겠지만 말이야.』

"오케이……! 코토리!"

『왜?』

"고마워."

시도의 말을 들은 코토리는 코웃음을 쳤다.

『……그건 내가 할 말이야. 당황한 나머지 중요한 점을 놓치고 말았어. 나츠미를 부탁해, 시도.』

고개를 끄덕인 시도는 복도에 떨어진 막대 사탕을 주워서 주머니에 넣은 후 집을 나섰다.

이 근처에 사는 사람들의 피난이 얼추 끝났는지 길에는 사람들이 없었다. 조금 전까지만 해도 이곳에 사람들이 존재했다는 흔적만이 곳곳에 남은 채, 기묘한 정적이 마을 전체에 흘렀다. 시도는 정령과 대화하기 위해 인적 없는 마을을 돌아다닌 적이 있지만, 역시 몇 번을 경험해도 이 묘한 감각에는 익숙해지지 않았다.

하지만 지금은 그런 것을 신경 쓸 때가 아니다. 시도는 길을 따라 내달리면서 숨을 크게 들이마신 후, 목청껏 고함을 질렀다.

"—나츠미!"

부자연스러울 만큼 조용한 주택가에 시도의 목소리가 울려 퍼졌다. 그러나— 대답을 들려오지 않았다.

하지만 시도는 개의치 않고 고함을 질러댔다.

"만약 이 근처에 있다면 내 이야기 좀 들어봐! 지금 이곳 일대에 인공위성의 잔해가 떨어질 거야! 지상에 있으면 위험하다고! 서둘러 대피해야 한단 말이야! 그러니까! 잠시 동안이라도 좋으니까 나와 같이 가자! 이제 너를 격리실에 가두지 않을게! 이 사태가 해결되고 나면 네가 가고 싶은 대로 가도 돼! 그러니까!"

시도의 목소리가 주택가 전체에 울려 퍼졌다. 하지만 여전히 대답은 없었다.

그래도 시도는 이것이 헛된 짓이라고는 생각하지 않았다.

나츠미가 어디에 있는지는 모른다. 어쩌면 코토리의 말대로 이미 다른 장소로 도망쳤을지도 모르고, 주민들 사이에 숨어서 셸터에 들어갔을지도 모른다.

하지만 만약 지상에— 게다가 이 텐구 시에 있다면…… 그녀를 지하에 감금했던 것에 대한 복수를 하기 위해 이 근처에 숨어서 시도를 지켜보고 있을 가능성이 있었다.

시도는 그 희박한 가능성에 기대면서 고함을 질렀다.

"내가 마음에 안 들어서 같이 가기 싫다면! 사람들과 함께 셸터에 숨거나 전속력으로 이 도시에서 벗어나! 안 되면— 인계로 도망쳐! 아무튼, 이 마을에 있으면 위험해! 부탁이야! 빨리 도망쳐!"

달리면서 고함을 지르는 것은 호흡기에 막대한 부담을 주었다. 얼마 달리지 않았는데도 폐가 아파 왔고, 호흡이 힘들어졌다.

하지만 시도는 걸음을 멈추지 않았다. 어쩌면 이 주변에 나츠미가 있을지도 모르기 때문이다.

시도는 나츠미에게 자신의 목소리를 전하기 위해 또 한 번 목청껏 고함을 질렀다.

◇

"―나츠미! 부탁이야! 내 말이 들리면 대답해줘!"

시도는 수도 없이 고함을 지르면서 아무도 없는 마을 안을 뛰어다니고 있었다.

"……."

그 목소리를, 나츠미는 아무 말 없이 듣고 있었다.

아마 시도는 도망친 나츠미가 이 주변에, 그것도 시도를 감시할 수 있는 위치에 있을 것이라고 생각하는 것이리라. ―그리고 그 생각은 정확했다.

"나츠미! 나츠미! 내 말 안 들리는 거야?! 나츠미!"

시도의 필사적인 목소리가 마을에 울려 퍼졌다.

목소리는 갈라질 대로 갈라졌고, 숨 또한 턱까지 찼다. 한심하기 그지없는 모습이었다.

하지만 시도는 필사적으로 고함을 질러댔다. 돌에 걸려 넘어져도, 바로 일어나서 나츠미의 이름을 불러댔다.

—대체 왜 이렇게까지 하는 거야?

나츠미는 그렇게 말하려다 겨우겨우 참았다.

목소리를 냈다가 시도에게 현재 위치를 들키기라도 하면 큰일이기 때문에 참은 것은 아니다. 이 의문에 대한 답을 이미 알고 있기 때문에 말하지 않은 것이다.

—왜?

그야 나츠미를 구하기 위해서다.

이 일대에 인공위성의 파편이 떨어진다. 아마 시도의 말은 사실이리라. 주위의 주민들이 모두 피난하는 것만 봐도, 재해 발생이 예견된 것은 틀림없어 보였다.

시도의 뒤에 있는 조직이 나츠미를 잡기 위해 경보를 울린 것일 가능성도 있지만— 조금 전에 언뜻 들은 시도와 코토리의 통화 내용이 그 가능성을 부정했다.

그리고 시도는 어쩌면 나츠미가 아직 지상에 있을지도 모른다, 라는 이유 하나 때문에 위험을 개의치 않으며 아무도 없는 이 마을에 남았다.

"으……."

그 순간, 나츠미의 가슴이 묘한 감각으로 가득 찼다.

현기증에 가까운 그 감각이 나츠미를 너무나도 괴롭혔다.

—나츠미가 처음으로 정숙 현계 했을 때, 이쪽 세계의 사람들은 나츠미에게 관심을 가지지 않았다.

나츠미는 그 사실이 너무나도 싫었다. 이야기를 걸어주기를, 관심을 가져주기를, 자신을 인정해주기를 바랐다. 그래서 —〈하니엘〉의 힘으로 자신의 모습을 바꿨다.

아름다운 성인 여성으로 변신한 나츠미를, 이쪽 세계의 사람들은 친절하게 대해줬다. 나츠미의 환심을 사려 했고, 그녀의 말에 귀를 기울여줬다.

하지만— 나츠미가 느껴온 공허함은 사라지지 않았다.

결국 그 누구도 나츠미를 바라봐주지 않았다. 결국 그 누구도 나츠미를 인정해주지 않았다. 사람들이 자신에게 관심을 가져줄수록 그런 생각은 더욱 강해졌다.

하지만 시도가 지금 찾고 있는 것은 그 누구도 인정해주지 않았던 『진짜 나츠미』였다.

—항상 무시만 당해왔던 나츠미를, 그는 찾고 있었다.

"⋯⋯으."

나츠미는 지금까지 있었던 일을 떠올려봤다.

엘렌에게 공격받고 있을 때, 그들은 자신을 구해줬다.

그들은 나츠미를 변신시켜줬다.

나츠미가 자신을 귀엽다고 생각하게 해줬다.

—그리고 이런 못난 자신을 인정해줬다.

"⋯⋯설마, 나."

더는 부정할 수 없었다.

나츠미는, 시도가— 죽는 것을 원하지 않았다.

비밀을 들켰다는 사실은, 그녀 자신도 모르는 사이에 아무래도 상관없는 일이 되었다. 그런 것보다 진짜 자신을 보려 하는 사람이 있다는 사실이 너무나도 기뻤다.

"―나츠미!"

"……으, ……."

바로 그때 시도가 자신의 이름을 부르자, 나츠미는 반사적으로 대답할 뻔했다.

대답해도 딱히 문제는 없었다. 그러면 시도는 분명 나츠미를 찾아줄 것이다. 그 후 두 사람은 함께 안전한 장소로 대피하면 된다.

하지만 나츠미는 그 사실을 자각했으면서도, 자신이 느끼고 있는 기묘한 감정 때문에 이러지도 저러지도 못했다.

"괘, 괜찮아……. 응, 괜찮을 거야."

시도에게 들키지 않기 위해, 나츠미는 낮은 목소리로 중얼거렸다.

아무리 시도라도 파편이 떨어지기 시작하면 대피할 것이다. 최악의 경우, 나츠미를 구해줬을 때처럼 그의 뒤에 있는 조직이 어떻게든 해줄 것이다.

나츠미는 되뇌듯이 마음속으로 "괜찮아, 괜찮아."라고 중얼거리면서, 시도가 한시라도 빨리 나츠미의 수색을 포기하고 안전한 장소로 대피하기를 염원했다.

◇

"D3 지하 시설에 있던 정령들을 회수했습니다!"

"기관원 열세 명도 회수 완료!"

"원격 조작으로 지하 시설의 격벽을 가동했습니다!"

시도의 제안에 따라 그를 아무도 없는 마을로 보낸 후 약 20분이 흘렀다. 승무원들의 보고를 듣고 있던 코토리가 입을 열었다.

"좋아. ─시도의 현재 위치는 어디야?"

"시도 군은 현재 대로를 따라 북쪽을 향해 달리고 있습니다. 아무래도 라이젠 고교 쪽으로 향하고 있는 것 같습니다."

"자율 카메라는 나츠미를 발견했어?"

"유감스럽게도 아직 발견하지 못했습니다."

"그래?"

코토리는 짧게 대답했다. 변신 능력을 지닌 나츠미를 쉽게 찾아낼 거라고는 처음부터 생각하지 않았다.

바로 그때…….

"윽! 사, 사령관님! 인공위성이 낙하를 시작했습니다!"

코토리가 다음 지시를 내리려고 한 순간, 모니터에 표시된 붉은 아이콘이 점멸하기 시작하자 함교 하단부에 있는 미노와가 큰 목소리로 외쳤다.

보통 인공위성이 낙하할 때는 서서히 위성 궤도에서 벗어나면서 지구 주위를 돈 후, 대기와 중력의 영향을 받으면서 천천히 고도를 내리다가 대기권에 돌입해 완전히 불타버린다.

하지만 모니터에 표시된 아이콘은 위성 궤도에서 수직선을

그리듯 지구를 향해 일직선으로 낙하하고 있었다. ─믿기지
않는 일이었다.

"─왔네."

코토리는 입술을 핥은 후, 손을 치켜들면서 승무원들에게
지령을 내렸다.

"지금 바로 낙하 예측 지점을 계산해! AR-008, 3호기부터
5호기까지는 병렬 구동, 언제라도 〈미스틸테인〉을 쏠 수 있도
록 해둬! 시도를 회수한 후, 요격 포인트로 이동해 타깃을 파
괴하겠어!"

인공위성의 낙하지점을 정확하게 예측하는 것은 매우 어려
운 일이다. 하지만 〈프락시너스〉에 탑재된 AI의 연산 능력이
라면 오차 범위 몇 킬로미터 이내로 낙하 예측 지점을 찾아내
는 것이 가능했다. 타깃이 수직 낙하를 하고 있는 상황이니
오차 범위를 더욱 줄일 수 있을 것이다.

"에! AR-008, 3호, 4호, 5호, 마력 생성 개시!"

"낙하 예측 지점, 나왔습니다! 텐구 시 동(東) 텐구 부근을
향하고 있습니다!"

미키모토의 보고를 들은 코토리는 혀를 찼다.

"쳇, 시도 부근에 떨어지잖아."

〈프락시너스〉의 전송 장치는 대상이 엄폐물이 없는 일직선
상에 있을 때만 쓸 수 있다. 즉, 지상에 있는 누군가를 회수
하려고 한다면, 그 대상의 머리 위쪽으로 이동해야만 했다.

하지만 요격과 동시에 폭파 술식이 작동될 가능성이 있는

이상, 〈프락시너스〉를 타깃에게 너무 접근시킬 수는 없었다. 낙하 예측 지점 부근에서 시도를 회수한 후, 다시 거리를 벌려 요격할 수밖에 없을 것 같았다.

"시도 회수 후 포인트 이동까지 걸리는 시간은?"

"약…… 5분 30초입니다!"

"요격 준비 시간까지 생각하면 미묘하네. 서둘러줘."

"예!"

카와고에가 대답한 순간, 함교 전체가 낮은 구동음으로 가득 찼다. 그와 동시에— 공중에 정지해 있던 〈프락시너스〉가 움직이기 시작했다.

〈프락시너스〉의 이동을 확인한 후, 코토리는 지시를 내렸다.

"시도와 회선을 연결해줘."

"예."

나카츠자와가 콘솔을 조작했다. 그러자 모니터 구석에 마을 안을 뛰어다니며 나츠미를 찾고 있는 시도의 모습이 출력되었다.

마이크를 자신 쪽으로 당긴 코토리는 시도를 향해 말했다.

"시도, 들려?"

그러자, 화면 안에 있는 시도가 그 자리에서 멈춰 섰다.

『……그, 그래……. 들, 려…….』

인터컴에 손가락을 댄 시도는 거친 숨을 내쉬면서 말했다. 그의 목소리는 심한 감기에 걸린 것처럼 갈라져 있었다. 아무래도 계속 뛰어다니면서 나츠미를 불러댄 것 같았다.

그런 시도의 모습을 본 코토리는 주저하고 말았다. 하지만 시도가 이대로 나츠미를 찾으러 다니게 할 수는 없었다. 다시 마음을 다잡은 코토리는 마이크를 향해 말했다.

"미안하지만 시간이 다 됐어. 이제부터 회수하러 갈 테니까 그 자리에서 기다리고 있어."

『뭐…… 벌써…… 그렇게 된 거야……?! 부탁이야. 조금만 더—.』

"안 돼. 약속했잖아?"

『하, 하지만—.』

시도의 애원하는 듯한 목소리를 들은 코토리는 막대 사탕을 깨물었다.

"똑같은 말 또 하게 하지 마. ……남의 목숨만이 아니라 네 자신의 목숨도 소중히 하란 말이야."

코토리의 말을 들은 시도는 잠시 동안 침묵한 후, 작게 한숨을 내쉬었다.

『……. ……알았어. 고집 부려서 미안해.』

"괜찮아. 이미 익숙해졌거든."

코토리는 손을 내저으면서 그렇게 말한 뒤 모니터를 쳐다보았다.

그리고 바로 그 순간, 함교에 설치된 스피커에서 긴급 사태 발생을 알리는 경고음이 흘러나왔다.

"무, 무슨 일이야?!"

"이, 이럴 수가…… 인공위성의 낙하 속도가, 급격하게 빨라졌습니다!"

"뭐……?!"

코토리가 미간을 찌푸리는 것과 동시에, 모니터에 예의 인공위성의 모습이 떠올랐다. 네모난 본체의 양옆에 솔라 패널이 달린 기체였다. 그 위성의 상단 부분에는 동그랗게 생긴 물체가 달려 있었다. 아무래도 저 물체가 스러스터 역할을 하고 있는 것 같았다. 평범한 인공위성이 아닌 것은 분명했다.

"큭…… 뭐가 어떻게 되고 있는 거야……?!"

눈을 치켜뜨며 그렇게 외친 코토리의 볼을 타고 식은땀이 흘러내렸다. 저렇게까지 해서 인공위성 낙하에 의한 피해 규모를 증가시키려는 것일까. 그렇지 않으면— 텐구 시 상공에 〈프락시너스〉가 있다는 사실을 알고, 요격을 경계해서 이런 짓을 벌인 것일까.

어느 쪽이든 간에 코토리에게 있어 좋은 상황이 아닌 것만은 분명했다. 함장석 팔걸이를 주먹으로 내려치며 몸을 일으킨 코토리는 함교 하단부를 쳐다보며 외쳤다.

"예측 도달 시간을 빨리 수정해! 남은 시간은 얼마나 돼?!"

"……예측, 나왔습니다! 이, 이 수치가 정확하다면 지금 바로 요격 태세에 들어가야만 합니다!"

"큭……!"

코토리는 얼굴을 한껏 찌푸렸다. 하지만 급히 마음을 진정시킨 그녀는 지금 자신이 해야 할 일이 무엇인지 냉철하게 생각했다.

"……시도, 미안하지만 예정을 변경해야겠어."

『뭐?』

"너를 데리러 갈 수 없을 것 같아. ―하지만 인공위성의 요격에 성공하면 피해가 지하까지 번지지는 않을 거야. 지금 바로 근처에 있는 셸터로 대피해줘."

『―응. 알았어. 나는 걱정하지 마. ―잘 부탁해.』

코토리의 목소리 톤을 통해 상황을 어느 정도 예측한 듯한 시도는 자세한 사정을 묻지 않은 채 그렇게 말했다. 코토리는 떨려 오는 목소리를 억누르면서 "응."이라고 말한 후, 통신을 끊었다.

"사, 사령관님……."

"……괜찮으니까 걱정하지 마. 그것보다 요격 준비를 서둘러 줘. ―반드시 저 위성을 격추하는 거야."

『예!』

승무원들은 고함을 지른 후 콘솔을 조작했다. 항로를 변경한 〈프락시너스〉는 요격 포인트로 향했다.

"……큭."

코토리는 어금니를 깨물면서 주먹을 쥐었다.

코토리의 판단은 옳았다. 시도의 회수를 우선했다간 〈프락시너스〉로 위성을 요격하지 못할 뿐만 아니라, 그 결과 수많은 사람들이 목숨을 잃게 될 것이다. 하지만―.

"사령관님!"

생각에 잠겨 있는 코토리의 귓속으로 시이자키의 목소리가 흘러들어왔다.

"요격 포인트에 도착했습니다!"

"타깃, 30초 후에 요격 가능 포인트를 통과합니다!"

"AR-008, 마력 충전 완료! 언제든지 발사할 수 있습니다!"

승무원들의 목소리가 함교 전체에 울려 퍼졌다. 코토리는 잡념을 떨쳐내려는 것처럼 고개를 저은 후, 모니터를 바라보았다.

그리고 화면 구석에 표시된 카운트다운을 보면서 마음속으로 숫자를 센 후, 타깃이 화면 안에 들어온 순간─ 외쳤다.

"─〈미스틸테인〉! 발사!"

코토리가 고함을 지른 순간, 〈프락시너스〉의 포문에서 엄청난 양의 마력이 뿜어져 나왔다.

공중함 탑재형 대형 리얼라이저에서 뿜어져 나온 방대한 양의 마력이 화면 중앙에 표시된 타깃을 향해 뻗어나갔다.

완벽한 타이밍이었다. 승무원들 중에는 인공위성에 주포가 적중하지도 않았는데 벌써부터 기뻐하고 있는 이들도 있었다.

하지만─.

"아닛……?!"

다음 순간, 코토리는 믿기지 않는 장면을 본 듯한 표정을 지으면서 경악하고 말았다.

하지만 코토리가 그런 반응을 보이는 것도 무리는 아니었다. 인공위성을 향해 일직선으로 날아가던 집속마력포가 타깃에게 닿기 직전, 약간 휘어지더니 솔라패널과 스러스터 일부만을 파괴한 후 하늘 저편으로 날아갔기 때문이다.

인공위성은 마력포에 튕겨난 것처럼 밸런스가 약간 흐트러지기는 했지만— 그 후, 중력에 이끌리듯 계속 낙하했다.

"바, 방금 그건 뭐야……?!"

"아무래도 테리터리……에 막힌 것 같군요."

코토리의 말에 답한 사람은 함장석 옆에 서 있는 칸나즈키였다. 그는 한 손을 턱에 댄 채 흐음, 하고 낮은 신음을 흘렸다.

"테리터리……?!"

고함을 지른 코토리는— 모니터에 비친 인공위성에서 기묘한 점을 발견했다.

〈미스틸테인〉에 의해 관통당한 동그란 물체.

그 안에서 눈에 익은 물체가 모습을 드러냈기 때문이다.

"저건…… 〈밴더스내치〉……?!"

그렇다. DEM의 기계인형 〈밴더스내치〉. 정확하게 말하자면 그것과 매우 닮은 기체였다. 〈밴더스내치〉는 위저드 없이 리얼라이저의 전개 및 사용이 가능한 DEM의 무인 병기다.

그것이 인공위성과 완벽하게 도킹해 있는 것이다.

"설마— 저런 방법이……!"

그것을 본 코토리는 이 인공위성 낙하의 개요를 순식간에 파악했다.

아마 DEM 사는 커스텀 타입 〈밴더스내치〉를 지상에서 쏘아 올려, 폐기 예정인 인공위성과 도킹시킨 것이다.

엄청난 속도로 움직이는 인공위성이라고 해도, 리얼라이저를 탑재한 기체라면 충분히 도킹할 수 있을 것이다.

　그리고 도킹한 〈밴더스내치〉는— 인공위성에 테리터리를 친 것이다.

　"그래……. 대기권을 통과한 인공위성이 전혀 손상되지 않은 이유가 이거구나……!"

　코토리가 혀를 찬 순간, 레이네가 콘솔을 조작하는 소리가 들려왔다.

　"……상황이 좋지 않아. 저 사이즈의 인공위성이 질량을 유지한 채 낙하하는 충격과 DEM이 보유한 최고 랭크의 폭파 술식. 게다가 그것들이 〈밴더스내치〉의 테리터리에 의해 증폭된다면……."

　키보드를 두드리는 소리가 울려 퍼진 순간, 화면에 수치가 표시되었다.

　"……대략적인 수치지만…… 아마, 전술핵에 버금가거나 그 이상의 피해를 일으킬 거야."

　"……윽!"

　그 말을 들은 코토리는 숨을 삼켰다.

　최악의 사태를 예상했다고 생각했지만— 사태는 그녀의 예상을 아득히 뛰어넘고 있었다. 저런 것이 떨어진다면 텐구 시는 초토화되고 말 것이다.

　바로 그때, 칸나즈키는 표정을 굳힌 채 턱을 매만지며 말했다.

"—묘하군요."

"뭐, 뭐가?"

"〈밴더스내치〉에 탑재된 리얼라이저로 생성된 테리터리가 〈미스틸테인〉을 막아낸다는 건 불가능합니다."

"그럼 대체…… 아니, 지금 신경 써야 하는 건 저 위성을 격추하는 거야! 마력 재충전! 인공위성이 지상에 도달하기 전에 무슨 수를 써서라도— 꺄앗?!"

그 순간, 〈프락시너스〉 전체가 크게 흔들렸다.

"무슨 일이야?!"

"포, 포격입니다! 테리터리, 15% 축소!"

"포격……?"

"모니터에 영상을 출력하겠습니다!"

미노와가 그렇게 말하는 것과 동시에, 모니터에 하늘의 영상이 표시되었다. 그곳에는 어느새 〈프락시너스〉보다 거대한 공중함이 떠 있었다. 전체적으로 직선적인 구조인데도 불구하고, 유기적인 느낌이 들게 하는 형태의 공중함이었다. 그것은 DEM의 병기가 공통적으로 지닌 특징이었다.

"저건— DEM의 공중함?!"

"큭…… 저게 이쪽의 포격을 방해한 거구나."

코토리는 이를 갈았다. 아마 상대는 〈프락시너스〉가 인공위성을 요격할 것이라는 사실을 예측하고 있었던 것이리라.

적함의 자세한 성능은 모르지만— 〈미스틸테인〉을 막을 수 있을 정도의 테리터리를 임의 포인트에 생성할 수 있는 것은 분명했다. 저 적함을 어떻게 하지 않는 한, 인공위성을 격추하는 것은 불가능했다. 하지만 그런 짓을 하다간 인공위성이 지상에 떨어지고 말 것이다.

"사령관님……!"

그 결과를 예상했는지 승무원들의 얼굴은 새하얗게 질렸다.

하지만—. 코토리는 침착한 표정으로 가볍게 한숨을 내쉰후, 함장석에 몸을 맡겼다.

"칸나즈키. 이곳을 맡길게. ―〈궁니르〉를 쓰겠어."

코토리의 말을 들은 승무원들의 눈썹이 흔들렸다.

"……코토리, 괜찮겠어?"

"응. 딱히 풀 파워로 쏘려는 건 아냐. 지금 시도에게서 회복능력을 빼앗을 수는 없으니까 말이야."

코토리는 레이네를 향해 그렇게 말한 후, 칸나즈키를 향해 고개를 돌렸다.

"반드시 명중시켜, 칸나즈키."

"맡겨만 주십시오."

칸나즈키는 태연한 목소리로 대답했다. 그 말을 들은 코토리는 만족스럽다는 듯이 고개를 끄덕인 후, 콘솔 옆에 있는 인증 장치에 자신의 손바닥을 댔다.

그러자 코토리가 앉은 함장석이 바닥으로 빨려 들어가듯 아래쪽으로 이동했다.

그리고 몇 초 후, 코토리는 의자에 앉은 채 널찍한 장소에 도착했다.

그곳은 반경 3미터 정도 되는 원형 공간이었다. 완만한 커브를 그리고 있는 벽면에는 바깥 상황이 실시간으로 투영되고 있기 때문에, 마치 공중에 떠 있는 것 같은 착각마저 들었다.

하지만 코토리에게는 공중 산책을 즐길 여유가 전혀 없었다. 함장석에서 일어선 그녀는 이 공간의 중심에 선 후, 가는 숨을 뱉으면서 마음을 진정시켰다.

"자아, 그럼— 내 전쟁을 시작해볼까?"

의식의 감옥 안에서 가는 실을 손으로 더듬어 찾는 듯한 감각.

활활 타오르는 불꽃을 온몸에 두르는 이미지.

이윽고 그 상상은 실체를 지니면서 코토리의 주위에 불꽃의 소용돌이가 생기더니, 이윽고 그것은 선녀들이 입을 법한 날개옷으로 변했다. 그리고 불꽃은 코토리의 머리카락을 타고 그녀의 머리 쪽으로 올라가더니— 관자놀이에 도깨비의 뿔 같은 것을 만들어냈다.

—영장. 정령을 지키는 최강의 갑옷.

코토리는 시도에게 영력을 봉인 당했다. 하지만 자신의 정신 상태를 컨트롤해, 시도에게서 임의적으로 영력을 역류시키는 것이 가능했다.

하지만 모든 힘을 역류시켰다간, 그녀의 의식이 힘에 삼켜질 위험이 있었다. 그래서 어느 정도의 영력을 확보한 후, 의

식적으로 역류를 중단시켜 한정적인 영장만 유지했다.

"〈작란섬귀(灼爛殲鬼)〉."

코토리가 그렇게 읊조리자, 그녀의 팔에 불꽃이 모여들었다. 그리고 그 불꽃은 거대한 도끼로 변모했다.

다음 순간, 어딘가에서 폭발음이 들려오면서 함체가 희미하게 흔들렸다.

아마 적함에게 공격을 받은 것이리라. 지금은 아직 방성(防性) 테리터리로 막아내고 있지만, 이대로 있다간 인공위성이 격추되기 전에 〈프락시너스〉가 대미지를 입을지도 모른다. 그렇게 생각한 코토리는 〈카마엘〉을 들어 올리면서 외쳤다.

"—【포(砲)】!"

그러자, 〈카마엘〉이 원통 형태로 변모하면서 코토리의 팔에 장착되었다. 그 모습은— 대포를 연상케 했다. 코토리의 자그마한 몸과는 전혀 어울리지 않는 거대한 포문이 그녀의 오른팔에 달려 있었다.

그와 동시에, 거대한 커넥터 같은 장치가 튀어나왔다. 그리고 코토리가 〈카마엘〉의 끝 부분을 거기에 대자, 낮은 전자음이 들리면서 〈카마엘〉과 커넥터가 완벽하게 접속되었다.

"그럼 시작할게, 칸나즈키."

『예. 알겠습니다.』

코토리가 그렇게 말하자, 스피커에서 칸나즈키의 목소리가 흘러나왔다.

그 목소리를 들은 후, 코토리는 천사에 영력을 집중했다.

집속마력포 〈미스틸테인〉이 튕겨났다면 남은 방법은 하나뿐이다.

그 방법은 단순 명쾌했다. 〈미스틸테인〉 이상의 위력을 지닌 공격을 날리면 되는 것이다.

정령영력포 〈궁니르〉.

그 이름대로, 정령의 힘을 변환 및 증폭시켜 필멸(必滅)의 일격을 날리는, 〈프락시너스〉 최강의 병기다.

―코토리의 몸 주위에 영력의 여파가 불똥처럼 흩날리고 있었다. 코토리는 시선을 날카롭게 만들면서 외쳤다.

"지금이야! 정령영력포 〈궁니르〉!"

『발사!』_{파이어}

스피커에서 칸나즈키의 목소리가 흘러나온 순간, 〈프락시너스〉의 중앙 부분에 달린 거대한 포문에서 영력포가 발사되었다.

그것은 레이저 포나 빔이라고 부를 만한 것이 아니었다.

굳이 말해야 한다면― 기둥.

농밀한 영력으로 된 거대한 빛의 기둥이 〈프락시너스〉와 인공위성을 일직선으로 잇듯 뻗어나갔다.

저런 영력 덩어리에 관통당한 대상은 어떻게 될 것인가.

그것은 잠시 후 실제로 확인할 수 있었다.

포격이 명중한 순간, 인공위성의 주위에는 포격의 궤도를 바꾸기 위해 또다시 테리터리가 전개되었다.

하지만 〈궁니르〉의 일격은 그 테리터리를 단숨에 파괴한 후

— 텐구 시를 향해 낙하하고 있는 인공위성을 흔적조차 남기지 않고 소멸시켰다.

폭파 술식. 무수한 파편. 예상되었던 부차적인 피해 요소들을, 단순한 초고출력의 공격으로 흔적도 없이 증발시켜버린 것이다.

『—목표, 소멸! 성공했습니다!』

스피커에서 승무원의 목소리가 흘러나왔다. 그 목소리를 들은 코토리는 그 자리에서 무너지듯 한쪽 무릎을 꿇었다.

"하아…… 하아……."

가벼운 두통과 현기증이 코토리를 엄습했다. 일부라고는 해도 정령의 힘을 다뤘기 때문일까. 기묘한 파괴 충동이 코토리의 마음속을 휘감기 시작했다.

이것이 바로 절대적인 위력을 지닌 〈궁니르〉를 자주 쓸 수 없는 이유였다. 만에 하나, 코토리가 파괴 충동에 의식을 빼앗겨 버리기라도 한다면, 그녀가 〈프락시너스〉를 파괴할 위험이 있었다. 그래서 최악의 상황이 발생했을 때만 이 주포를 사용하는 것이다.

천사를 소멸시킨 코토리는 심호흡을 하면서 영장을 해제한 후, 그 자리에 주저앉았다.

그리고 함교에 있는 승무원들을 향해 말했다.

"수고했어. 하지만 아직 긴장을 풀기에는 일러. 이제 적함을—"

하지만 바로 그때.

코토리의 말을 막듯, 위급 상황 발생을 알리는 경고음이 들려왔다.

"……무, 무슨 일이야?! 적함이 공격해 온 거야?!"

『아, 아닙니다! 이, 이건―.』

승무원이 입을 연 순간, 하늘의 풍경을 비추는 벽면 일부에 레이더 화면이 표시되었다.

그리고 그 화면에 표시된 반응을 본 코토리는― 숨을 삼켰다.

"마…… 말도 안 돼. ―인공위성이 하나 더……?!"

그렇다.

방금 소멸시킨 인공위성과 같은 반응이, 또다시 〈프락시너스〉 상공에 출현한 것이다.

"설마― 방금 그건 미끼였던 거야……?!"

코토리의 얼굴이 한껏 일그러졌다.

아마 적은 텐구 시 상공에 〈프락시너스〉가 있다는 사실, 그리고 인공위성을 파괴할 수단을 가지고 있다는 사실을 예측하고, 처음부터 인공위성을 다수 준비한 것이리라. 어금니를 깨문 코토리는 무릎을 짚은 양손에 힘을 주면서 몸을 일으켰다.

"좋아……! 그럼 한 번 더……!"

『……무리야, 코토리. 〈궁니르〉의 연발은 〈프락시너스〉와 너에게 극심한 부담을 줄 거야.』

코토리가 천사를 현현시키기 위해 손을 치켜들자, 레이네가 차분한 목소리로 말했다.

그 순간, 또 폭발음이 들리면서 조금 전보다 더 크게 함체가 흔들렸다.

"큭……!"

적함의 공격이 점점 극심해지고 있는 것이리라. 이대로 방어만 하고 있는 것은 위험했다. 한시라도 빨리 반격하거나 회피 기동을 해야만 한다.

그야말로 최악의 상황이었다. 현재 두 번째 인공위성이 지상을 향해 낙하하고 있지만, 더는 〈궁니르〉를 쓸 수 없다. 그리고 〈미스틸테인〉의 출력으로는 적함의 테리터리를 부술 수 없다. 아니, 인공위성 요격을 강행하려 하다간, 그 전에 〈프락시너스〉가 격침당할 것이다.

"대, 대체 어떻게 해야—."

코토리가 고민에 빠져 있을 때, 스피커에서 함교에 설치된 문이 열리는 소리가 흘러나왔다.

『으음…… 대, 대체 무슨 일이냐?』

함교에 들어온 이는 조금 전에 회수한 토카와 다른 정령들이었다. 소란스러운 함교와 모니터에 비친 적함, 그리고 텐구시를 향해 낙하하고 있는 두 번째 인공위성의 영상을 본 탓일까, 토카는 꽤나 당황한 것 같았다.

『저, 저기…… 무슨, 일이죠……?』

『우와~. 왠지 핀치에 몰린 느낌인데~?』

『크큭…… 이 정도 일로 이렇게 당황하다니, 정말 한심하기 그지없는 녀석들이구나.』

『동의. 마음을 진정시키세요.』

『어머~? 모니터에 나오고 있는 저건, 조금 전에 말한 인공위성 맞죠~? 왠지…… 아직도 박살 나지 않은 것 같은데요~.』

토카의 뒤를 이어 함교 안에 들어온 요시노, 『요시농』, 카구야, 유즈루, 미쿠가 입을 열었다.

"너, 너희들……!"

코토리가 눈을 치켜뜨며 그렇게 외치자, 토카는 고개를 갸웃거리면서 입을 열었다.

『코토리? 어디 있는 거냐? 시도도 보이지 않는데, 대체 뭐가 어떻게 돌아가고 있는 거지?』

토카의 말을 들은 코토리는 숨을 삼켰다.

그런 코토리의 반응을 통해 무언가를 눈치챈 듯한 토카가 표정을 굳혔다.

『─왜 그러느냐, 코토리. 혹시 우리가 도울 일이 있다면 말해다오.』

"……윽."

코토리는 아무 말 없이 어금니를 깨물었다. 정령들은 그녀가 보호해야 하는 대상이다. 그런 그녀들을 위험 지역인 지상으로 보낼 수는 없다.

하지만─ 지상에는, 시도가 있다.

인공위성이 아직 낙하하고 있다는 사실을 알면, 시도는, 그녀의 사람 좋은 오빠는, 분명 인공위성의 낙하를 막으려고 할 것이다.

사령관과 여동생.

자신에게 주어져 있는 두 입장 사이에서 고민하던 코토리는— 무의식적으로 입을 열고 말았다.

"……부탁이야. 그 바보를…… 내, 단 한 명뿐인 오빠를…… 구해줘……!"

◇

"타임 리미트……군."

코토리와의 통신이 끝난 후, 시도는 고개를 숙이며 주먹을 쥐었다.

한순간, 코토리의 피난 권고를 무시하고 나츠미를 찾으러 다니자는 생각이 머릿속을 스쳤다. 설령 폭풍과 인공위성의 파편이 쏟아져 중상을 입는다고 해도, 코토리의 가호를 지닌 시도라면 즉사만 당하지 않는다면 살아남을 수 있을 것이다.

하지만 바로 그때, 코토리가 한 말이 시도의 뇌리를 스쳤다.

(남의 목숨만이 아니라 네 자신의 목숨도 소중히 하란 말이야)

"그래……. 미안, 코토리."

시도는 그렇게 중얼거린 후, 고개를 들었다.

그렇게 고함을 질러대면서 뛰어다녔다. 만약 나츠미가 시도를 감시하고 있다면, 불온한 사태가 발생했다는 사실을 눈치채고 도망쳤을 것이다. 지금은 그렇게 믿는 수밖에 없었다.

시도는 고개를 돌려 근처에 있는 공공 셸터를 찾았다. 공간 진 경보가 발령되면 마을 안에 있는 전자 표지판과 전자 게시판에 인근 셸터의 위치와 방향이 표시된다.

시도는 근처에 있는 지하 셸터를 확인한 후, 또 주위를 둘러보며 고함을 질렀다.

"―나츠미! 나는 지금부터 지하 셸터로 대피할 거야! 만약 셸터의 위치를 모르겠으면 나를 따라와!"

대답은…… 역시, 없었다.

"알았지?!"

시도는 나츠미가 방금 자신이 한 말을 들었기를 빌며, 셸터를 향해 뛰어갔다.

나츠미를 찾기 위해 마을 안을 미친 듯이 뛰어다닌 탓에 숨이 턱까지 찼고, 다리도 아팠다. 하지만 멈춰 설 수는 없었다. 남은 시간이 얼마나 되는지는 모르지만, 〈프락시너스〉가 인공위성을 격파하면 바로 폭발이 일어날 것이다. 그 전에 셸터 안에 들어가야만 하는데다― 만약 나츠미가 모습을 감춘 채 시도를 따라오고 있다면 그녀도 위험에 처할 것이다.

시도는 멈춰 서고 싶어 하는 몸에 힘을 주며 가장 가까운 곳에 있는 셸터를 향해 뛰어갔다.

경보 발령 후 꽤 시간이 지났기 때문일까, 메인 입구는 닫혀 있었다. 하지만 기본적으로 이런 공공 셸터에는 시도처럼 늦게 대피하는 사람들을 위한 비상용 입구가 설치되어 있다. 시도는 그쪽을 향해 걸음을 옮겼다.

"휴우…… 늦지 않았네."

비상용 입구에 도착한 시도는 작게 한숨을 내쉬면서 뒤쪽을 쳐다보았다.

"나츠미! 여기야! 모습을 감춘 채로도 상관없어! 파편이 쏟아지기 전에—."

그리고 고개를 든 시도는 목소리를 쥐어짜내 목청껏 외쳤다.

하지만.

"어……?"

시도는 그 자리에서 우뚝 굳어버리고 말았다.

이유는 단순했다. 고개를 든 순간, 구름 사이로 자그마한 무언가가 보였기 때문이다.

"저건—."

한순간 눈을 동그랗게 뜬 시도는 저것의 정체를 눈치챘다. —코토리가 말했던 인공위성이 분명했다.

"어이, 농담이지……?"

시도는 떨리는 목소리로 중얼거렸다.

그럴 만도 했다. 왜냐하면 지금 텐구 시를 향해 낙하하고 있는 그것은 자그마한 파편이 아니라— 거대한 강철 덩어리였기 때문이다.

인공위성이 이대로 지상에 떨어진다면 낙하지점 주위에 있는 셸터는 무사하지 못할 것이다. 조금 전 코토리는 시도에게 그렇게 말했다. 시도는 위가 얼어붙는 듯한 느낌을 받았다.

설마 〈프락시너스〉가 인공위성 격추에 실패한 걸까……?!

시도는 허둥지둥 인터컴을 향해 외쳤다.

"코토리! 어이, 코토리! 뭐가 어떻게 된 거야?!"

그러자 인터컴에서 노이즈 섞인 목소리가 흘러나왔다.

『─도?! 지금 적함과……, ……격추는 실패……, ……이 지금─.』

"뭐?! 뭐라고?!"

시도는 되물었지만, 폭발음 같은 것이 들려오는 것과 동시에 인터컴에서 아무 소리도 흘러나오지 않았다.

자세한 것은 알 수 없다. 하지만 하늘에서 비상사태가 발생했다는 것만은 알 수 있었다.

시도는 숨을 들이마신 후, 천천히 하늘을 쳐다보았다.

거무튀튀한 실루엣의 크기가, 천천히─ 하지만 명확하게 커져가고 있었다.

"……젠장!"

고함을 지른 시도는 셸터 안에 들어가지 않고 어딘가를 향해 내달렸다.

어차피 지금 셸터에 들어가더라도 인공위성이 이대로 추락하면 무사하지 못할 것이다. 추락 순간에 발생한 충격과 폭파 술식에 의해 주변 일대가 초토화될 것이며, 셸터 안에 있는 사람들도 죽고 말 것이다.

토노마치, 아이, 마이, 미이 같은 클래스메이트들, 담임인 타마 선생님, 안면 있는 이웃들, 항상 자신을 따뜻하게 대해주는 상점가 사람들…… 셀 수도 없을 만큼 많은 목숨이 눈 깜짝할 사이에 사라질 것이다.

"그렇게 되게…… 둘 것 같아……?!"

시도는 하늘을 노려보며 인공위성의 낙하지점을 향해 뛰어갔다.

시도 혼자만의 힘으로 저 거대한 인공위성을 어떻게 할 수 있을 거라고는 처음부터 생각하지 않았다. 하지만 지금 위성을 막기 위해 나설 수 있는 이는 시도밖에 없었다. 시도가 포기하면, 그 순간 수많은 이들이 목숨을 잃고 마는 것이다. 시도는 그렇게 되도록 두고 볼 수 없었다.

"……윽!"

하지만 인공위성의 낙하 속도는 엄청났다. 눈덩이가 불어나듯 거대해져 가던 인공위성은— 시도의 육안으로도 확인할 수 있을 만큼 가까운 곳까지 다가왔다.

"큭……!"

시도는 필사적으로 내달리면서 어금니를 깨물었다.

이대로는— 안 된다. 설령 인공위성의 낙하지점에 도착하더라도, 이 마을은 초토화되고 말 것이다.

—힘이 필요했다.

하늘에서 떨어져 내려오는 절망의 응집체를, 한 방에 박살낼 수 있을 만큼 강렬한 힘이 필요했다.

하지만 시도는 인간이다. 평범한…… 이라는 수식어를 붙이기에는 꽤 기묘한 인생을 살아왔지만, 그래도 그는 어디까지나 인간이다. 그런 시도에게 인공위성을 파괴할 힘이 있을 리가 없었다.

하지만. 시도에게는 없더라도— 시도가 맡아둔 정령의 힘이라면……

"부탁이야……. 저 인공위성을 막을 사람은 나밖에 없어! 힘을 빌려줘……!"

시도는 그렇게 외치면서 오른손을 앞으로 내밀었다. 눈에 보이지 않는 무언가에 매달리듯이. 혹은— 무언가를 움켜쥐려는 것처럼.

그리고. 그는 마음속으로 모두를 구하고 싶다는 소망만을 떠올렸다.

"—부탁이야…… 〈오살공(鏖殺公)〉!"

그러자 다음 순간, 시도의 시야가 눈부신 빛으로 가득 차더니— 그의 오른손에 무언가가 쥐어졌다.

눈부신 빛이 사그라진 순간, 시도의 손에는 옅은 빛을 뿜는 거대한 검이 쥐어져 있었다.

천사 〈산달폰〉. 토카가 소유한, 절대적인 힘을 지닌 검이다.

"……! 해냈어!"

시도는 무심코 탄성을 질렀다. 〈산달폰〉을 현현시킨 적은 몇 번이나 있지만, 이번처럼 자신의 의지로 현현시킨 것은 처음이었다.

"이 녀석이라면—!"

걸음을 멈춘 시도는 낙하하는 인공위성을 노려보며 양손으로 〈산달폰〉을 쥐었다.

그는 가는 숨을 내쉬면서 마음을 진정시켰다. 모든 잡념을 떨쳐낸 그는 그저 지상에 있는 사람들을 지키는 것만 생각했다.

그리고 시도는 〈산달폰〉을 치켜든 후— 하늘을 향해 휘둘렀다.

"하아아아아아아아아아—앗!"

〈산달폰〉의 칼날 부분에서 빛이 뿜어져 나오더니, 하늘을 향해 뻗어나갔다. 강대한 천사에게서 뿜어져 나온 절대적인 일격. 아무리 상대가 테리터리를 친다고 해도 천사의 공격 앞에서는 종잇장이나 다름없었다.

하지만.

"아닛……!"

시도는 눈을 치켜떴다.

시도가 날린 공격은 인공위성에 적중되기 직전, 부자연스럽게 방향을 틀면서 하늘을 향해 뻗어간 것이다.

인공위성은 아직 건재했다. 엄청난 굉음을 내면서 텐구 시를 섬멸하기 위해 지상을 향해 떨어지고 있었다.

"젠장……! 한 번 더—."

시도는 어금니를 깨물면서 다시 〈산달폰〉을 들어 올리려고 했다. 하지만 그 순간, 엄청난 고통이 온몸을 휩싼 탓에 한쪽 무릎을 꿇고 말았다.

"크, 윽……."

인간이 다루기에는 너무나도 강력한 힘인 천사를 휘두른

대가일까. 시도의 온몸은 완전히 너덜너덜해지고 말았다.

바로 그때, 시도는 마치 불덩이 속에 처박힌 것 같은 느낌을 받았다. 코토리의 힘을 봉인하고 얻은 불꽃의 재생 능력이 상처 입은 시도의 몸을 강제적으로 치유하고 있는 것이다.

"크윽──!"

얼굴을 한껏 찡그린 시도는 〈산달폰〉을 놓치지 않기 위해 오른손에 힘을 줬다.

하지만 이러는 사이에도 인공위성은 지상을 향해 떨어지고 있었다. 몸이 회복될 때까지 기다렸다간 다음 공격을 날리기 전에 인공위성이 텐구 시에 떨어지고 말 것이다. 시도는 극심한 고통과 열기를 느끼면서도 겨우겨우 몸을 일으켰다.

"크, 아, 아, 아……!"

시도는 다시 〈산달폰〉을 치켜들었다. 하지만 인공위성은 이미 코앞까지 다가와 있었다. 아마 10초 후에는 텐구 시 전역이 초토화되고 말 것이다.

"아, 아아아아아아아앗!"

시도는 〈산달폰〉을 휘둘렀다. 하지만 집중력이 떨어진 상태에서 천사를 다룰 수 있을 리가 없었다. 〈산달폰〉의 끝은 허공을 가른 후, 둔중한 소리를 내면서 지면에 꽂혔다.

하지만 시도는 포기하지 않았다. 근섬유가 끊어지고, 뼈에 금이 갔으며, 부상을 치유하기 위해 발생한 불꽃에 온몸이 타들어가고 있었지만, 그는 〈산달폰〉을 놓치지 않았다.

"포기……할까, 보냐……!"

시도는 고함을 지르며 또다시 다리에 힘을 줬다.

시도가 포기한 순간, 셸터에 대피한 사람들이 죽고 만다. 그것만큼은 무슨 수를 써서라도 막아야만 한다.

"내가 사는…… 마을에……! 떨어지지…… 말라고오오오오오옷!"

시도는 온몸의 힘을 쥐어짜내 〈산달폰〉을 휘둘렀다. 검격이 빛이 되어 인공위성을 향해 뻗어갔다. 하지만― 그 일격도 테리터리를 부수지는 못했다.

―바로 그때.

"……윽?!"

시도는 어깨를 부르르 떨었다.

시도가 검을 휘두른 순간, 갑자기 차가운 바람이 불었기 때문이다.

때이른 겨울바람이 불어온 것일까. 하지만 다음 순간, 시도는 이런 바람을 전에도 느껴본 적이 있다는 사실을 깨달았다.

"이건―."

그 뒤를 이어 하늘을 올려다본 시도는 숨을 삼켰다.

인공위성이 지상에서 몇백 미터 정도 떨어진 위치에 정지해 있었던 것이다.

아니― 정확하게 말하자면 상승 기류처럼 하늘을 향해 불고 있는 농밀한 풍압. 그리고 얼음으로 된 벽이 스러스터를 가동시킨 채 지상을 향해 낙하하는 인공위성을 막고 있었다.

"―시도…… 씨!"

등 뒤에서 귀에 익은 목소리가 들려왔다. 시도는 욱신거리는 몸을 억지로 움직여 뒤를 돌아보았다.

그곳에는 거대한 토끼 인형 같은 천사에 매달려 있는 요시노가 있었다.

"요시노…… 네가 왜 여기 있는 거야?!"

"크큭, 요시노만이 아니니라."

"불만. 유즈루와 카구야의 활약도 봐줬으면 해요."

그 뒤를 이어 하늘에서 두 사람의 목소리가 들려왔다. 고개를 들어보니 한정 영장과 천사를 현현시킨 야마이 자매가 공중에 떠 있었다. 아무래도 요시노와 야마이 자매가 아슬아슬한 타이밍에 인공위성의 낙하를 막아낸 것 같았다.

"시도!"

"달링~!"

바로 그때, 토카와 미쿠의 목소리가 들려왔다. 두 사람 다 옅은 빛을 뿜고 있는 드레스를 걸쳤으며, 토카의 손에는 시도가 쥔 천사와 똑같이 생긴 검이 쥐어져 있었다.

"토카…… 미쿠까지……!"

시도가 놀란 표정을 지으면서 그렇게 말하자, 토카는 고개를 끄덕였다.

"음. 코토리에게서 시도와 이 도시의 사람들이 위험하다는 이야기를 듣고 서둘러 왔다. 늦지 않아서 정말 다행이구나."

"그래……. 코토리와 다른 사람들은?"

시도가 묻자, 이번에는 미쿠가 입을 열었다.

"적 공중함과 싸우고 있어요~. 아마 그쪽은 그냥 맡겨두면 될 거예요~."

그 말을 들은 시도는 뭐가 어떻게 된 것인지 이해가 되었다. 〈프락시너스〉가 인공위성의 격파에 실패한 것도, 조금 전에 통신이 중단 된 것도 다 그 적 공중함 때문이리라.

〈프락시너스〉도 신경 쓰이기는 하지만, 지금은 코토리와 다른 승무원들을 믿을 수밖에 없다. 그렇게 생각한 시도는 토카를 비롯한 정령들을 향해 고개를 숙였다.

"미안……. 덕분에 살았어. 너희가 구해주지 않았다면 나는 죽고 말았을 거야."

"무슨 소리를 하는 것이냐. 우리를 구해준 사람은 시도이지 않느냐. 이 정도로는 다 갚지도 못할 정도의 은혜를, 우리는 너에게서 받았단 말이다."

토카가 그렇게 말하자, 주위에 있는 소녀들이 고개를 끄덕였다.

"너희들……."

시도가 그녀들의 얼굴을 둘러본 순간, 요시노와 야마이 자매의 얼굴이 일그러졌다.

"아……!"

"크, 이 녀석……. 갑자기 기세가 상승했지 않느냐."

"분노. 분위기 파악 좀 해줬으면 좋겠어요."

아무래도 인공위성과 합체한 커스텀 타입 〈밴더스내치〉가 스러스터의 출력을 올린 것 같았다. 지금까지는 공중에 정지해 있던 인공위성이 서서히 지상을 향해 다가오기 시작했다.

그 모습을 본 미쿠는 양손을 펼치더니, 자신의 몸 앞에서 두 팔을 교차시켰다.

"그렇게는…… 안 돼요~!"

미쿠의 손이 움직인 궤적을 따라 빛으로 된 건반이 모습을 드러냈다. 그 뒤를 이어 미쿠의 등 뒤에 거대한 파이프 오르간 같은 형태를 한 천사가 현현되었다.

"〈파군가희(破軍歌姬)〉─【행진곡】!"

미쿠가 고함을 지른 순간, 그녀의 가녀린 손가락이 빛으로 된 건반 위에서 춤췄다. 그러자 천사에게서 웅장한 곡조가 흘러나왔고─ 인공위성을 막고 있는 바람과 얼음으로 된 벽의 강도가 증가했다.

"대단……해요."

"크큭, 역시 이 노래는 좋구나. 몸 안의 피가 끓어오르는 것이 느껴지노라……!"

"동의. 나이스 어시스트예요."

요시노와 야마이 자매의 목소리가 밝아졌다. 미쿠가 지닌, 소리를 조종하는 천사 〈가브리엘〉. 그 천사는 연주하는 곡조를 변화시켜, 각양각색의 효과를 대상에게 부여하는 것이 가능했다.

용맹한 【행진곡】을 들은 이들은 그 곡조에 의해 몸과 마음이 북돋아지면서 평소 이상의 힘을 발휘할 수 있게 된다.

자신의 몸 안에서 힘이 끓어오르는 것을 느낀 시도는 주먹을 쥐었다.

"좋아…… 토카, 도와줘! 저 인공위성을 파괴하자! 너와 내가 힘을 합치면 분명 파괴할 수 있을 거야!"

그렇다. 지금 이 자리에는 두 자루의 〈산달폰〉이 존재한다. 두 자루의 〈산달폰〉으로 동시에 공격하면 적의 테리터리를 파괴할 수 있을 것이다.

하지만 그 말을 들은 토카는 표정을 굳히면서 고개를 저었다.

"그건 무리다."

"무리……? 왜, 왜 무리라는 거야?"

"으음…… 나도 잘은 모르지만, 코토리가 안 된다고 했다. 저것에는 폭파 술식이라는 게 붙어 있어서, 파괴한 순간 그게 발동한다고 하더구나. 그러니 더 높은 곳에서 파괴해야만 한다고 했다."

"—그, 그렇구나……!"

확실히 그녀의 말이 옳았다. 요시노와 카구야, 유즈루 덕분에 낙하를 막기는 했지만, 저 인공위성은 폭탄으로서의 기능을 지녔다. 이렇게 지표 근처에서 폭발했다간 지하에 있는 셸터도 단숨에 파괴되고 말 것이다.

"그, 그럼 어떻게 해야—."

시도의 말을 들은 카구야와 유즈루는 서로를 바라본 후 씨익 웃었다.

"크, 크큭…… 우리가 누구인지 벌써 잊은 것이더냐. 삼라

만상을 엎드리게 만드는 구풍(颶風)의 왕녀·야마이니라."

"청부(請負). 유즈루와 카구야에게 맡겨주세요. 저 정도 짐 덩어리, 가볍게 밀어내 버릴게요."

자신만만한 목소리로 그렇게 말한 두 사람은 동시에 고개를 끄덕였다.

하지만 두 사람의 볼에 맺혀 있는 희미한 땀방울이, 그녀들이 무리하고 있다는 사실을 알려줬다. 하긴 그럴 만도 했다. 인공위성의 질량은 적어도 몇 톤은 될 것이다. 게다가 스러스터를 가동해 추진력마저 얻고 있는 상태였다. 원래의 힘을 십분 발휘할 수 있다면 모르겠지만, 카구야와 유즈루는 현재 원래의 영력이 봉인된 상태였다. 지금 상태에서 저 인공위성을 밀어내는 것은 쉽지 않을 것이다.

하지만 야마이 자매는 우는소리를 하지 않았다. 두 사람은 서로를 바라보며 고개를 끄덕인 후, 동시에 양손을 펼쳤다.

"흠…… 그럼 시작하자꾸나, 유즈루."

"응답. 좋아요."

두 사람이 그렇게 말한 순간, 주위에서 소용돌이치던 바람이 한층 더 강해졌다. 주위의 간판과 도로 표지판, 신호기 같은 것도 빨아들이면서 거대한 소용돌이로 변모해갔다.

"우, 오, 랴아아아아아아아앗!"

"혼신. 에잇~."

그리고 두 사람이 양손을 치켜들자, 인공위성은 서서히, 그리고 확실하게 상승하기 시작했다.

"오, 오오……!"

이대로라면 인공위성을 밀어낼 수 있을지도 모른다. 그렇게 생각한 시도는 말아 쥔 주먹에 힘이 들어가는 것을 느꼈다.

하지만 바로 그때. 하늘에서 야마이 자매를 향해 자그마한 미사일 같은 것이 날아오더니, 두 사람의 등에 꽂히면서 폭발했다.

"……크윽!"

"고통. 윽."

야마이 자매의 고통 섞인 신음 소리가 들려온 순간, 바람이 약해지면서 상승하던 인공위성이 또다시 얼음으로 된 벽에 떨어졌다.

"카구야! 유즈루!"

시도가 두 사람의 이름을 부른 순간, 자욱하게 피어오르던 연기가 바람에 의해 흩어지면서 몸 곳곳에 그을음이 묻은 야마이 자매가 모습을 드러냈다. 한정적이라고는 해도 영장을 현현시킨 데다 바람을 몸에 두르고 있었던 덕분에 다치지는 않은 것 같았다.

"큭…… 어느 놈이냐! 감히 이 몸을 방해하다니……!"

"무례. 정말 열 받게 하네요."

야마이 자매는 하늘을 노려보았다.

두 사람이 쳐다보고 있는 곳을 향해 고개를 돌린 시도는— 무심코 숨을 삼켰다.

"아니…… 저, 저건……!"

하늘 저편에서 무수한 〈밴더스내치〉가 이쪽을 향해 접근하고 있었다. 정확한 숫자는 모르겠지만 적어도 50대 이상은 되는 것 같았다. 손발에 각양각색의 CR-유닛을 장착한 적들은 전투 태세에 돌입해 있었다.

그러고 보니, 하늘에 DEM의 공중함이 있다는 이야기를 들었다. 아마 이 〈밴더스내치〉들은 그 공중함에서 출격한 것이리라. —인공위성의 추락을 막으려 하는 시도 일행을 없애기 위해서 말이다.

〈밴더스내치〉들은 공중에서 상하좌우로 전개하더니, 인공위성을 상승시키려 하는 야마이 자매, 낙하를 막고 있는 요시노, 연주를 통해 다른 이들의 힘을 증폭시키고 있는 미쿠, 그리고 인공위성을 폭파시킬 결정타를 지닌 토카와 시도를 동시에 공격했다.

"큭— 다들 조심해!"

시도가 고함을 지른 순간, 하늘에 전개해 있던 〈밴더스내치〉들이 일제히 마이크로 미사일을 발사했다.

하지만 다들 인공위성의 낙하를 막고 있는 탓에 적들의 공격에 제대로 대응할 수 없었다. 요시노는 냉기로, 야마이는 바람으로, 미쿠는 소리로 장벽을 만들어 방어하려고 했지만 완벽하게 공격을 막아낼 수는 없었다. 미사일 하나가 폭발하자 주위에 있는 미사일들이 유폭되었고, 그 폭발에 의해 발생한 폭염이 주위의 공기를 뒤흔들었다.

"꺄아……!"

"커억!"

"통증. 으으…….'

"자, 잠깐! 뭐 하는 거예요?!"

소녀들의 입에서 비명이 흘러나오자, 인공위성의 낙하를 막고 있는 얼음과 바람으로 된 벽이 흔들리기 시작했다.

"다, 다들 괜찮아?!"

"크윽……! 이놈들!"

날아오는 미사일을 유일하게 전부 막아낸 토카는 인상을 쓰면서 지면을 박찼다.

그리고 일직선으로 하늘을 가르더니, 다른 소녀들을 공격하고 있는 〈밴더스내치〉들을 차례차례 베어버렸다.

"지금이다, 카구야, 유즈루! 인공위성을— 크윽!"

하지만 혼자서 상대하기에는 적의 숫자가 너무 많았다. 사방팔방에서 공격해 오는 적들, 그리고 쉴 새 없이 날아오는 마이크로 미사일과 레이저 캐논에 토카는 점점 밀리고 있었다.

"윽……!"

"토카! 큭…….'

고함을 지른 시도는— 뒤쪽으로 몸을 날렸다. 이유는 단순했다. 〈밴더스내치〉 한 대가 시도를 향해 레이저 블레이드를 휘둘렀기 때문이다.

"이게……!"

시도는 양손에 힘을 주면서 〈산달폰〉을 횡으로 휘둘렀다. 눈앞에 있는 〈밴더스내치〉가 깔끔하게 두 동강 나더니, 절단면에서 불똥이 튀기 시작했다.

하지만 〈밴더스내치〉의 강점은 숫자와 연계에 있었다. 아군이 당했는데도 불구하고, 죽음을 두려워하지 않는 인형들은 차례차례 시도를 향해 돌진했다.

"큭—."

시도는 상대의 공격을 피하고, 막아낸 후, 빈틈을 발견하면 반격을 날렸지만— 곧 한계에 봉착했다.

〈산달폰〉을 연속으로 사용한 탓에 온몸이 고통에 휩싸인 시도는 그 자리에서 무너지듯 무릎을 꿇고 말았다.

그리고 〈밴더스내치〉는 자비를 몰랐다. 표정 없는 저승사자들은 이 찬스를 놓치지 않겠다는 듯이 시도를 향해 쇄도했다.

"앗! 시도!"

"달링……?!"

시도가 위험에 처했다는 사실을 눈치챈 소녀들이 고함을 질렀지만, 그녀들은 수많은 〈밴더스내치〉에게 포위된 상태였다. 시도를 구하러 가고 싶어도 갈 수 없는 상황인 것이다.

시도에게 다가간 〈밴더스내치〉가 레이저 블레이드를 들어 올렸다.

"젠장……!"

"시도!"

토카의 목소리가 울려 퍼지는 가운데— 〈밴더스내치〉가 시도를 향해 검을 휘둘렀다.

◇

"아이크!"

임페리얼 호텔 동(東) 텐구의 최상층 스위트룸에 있는 웨스트코트는 자신을 부르는 목소리를 듣고 뒤쪽을 돌아보았다.

하지만 그의 뒤편에 있는 것은 출입구가 아니라 텐구 시 전체를 둘러볼 수 있는 거대한 창문뿐이었다. 보통은 이런 상황에 처하면 환청을 들었다고 생각할 것이다.

하지만 뒤를 돌아본 웨스트코트는 무엇이 어떻게 된 것인지 바로 이해했다. CR-유닛을 걸친 엘렌이 창문에 네모난 구멍을 낸 후 웨스트코트를 부르고 있었던 것이다. 아마도 시간 절약을 위해 바로 이 방으로 날아온 것 같았다.

"여어, 엘렌. 멋진 등장이기는 하지만 노크가 좀 거친 것 같은데?"

웨스트코트가 깔끔하게 잘린 유리의 절단면을 보면서 그렇게 말하자, 엘렌은 창문에 난 구멍을 통해 방 안으로 들어왔다.

"농담을 하고 있을 때가 아닙니다. 지금 바로 대피해야 해요. 일전의 이사회 때 아이크를 끌어내리려 했던 자들이 당신을 없애기 위해 인공위성을 추락시켰습니다."

"아, 그 이야기는 들었어. 조금 전에 나에게도 연락이 왔거든."

웨스트코트는 입가에 미소를 머금으며 웃음을 터뜨렸다.

"머독에게 이 정도 배짱과 실행력이 있을 줄은 꿈에도 몰랐어. 암살자를 보내는 게 아니라, 폐기 예정인 인공위성을 이용했다는 점도 재미있군. 이야, 아무래도 그를 과소평가한 건지도 모르겠는걸. 멋진 인재야. 영국에 돌아가면 칭찬해줘야겠어."

"……아이크."

즐거워하는 웨스트코트를 본 엘렌은 불만 어린 목소리로 말했다.

"아무튼 이곳은 위험합니다. 제가 테리터리로 당신을 보호하며 이곳을 벗어나겠습니다. 필요한 물건이 있다면 서둘러 챙겨주세요."

"딱히 대피할 필요는 없을 것 같은데? 별일 없을 테니까 말이야."

"……확실히, 제 테리터리 안에 있다면 안전할 겁니다. 하지만 만일의 사태가 벌어질 수도 있습니다."

"아니, 그 이전에 나는 머독의 작전이 실패할 거라고 봐."

웨스트코트의 말을 들은 엘렌은 의아한 표정을 지으면서 눈썹을 모았다.

"그게 무슨 말이죠?"

"—이곳, 텐구 시에는 이츠카 시도의 집이 있을 뿐만 아니라, 정령들의 생활 기반이 되고 있어. 게다가 〈라타토스크〉의 공중함도 분명 이곳에 배치되어 있겠지. 그들이 분명 어떻게 해줄 거야. 안 그래? —〈라타토스크〉는 엘리엇이 만든 조직이니까 말이야."

"……."

엘리엇이라는 말을 들은 순간, 엘렌의 얼굴은 불쾌함으로 가득 찼다.

"믿기지 않는군요. 겨우 그런 이유로 이곳에 계속 있겠다는 겁니까?"

"그래. 그러면 안 돼?"

"당연하죠. 당신은 자신이 얼마나 중요한 존재인지 모르는 겁니까?"

"흐음……."

"아이크."

엘렌은 질책하는 듯한 어조로 말했다. 그 말을 들은 웨스트코트는 작게 한숨을 내쉬면서 양손을 펼쳤다.

"알았어. 그럼 이렇게 하자. 확실히 만일의 사태가 벌어질 가능성이 없지는 않아. 머독은 용의주도한 자니까 말이야. 작전이 실패로 돌아갔을 때를 위한 대비책을 몇 개나 준비해뒀을 가능성도 있어. 그러니까—."

엘렌에게서 눈을 뗀 웨스트코트는 정면— 스위트룸의 중앙을 쳐다보았다.

그곳에는 한 소녀가 아무 말 없이 서 있었다.

"그녀를 현장에 파견하도록 하지."

"……그녀를, 말인가요?"

"그래. 〈모드레드〉의 테스트도 겸해서 말이야."

웨스트코트는 그렇게 말한 후, 눈을 가늘게 뜨며 방 중앙에 있는 소녀에게 물었다.

"—자네의 힘이 보고 싶군. 어때?"

"……."

그녀는 아무 말 없이 고개를 끄덕였다.

◇

"……, ……, ……."

나츠미는 거칠어지려 하는 숨결을 필사적으로 억눌렀다.

두근, 두근. 좀 전부터 심장이 미친 듯이 뛰고 있었다. 거인의 발소리처럼 커진 그 소리는 나츠미의 고막을 뒤흔들어 대고 있었다.

심장이 이렇게 뛰는 이유는 뻔했다. 시도와 그의 동료들 때문이다.

좀 전까지는 괜찮았다. 토카와 정령들은 이미 대피한 것 같았고, 코토리에게서 연락을 받은 시도는 순순히 셸터로 향했다. 전부 나츠미의 뜻대로 되고 있었다.

하지만 시도가 느닷없이 마을을 향해 뛰어가더니, 혼자서 거대한 인공위성의 낙하를 막으려 했다.

—그리고, 시도는 현재 절체절명의 위기에 처해 있었다.

도와주러 온 동료들과 함께 인공위성을 하늘로 밀어올리고 있을 때, 〈밴더스내치〉라는 이름의 기계인형들이 나타나 시도

일행을 공격한 것이다.

무너지듯 무릎을 꿇고 만 시도를 향해 〈밴더스내치〉가 검을 휘둘렀다. 잠시 후면 마력으로 된 칼날이 시도의 몸을 찢고 말 것이다. 엘렌에게 복부를 베였을 때의 고통을 떠올린 나츠미는 몸을 부르르 떨었다.

"아, 아……."

이대로 있다간 시도가 죽고 말 것이다. 그런 생각을 한 순간, 나츠미는 자신의 가슴이 너무나도 아파 오고 있다는 사실을 깨달았다.

괜찮아, 괜찮아, 하고 나츠미는 되뇌듯이 몇 번이나 중얼거렸다. 어차피 어떻게든 될 것이다. 나츠미가 나서지 않아도, 시도는 죽지 않을 것이다.

시도가 집에서 엘렌과 맞닥뜨렸을 때도 별일 없었고, 시도가 인공위성에 깔릴 뻔했을 때도 토카를 비롯한 다른 소녀들이 구해줬다. 시도에게는 믿음직한 동료가 이렇게나 많이 있다. 그러니 나츠미의 도움 같은 것은 필요 없을 것이다.

"……괜찮아……. 어차피 누군가가 구해줄 거잖아……? 빨리 구해주란 말이야……."

나츠미는 낮은 목소리로 그렇게 중얼거리면서 누군가가 시도를 구해주길 기다렸다.

하지만 토카와 요시노, 야마이 자매와 미쿠는 현재 〈밴더스내치〉에게 발목을 잡힌 탓에 시도를 구할 수가 없었다. 게다가 코토리를 비롯한 다른 이들은 하늘에서 전투 중이라는 이야기를 조금 전에 들었다.

"누가 빨리 구하란 말이야……. 빨리…… 빨리……."

나츠미는 아플 정도로 빠르게 뛰는 심장 때문에 인상을 찡그리면서 그렇게 말했지만— 아무도, 시도를 구하러 오지 않았다. 그리고 〈밴더스내치〉는 시도를 향해 검을 휘둘렀다.

"빨리…… 빨리……!"

그제야 나츠미는, 이 자리에 시도를 구할 수 있는 이는 단 한 명밖에 존재하지 않는다는 사실을 깨달았다.

"앗……?!"

시도는 눈을 치켜뜨고 말았다.

움직일 수 없는 자신을 향해 〈밴더스내치〉가 휘두른 검을 바라보며 죽음을 각오한 순간—

시도의 호주머니에서 무언가가 꿈틀거렸다.

시도는 핸드폰이 진동한 거라고 생각했다. 하지만— 달랐다. 시도의 호주머니에서, 지하 시설에서 주운 막대 사탕이 기세 좋게 튀어나오더니, 그 자그마한 몸으로 〈밴더스내치〉의 공격을 막아낸 것이다.

"어……? 사, 사탕……?"

예상외의 사태가 발생한 탓에, 시도는 입을 쩍 벌렸다.

그럴 만도 했다. 손가락만 한 크기의 사탕이 공중으로 떠오르더니, 마력광을 뿜으면서 레이저 블레이드를 막아냈으니 말이다. 놀라지 않는 것이 무리일 것이다.

　레이저 블레이드를 튕겨낸 막대 사탕은 그대로 〈밴더스내치〉의 머리를 파괴한 후, 옅은 빛을 뿜기 시작했다. 그리고 조그마하던 실루엣이 점점 커지기 시작했다.

　몇 초 후. 막대 사탕이 있던 자리에는, 마녀를 연상케 하는 영장을 걸친 작은 체구의 소녀가 서 있었다.

　"나…… 나츠미?!"

　시도는 무심코 고함을 질렀다. 그렇다. 그녀는 바로 시도가 마을 안을 뛰어다니며 찾았던 소녀였다.

　확실히, 지상에 남아 있다면 시도를 감시할 수 있는 위치에 있을 것이다……라고 생각하기는 했지만, 설마 이렇게 가까운 곳에 숨어 있을 거라고는 꿈에도 생각하지 못했다.

　"나츠미, 너—."

　시도의 목소리를 들은 나츠미는 그의 시선을 피한 채 입을 열었다.

　"……리, 해."

　"뭐?"

　"……빨리 하란 말이야. 저 커다란 걸 박살 내려는 것 아니었어?"

　그렇게 말한 나츠미는 모자의 챙으로 얼굴을 가리면서 뒤돌아섰다.

　하지만 시도는 그것만으로 충분했다. 물론 궁지에 처한 상황에서 믿음직한 동료가 생긴 것은 기뻤다. 하지만 그것보다도 시도 일행에게 전혀 마음을 열지 않던 나츠미가 어떤 이유에서인지는 몰라도 도와주겠다고 말했다는 사실이 너무나도 기뻤다.

"……응!"

시도는 힘차게 고개를 끄덕인 후, 〈산달폰〉을 쥔 손에 힘을 줬다.

하지만―.

"꺄앗!"

바로 그때, 등 뒤에서 미쿠의 비명 소리가 들려왔다. 그와 동시에 주변을 가득 채우고 있던 용맹한 행진곡이 끊겼다.

아무래도 〈밴더스내치〉의 공격 때문에 연주를 계속할 수 없는 것 같았다. 미쿠는 뒤로 물러서면서 몰려드는 〈밴더스내치〉를 향해 『목소리』로 공격했다.

그녀의 연주가 끊어진 순간, 인공위성을 겨우겨우 막아내고 있던 얼음벽에 금이 가더니 서서히 부서지기 시작했다. 그와 동시에 주변에서 소용돌이치던 바람의 기세 또한 약해졌다.

"아닛……?!"

미쿠의 연주를 통해 상승했던 요시노와 야마이 자매의 영력이 줄어들면서 벽을 유지할 수 없게 된 것이리라. 족쇄에서 풀려난 인공위성은 다시 가속하면서 지상을 향해 낙하하기 시작했다.

"시도!"

바로 그때, 공중에 있던 〈밴더스내치〉를 쓸어버린 토카가 시도와 나츠미를 향해 다가왔다. 나츠미를 보고 약간 놀란 듯한 표정을 지은 토카는 시도를 향해 다가가며 외쳤다.

"다친 데는 없느냐, 시도!"

"으, 응…… 괜찮아. 그것보다—."

시도가 낙하하고 있는 인공위성을 올려다보자, 토카는 전율을 금치 못하면서 고개를 끄덕였다.

"대…… 대체 뭘 어떻게 하면 좋겠느냐?! 저 녀석을 여기서 파괴하면 대폭발을 일으키고 말 것이다!"

"……흥."

토카가 당황한 목소리로 그렇게 외친 순간, 나츠미는 코웃음을 쳤다.

"……그딴 건 신경 쓰지 말고 빨리 박살 내버리거나 해. 너희가 들고 있는 그 잘난 검으로 말이야."

"하, 하지만 저 인공위성에는 폭파 술식이라는 게—."

"흥."

시도의 말을 막듯, 나츠미는 또 코웃음을 쳤다.

그리고 그녀는 오른손을 내밀면서 외쳤다.

"—〈하니엘〉!"

그러자 빗자루 모양의 천사가 모습을 드러냈다. 그 천사의 끝 부분이 벌어지더니, 안에서 뿜어져 나온 눈부신 빛이 주위를 가득 채웠다.

"우왓……?!"

"윽?!"

시도와 토카는 무심코 눈을 감았다.

그리고 다시 눈을 뜬 순간.

"아……."

하늘을 올려다본 시도는 조금 전과는 너무나도 대조적인 광경을 본 탓에 눈을 치켜뜨며 경악했다.

하지만 그러는 것도 무리는 아니었다. 지상으로부터 수백 미터 지점까지 다가와 있던 인공위성이 거대한 돼지 모양 마스코트 캐릭터로 변해 있었으니까 말이다.

나츠미가 〈하니엘〉의 변신 능력을 쓴 것이라고 생각한 시도는 그녀를 향해 고개를 돌렸다.

10월 중순. 나츠미와 처음 만났을 때 있었던 일을 떠올렸다. 그때 나츠미는 조금 전처럼 자신을 향해 쇄도하는 AST 대원들을 귀여운 마스코트 캐릭터로, 그리고 날아오는 미사일을 당근으로 변신시켰다.

그리고 그 당근 미사일은 지상에 떨어지자 만화에서나 나올 법한 코미컬한 폭발을 일으켰다.

물론 위력과 사이즈가 다르기 때문에 그때와 완전히 같지는 않겠지만 어쩌면—!

"자, 빨리 박살 내버려……!"

나츠미가 짜증 섞인 목소리로 말했다. 거대한 돼지 모양 마스코트는 여전히 텐구 시를 향해 떨어지고 있었다. 폭발 규모는 극히 낮아졌을지도 모르지만, 저 정도 사이즈의 물체가 낙하하면 엄청난 충격이 발생할 것이다.

하지만, 이걸로 타깃을 지금 이 자리에서 바로 파괴할 수 있게 되었다는 점은 변함없다. 시도는 나츠미를 향해 고개를 끄덕인 후, 토카를 바라보았다.

"토카, 준비됐지?!"

"음! 됐다!"

시도와 토카는 서로를 바라보며 고개를 끄덕인 후, 동시에 〈산달폰〉을 치켜들었다.

원래라면 단 하나만 존재해야 하는 천사. 결코 대면할 리가 없는 『형태를 지닌 기적』.

시도와 토카는 그런 기적을 동시에 휘둘렀다.

"우오오오오오오옷!"

"하아아아아아아앗!"

시도와 토카, 두 사람이 날린 눈부신 참격이 공중에서 교차되면서 타깃에 작렬했다.

하지만 거대한 돼지 모양 마스코트는 형태가 변했는데도 불구하고 아직 〈밴더스내치〉의 기능이 살아 있는 것 같았다. 두 사람이 날린 공격을 테리터리를 전개해서 막으려 했다.

"큭……!"

천사의 공격을 〈밴더스내치〉가 치는 테리터리로 막아낼 수 있을 리가 없다. 하지만 토카는 〈밴더스내치〉와의 전투로 지친 상태였고, 소유자가 아니면서도 억지로 천사를 휘둘러댄 시도의 몸 또한 한계에 달해 있었다. 결국 마스코트는 테리터리로 두 사람의 공격을 막아내면서 지상을 향해 낙하하기 시작했다.

"큭—!"

조금만 더. 조금만 더 하면 저 테리터리를 파괴할 수 있었다. 하지만 그 조금이 문제였다.

요시노, 카구야, 유즈루, 미쿠. 그중 한 명이 도와주기만 하면 저 테리터리를 깰 수 있겠지만— 그녀들은 아직도 〈밴더스내치〉에게 발목이 잡혀 있었다.

"이, 대로, 있다간—."

시도가 고통에 찬 표정을 지으며 무릎을 꿇으려 한 순간.

"〈하니엘〉!"

나츠미가 오른손에 쥔 천사를 치켜들며 고함을 질렀다.

설마, 시도와 토카가 부수지 못한 저 마스코트를 파괴하기 쉬운 다른 것으로 변신시키려는 걸까. 아니— 그게 가능했다면 처음부터 그렇게 했을 것이다. 그렇다면 대체…….

시도가 그런 생각을 하고 있을 때, 나츠미는 또 고함을 질렀다.

"—【천변만화경(千變萬化鏡)^{칼리도스쿠페}】!"

그 순간.

나츠미가 든 빗자루 모양의 천사가 변하기 시작했다.

빗자루 전체가 잘 닦은 거울을 연상케 하는 불가사의한 색깔로 변하더니, 점토가 되기라도 한 것처럼 형태를 바꾸기 시작한 것이다.

그리고 잠시 후.

"어……!?"

나츠미가 쥔 **그것**을 본 시도는 눈을 동그랗게 떴다.

그것은 한 자루의 『검』이었다.

나츠미의 몸집만 한 넓은 칼날. 황금색으로 빛나고 있는 날밑, 칠흑빛 칼자루. 그렇다—.

—나츠미가 쥐고 있는 것은 바로 천사 〈산달폰〉이었다.

"시도에게 무슨 짓을 하는 거야……! 저 녀석을 괴롭혀도 되는 건— 나뿐이란 말이야아아아아아아아아앗!"

나츠미는 그렇게 외치면서 〈산달폰〉을 마스코트를 향해 있는 힘껏 휘둘렀다.

"〈산달폰〉……!"

그러자 칼날이 빛에 휩싸이더니, 나츠미가 휘두른 궤적을 따라 형성된 참격이 타깃을 향해 날아갔다.

형태만이 아니었다. 토카의 검에는 뒤지지만, 저 검은 분명 진짜 〈산달폰〉과 같은 종류의 힘을 지녔다.

시도, 토카, 그리고— 나츠미.

세 사람의 〈산달폰〉에서 뿜겨져 나온 참격이 타깃의 테리터리에 명중했다.

마스코트의 주위에 존재하는 보이지 않는 벽은 마치 금이 가는 듯한 소리를 낸 후— 산산조각 나고 말았다.

몸집만 큰 저 마스코트를 지키고 있는 것은 테리터리뿐이었다. 참격의 여파를 맞은 마스코트는 만화의 한 장면처럼 코미컬한 소리를 내면서 구멍 난 풍선처럼 하늘 저편으로 날아가더니— 그와 동시에 무수한 막대 사탕이 비처럼 지상에 쏟아졌다.

◇

"시도…… 씨!"

"크큭, 결국 해냈지 않았느냐."

"동의. 멋졌어요."

"아앙, 달링은 정말 최고예요~."

인공위성 파괴에 성공한 후, 〈밴더스내치〉들을 전부 쓰러뜨린 요시노, 카구야, 유즈루, 미쿠가 시도에게 다가왔다. 다들 가벼운 부상을 입기는 했지만 크게 다치지는 않은 것 같았다.

그 사실을 알고 일단 안도한 시도는 그녀들을 향해 고개를 깊이 숙였다.

"다들…… 고마워. 만약 나 혼자였다면…… 이 마을을 지켜내지 못했을 거야. 정말 고마워."

시도의 말을 들은 소녀들은 동시에 고개를 저었다.

"그런 소리 하지 마라, 시도. 너는 우리 모두를 구해줬지 않느냐."

"저희도, 이 마을을…… 좋아, 해요."

『우후후~. 그러니까 해야 할 일을 했을 뿐이야~.』

"후후……. 뭐, 그대가 없었다면 우리는 지금 이 자리에 존재하지 못했을 것이니라."

"동의. 이 정도로는 보은을 했다고도 할 수 없을 거예요."

"맞아요~. 오히려 달링이 의지해준 게 너무 기뻐서 새로운 곡의 가사를 술술 써 내려갈 수 있을 것 같답니다~."

그녀들은 그렇게 말한 후 미소 지었다. 시도는 볼을 긁적이면서 쓴웃음을 지은 후— 다시 한 번 "고마워." 하고 말했다.

하지만 바로 그때, 아무 말 없이 이 자리를 떠나려 하는 이가 있었다. —바로 나츠미였다.

"나츠미!"

"……윽!"

시도가 부르자, 나츠미는 어깨를 부르르 떨면서 그 자리에 멈춰 섰다.

그리고 시도를 향해 돌아서더니, 겁먹은 듯한 표정을 지으면서 흥 하고 코웃음 쳤다.

"……뭐, 뭐야. 어차피 도와줄 거면서 늦장 부린 것 때문에 화내려는 거야? 아니면 막대 사탕으로 변신해서 네 호주머니 속에 숨어 있었던 게 기분 나쁜 거야……?"

그녀는 또 부정적인 생각에 사로잡혀 그렇게 말했다. 그 말을 들은 시도는 쓴웃음을 지으면서 가볍게 숨을 들이마신 후 말했다.

"—무사해서 다행이야."

"뭐……."

시도의 말을 들은 나츠미는 눈을 동그랗게 뜨면서 딱딱하게 굳어버렸다.

"무, 슨…… 소리를 하는 거야. 내가 멋대로…… 숨어버린 바람에, 너는 그렇게 고생……."

떠듬거리면서 그렇게 말한 나츠미는 부들부들 떨기 시작했다.

"그 이전에…… 나는, 너희한테 심한 짓을 했는데…… 왜, 왜……."

그녀의 목소리는 점점 젖어 들어갔다. 에메랄드빛 눈동자에서는 커다란 눈물방울이 흘러나왔고, 그녀의 목소리 또한 커져갔다.

"뭐야……. 너희는 대체 뭐냐 말이야……! 바보 아냐? 진짜 바보 아냐……?! 이해가 안 돼……! 왜, 그, 렇……!"

결국 나츠미는 말을 끝까지 잇지 못하고, 쉴 새 없이 눈물을 흘리며 큰 목소리로 울음을 터뜨리고 말았다.

"흐, 흑…… 우엥, 우에에엥, 우에에에에에엥—."

"어, 어이, 나츠미……."

시도는 나츠미가 울음을 터뜨릴 거라고는 꿈에도 생각하지 못했다. 어떻게 하면 좋을지 감이 오지 않은 시도는 나츠미를 달래기 위해 그녀에게 다가갔다. 그리고 토카를 비롯한 다른 소녀들 또한 나츠미를 달래려 했다.

하지만 나츠미는 울음을 그치지 않았다. —그뿐만 아니라 그녀는 눈물 젖은 목소리로 말했다.

"미…… 안, 해……. 나쁜 짓 해댄 거…… 너희를 괴롭힌 거…… 사과할게……. 상냥하게 대해주는 너희한테…… 밉상스러운 소리만 해대서…… 정말 미안……."

나츠미는 눈물을 펑펑 쏟으면서 말을 이었다. 지금까지 마음속에 쌓여 있던 감정을 전부 털어놓으려는 것처럼 쉴 새 없이 말했다.

"마사지 받았을 때…… 기뻤어……. 머리카락 다듬어줬을 때…… 기뻤어……. 너희가 옷 골라줬을 때…… 기뻤어……. 화장해줬을 때…… 기뻤어……. 너, 너희가 귀엽다고 말해줬을 때…… 정말 기뻤어……!"

그리고 코를 들이마신 후—.

"그렇게 기뻤으면서…… 그때는 솔직하게 말하지 못했어……. 미안해……."

나츠미는 빨개진 눈으로 시도를 바라보았다.

"……고마……워."

그 말을 들은 시도는 눈을 동그랗게 뜨면서 다른 소녀들을 바라보았다. 그녀들 또한 시도와 같은 표정을 짓고 있었다.

하지만 시도는 금세 입가에 부드러운 미소를 머금고 나츠미를 바라보았다.

"신경 쓰지 마. 나야말로 고마워. 네가 없었으면 우리 모두 무사하지 못했을 거야."

"……그것도, 신경 쓸 필요 없어. 내가 먼저 너희에게 신세를 졌었잖아."

"그렇구나."

그렇게 말한 시도는 가볍게 한숨을 내쉰 후, 나츠미를 향해 오른손을 내밀었다.

"어……?"

나츠미는 의외라는 듯이 눈을 동그랗게 떴다. 그녀의 반응을 보고 약간 부끄러워진 시도는 다른 한 손으로 볼을 긁적이면서 입을 열었다.

"으음…… 저기 말이야. 이 사태가 해결되고 나면 네가 가고 싶은 데로 가도 된다고 약속했으니까 더는 너를 잡지 않을게. 그래도 괜찮다면……."

시도는 나츠미의 두 눈을 바라보며 말을 이었다.

"―내 친구가…… 되어주지 않겠어?"

"……윽."

나츠미는 깜짝 놀란 것처럼 숨을 들이마신 후 시도를, 그리고 그의 뒤에 서 있는 다른 소녀들을 차례차례 바라보았다.

그리고― 나츠미는 머뭇거리면서 시도의 손을 잡은 후, 고개를 끄덕였다.

"우…… 우…… 우…… 우에에엥, 우에에에에엥!"

그리고 또 눈물을 펑펑 쏟으면서 울기 시작했다.

"아아~. 달링도 참~. 또 나츠미 양을 울린 거예요~?"

"아, 아니, 그게……."

미쿠가 장난기 섞인 미소를 지으면서 한 말을 들은 시도는 어깨를 부르르 떨었다.

"달링에게 나츠미 양을 맡겨둘 수는 없을 것 같네요~. 그러니까 나츠미 양. 저와도 친구가 되어주세요~."

"음! 나츠미, 나와도 친구가 되어다오!"

"저, 저기…… 그러니까…… 저, 저도……."

『요시농도! 요시농도!』

"크큭, 시도에게 신병을 맡겨두면 위험하겠지. 좋다. 나츠미여. 특별히 내 권속으로 삼아주겠노라."

"동의. 시도에게 변태 플레이를 강요당할지도 몰라요. 우리가 지켜줄게요."

미쿠의 뒤를 이어 다른 소녀들도 나츠미 주변으로 모여들면서 그렇게 말했다. 그녀들의 말을 들은 시도는 결국 입을 열었다.

"어, 어이! 내가 오해 사게 만들려고 작정한 거 아니면 그런 발언 좀 하지 말라고!"

시도의 말을 들은 소녀들은 웃음을 터뜨렸다.

시도가 문득 나츠미를 향해 고개를 돌려보니— 나츠미 또한 볼에 눈물자국을 남긴 채 시도가 처음 보는 표정을 짓고 있었다.

그것은 바로— 너무나도 귀여운 미소였다.

종장 DEM의 마술사

인공위성을 무사히 격추하고 30분 정도 흘렀을 즈음.

텐구 시 상공에서 DEM의 공중함과 교전을 하던 코토리에게서 연락이 왔다. 적함을 퇴각시키기는 했지만 〈프락시너스〉도 다소 손상을 입었다고 한다.

그 탓에 일시적으로 전송 장치를 못 쓰게 되었기 때문에, 시도 일행은 셸터 안에 있는 주민들이 밖으로 나오기 전에 일전에 이용했던 지하 시설을 향해 걸어서 이동하기로 했다.

천사를 사용한 탓에 대미지를 입은 시도의 몸도 잠시 동안 휴식을 취하자 자기 발로 걸을 수 있을 만큼 회복되었다. 뭐, 시도가 걱정된 토카는 "내가 업고 가겠다."라며 고집을 부렸지만, 아무리 사람들의 눈이 없다고 해도 여자에게 업히는 것이 부끄러웠던 시도는 정중하게 사양했다.

결국 나츠미는— 〈라타토스크〉의 보호를 받기로 결심한 것 같았다.

　물론 아직 영력은 봉인되지 않았으며, 설명 또한 하지 않았다. 당연한 듯이 써왔던 변신 능력을 잃는 것을 나츠미가 싫어하리라는 것은 쉬이 상상이 되었다.

　하지만— 분명 시간을 들여 설득하면, 나츠미도 이해해줄 것이다. 시도는 자신의 옆에 있는 나츠미를 쳐다보았다.

　"……."

　"뭐, 뭐야……?"

　나츠미는 당황한 듯한 표정으로 시도를 쳐다보았다. 하지만 그녀의 표정은 예전처럼 불신으로 가득 차 있지 않았다. 시도는 미소 지으면서 고개를 저었다.

　"아니, 아무것도 아냐."

　"……그, 그래?"

　나츠미는 퉁명한 목소리로 그렇게 말한 후, 고개를 돌렸다.

　하지만 잠시 후, 이번에는 나츠미 쪽에서 앞장서서 걷는 다른 소녀들에게 들리지 않을 만큼 낮은 목소리로 시도에게 말했다.

　"……저기, 말이야."

　"응? 왜 그래, 나츠미."

　"실은…… 뭐 하나 물어봐도 돼?"

　"응. 뭔데?"

　시도의 대답을 들은 나츠미는 아무 말 없이 시도의 소매를 잡아당겼다.

"우왓, 뭐하는 거야?"

"일단 가만히 좀 있어봐."

나츠미는 시도의 소매를 잡아끌면서 샛길로 들어갔다. 그리고 시도의 얼굴을 지그시 바라보면서 진지한 표정으로 물었다.

"……저기, 시도."

"왜, 왜?"

시도가 범상치 않은 분위기를 느끼고 긴장하자, 나츠미는 마른침을 삼키면서 말을 이었다.

"나…… 정말, 귀여워?"

"응?"

의외의 질문을 받은 시도는 눈을 동그랗게 떴다.

하지만 잘 생각해보니, 이것은 나츠미가 시도와 처음 만났을 때 했던 질문과 흡사했다. 뭐, 그때는 나츠미가 아름다운 성인 여성으로 변신한 상태였지만 말이다.

시도는 미소를 머금으면서 고개를 끄덕였다.

"물론이지. ―귀여워, 나츠미."

"……!"

그 말을 들은 나츠미는 얼굴을 새빨갛게 붉히면서 눈을 치켜떴다. 그리고 잠시 동안 우물거리다 입을 열었다.

"……다음에."

"다음에?"

"저기…… 화장법…… 나한테 가르쳐, 줄래……?"

나츠미는 고개를 푹 숙인 채 떠듬거리면서 말했다. 그녀의 말을 들은 시도는 고개를 힘차게 끄덕였다.

"그래, 좋아. 나츠미라면 금방 배울 거야."

"……그래?"

시도의 말을 들은 나츠미는 납득한 것처럼 작게 고개를 끄덕였다.

그리고―.

"어?"

시도는 깜짝 놀라고 말았다. 하지만 그것도 무리는 아니었다. 그것도 그럴 것이 나츠미가 느닷없이 손을 뻗어 시도의 옷깃을 잡아당기더니―.

쪽. 그대로 시도의 입술에 자신의 입술을 갖다댔으니까 말이다.

"……?! ……?!"

확실히 나츠미에게 사정을 설명한 후, 영력을 봉인하기 위해 키스할 생각이기는 했다. 하지만 이것은 완벽한 기습인데다, 시도는 아직 마음의 준비가 되지 않은 상태였다. 그의 두 눈은 경악으로 가득 찼다.

다음 순간, 자신의 몸 안으로 따뜻한 무언가가 흘러들어오는 듯한 감각이 느껴지더니― 곧이어 나츠미가 걸친 영장이 빛을 뿜으며 공기 중으로 녹아들 듯 사라졌다.

"우왓……?! 뭐, 뭐야……."

나츠미는 깜짝 놀랐는지 양손으로 가슴을 가리면서 그 자리에 주저앉았다.

"여, 영력을 봉인하면 영장이 사라지는구나……."

나츠미는 얼굴을 새빨갛게 붉히면서 중얼거렸다. 시도는 완전히 당황한 채 입을 열었다.

"그, 그래. 영장이라는 건 영력으로 되어 있는 거라서……잠깐, 나츠미? 너, 어떻게 영력을 봉인하는 방법을 알고—."

"앗!"

바로 그 순간, 등 뒤에서 토카의 고함 소리가 들렸다. 아무래도 뒤따라오던 시도와 나츠미가 보이지 않자 되돌아온 것 같았다. 물론 토카뿐만 아니라 요시노와 야마이 자매, 미쿠도 같이 있었다.

"시도! 이런 데서 뭐하고 있는 것이냐!"

"……! 저, 저기…… 저는, 아무것도 못 봤어요……."

"크큭, 이런 길 한복판에서 영력을 봉인하다니, 정말 끝내주는 취향이지 않느냐."

"동의. 아무도 없는 마을이라는 비일상적 공간을 플레이에 이용한 점은 정말 존경스러워요."

"꺄아~! 달링, 너무 대담해요~!"

그녀들은 시끌벅적하게 떠들어댔다.

"자, 잠깐만! 이번에는 내가 아니라—."

시도가 변명을 해봤지만, 그녀들은 그의 말에 전혀 귀를 기울이지 않았다.

◇

"실패……했다고?!"

DEM인더스트리 영국 본사 회의실에서 그 보고를 받은 머독은 비명에 가까운 고함을 질렀다.

그와 동시에 회의실 안에 있는 이사들의 낯빛이 새파랗게 질렸다.

하지만 그것도 무리는 아니었다. ―아이작·웨스트코트 암살에 실패했다는 것은 그를 향한 악의와 살의가 그대로― 아니, 몇 배로 증폭되어 자신들에게 돌아온다는 것을 뜻하기 때문이다.

"어, 어떻게 된 건가, 머독! 네, 네놈이 확실하게 제거할 수 있다고 해서 이 계획에 참가한 거란 말이다!"

"그, 그래! 대체 어떻게 책임질 거지?!"

"나, 나는 아무것도 몰라! 이건 머독이 저지른 짓이라고!"

장년의 남성들이 한심하게도 비명을 지르면서 책상을 두드려댔다. 우습기 그지없는 광경이었지만, 머독에게는 웃음을 터뜨릴 여유가 없었다.

이 계획의 주모자가 머독이라는 것은 뒤집을 수 없는 사실이다. 이 사실이 웨스트코트의 귀에 들어간다면 머독은― 아니, 그의 일족과 부하, 그리고 지인들 모두가 웨스트코트의 악의에 노출되고 말 것이다.

"……."

하지만 아직 모든 것이 끝난 것은 아니었다. 머독은 테이블에 놓여 있는 마이크를 잡은 후, 텐구 시에 파견한 대형 공중함 〈엡타메롱〉의 함교를 향해 말했다.

"아직이야……. 아직 끝나지 않았어. 함장, 〈엡타메롱〉은 무사한가?!"

『예……! 〈라타토스크〉의 공중함과 교전을 하기는 했지만 함체의 손상률은 10% 미만입니다.』

"그렇다면— 마지막 〈험프티·덤프티〉는 무사하겠지?!"

머독의 말을 들은 이사들의 눈썹이 흔들렸다.

그렇다. 용의주도한 머독이 준비한 〈험프티·덤프티〉는 총 세 개다.

하나는 〈라타토스크〉의 공중함을 교란하기 위한 미끼로 쓴 『퍼스트·에그』.

또 다른 하나는, 웨스트코트의 숨통을 완벽하게 끊기 위해 준비한 『세컨드·에그』.

그리고— 마지막 하나.

두 개의 〈험프티·덤프티〉로 목적을 달성하지 못했을 때를 대비해 준비해둔, 마지막 하나—『서드·에그』가 〈엡타메롱〉에 탑재되어 있었다.

물론 이 『서드·에그』는 인공위성과 도킹하지도 않았고, 위성 궤도 상에서 낙하시킬 수도 없다.

『퍼스트』,『세컨드』에 비하면 위력은 훨씬 모자랐다.

하지만 웨스트코트가 있는 셸터에 정확하게 떨어뜨릴 수만 있다면 『서드·에그』에 탑재된 폭파 술식만으로도 셸터 안에 있는 그를 죽일 수 있을 것이다.

"웨스트코트 MD의 현재 위치는 파악됐나?!"

『현재…… 아, 아무래도 호텔에 남아 있는 것 같습니다.』

"뭐라고……?!"

머독은 인상을 찡그렸다. —이 상황에서 지하 셸터로 대피하지 않았다는 건가.

머독은 분해서 미칠 것만 같았다. 자신이 심혈을 기울여 짠 계획을, 웨스트코트가 비웃은 것 같은 느낌이 들었다.

하지만 머독에게 있어서는 잘된 일이었다. 셸터 안에 있지 않다면 『서드·에그』의 위력으로도 충분히 해치울 수 있기 때문이다. 머독은 마이크를 통해 지시를 내렸다.

『—좋아. 마을이 얼마나 파괴되든 상관없다. 웨스트코트의 숨통을 반드시 끊어버려라.』

◇

"……윽?!"

봉인 때문에 반라 상태가 된 나츠미에게 상의를 빌려준 후, 다시 지하 시설을 향해 걷던 시도는 갑자기 귀를 막으면서 미간을 찌푸렸다.

이유는 단순했다. 귀에 꽂은 인터컴에서 격렬한 경고음이 흘러나왔기 때문이다.

"코, 코토리, 무슨 일이야?!"

시도가 묻자, 인터컴에서 코토리의 초조함 섞인 목소리가 흘러나왔다.

『하늘에서 마력 반응이 관측됐어……! 이건─ 조금 전에 놓친 공중함에서 폭파 술식 반응이……?!』

"뭐라고……?!"

시도는 숨을 삼키면서 하늘을 올려다보았다.

"음……? 왜 그러느냐, 시도."

시도에게서 범상치 않은 분위기를 느낀 토카와 정령들이 고개를 갸웃거렸다. 시도는 하늘에서 시선을 떼지 않은 채 입을 열었다.

"그게…… 아무래도 아직 끝나지 않은 것 같아. 또 폭탄이 투하될 것 같대."

『뭐……?!』

시도의 말을 들은 소녀들의 얼굴에 긴장이 어렸다. 그리고 시도와 마찬가지로 곧 모습을 드러낼 살의의 화신을 파괴하기 위해 하늘을 올려다보았다.

하지만 변신 능력을 지닌 나츠미의 영력을 방금 봉인한 데다, 다른 이들 또한 지칠 대로 지쳐 있었다. 지금 상태에서 폭탄을 파괴하는 것은 쉽지 않을 것이다.

하지만…… 할 수밖에 없다. 시도는 조금 전까지와 마찬가지로 마음을 진정시킨 후, 오른손에 정신을 집중했다.

하지만─〈산달폰〉이 현현되는 것보다 먼저 엄청난 통증이 시도를 덮쳤다. 그 탓에 시도는 그 자리에 무릎을 꿇고 말았다.

"크윽……."

"시도!"

토카가 걱정스러운 표정으로 시도에게 다가갔다. 하지만 적이 시도의 몸 상태를 생각해줄 리가 없었다. 시도의 인터컴에서 또 경고음이 흘러나왔다.

『사령관님! 폭파 술식 탑재형 〈밴더스내치〉가 공중함에서 투하되었습니다!』

『〈프락시너스〉로 요격할 수는 없어?!』

『지금 위치에서는 불가능합니다!』

『큭— 급속 선회! 무슨 수를 써서라도 지상에 떨어지기 전에—.』

그리고.

코토리의 지시가 시도의 고막에 닿은 순간.

하늘에 빛으로 된 선 같은 것이 생기더니, 텐구 시 상공에서 거대한 폭발이 일어나면서— 주위의 공기가 격렬하게 흔들렸다.

"아니……?!"

시도와 정령들이 눈을 치켜뜬 순간, 인터컴에서 승무원의 목소리가 흘러나왔다.

『반응— 사라졌습니다!』

『뭐? 자폭한 거야?』

『아, 알 수 없습니다. 하지만 폭발 직전, 열원(熱源)이—.』

열원. 그 말을 들은 시도는 방금 본 빛으로 된 선을 떠올렸다. 설마 누군가가 투하된 폭탄을 저격한 것일까.

확실히 그렇게 생각하면 앞뒤가 맞았다. 하지만 시도와 정령들이 힘을 합쳐 겨우 파괴한 것과 같은 종류의 폭탄을 단 일격에 파괴하다니—.

"……!"

바로 그때, 시도는 고개를 돌려 왼쪽을 쳐다보았다.

폭발이 일어나기 직전, 하늘에 그어진 빛의 선. 그 기점이 된 방향에 서 있는 누군가가 눈에 들어왔기 때문이다.

"저건—."

그 누군가는 시도가 있는 곳을 향해 날아오더니, 공중에서 정지했다.

그 자는 바로 CR-유닛을 장비한 위저드였다. 그 위저드의 장비는 AST의 장비와는 형태가 달랐다. 엘렌의 것과 비슷한 디자인의 와이어링 슈트와 특징적인 형태를 한 스러스터, 그리고 왼손에 쥔 거대한 마력포가 인상적이었다.

"아—."

그 모습을 본 시도는 경악을 금치 못했다.

DEM의 위저드가 DEM의 폭탄을 공격했다는 사실에 놀라지 않은 것은 아니다. 봉인 상태라고는 해도 다수의 정령이 힘을 합쳐서 겨우 파괴한 폭탄을 혼자서 파괴한 그 힘 또한 놀라웠다.

하지만— 시도가 경악한 이유는 훨씬 단순했다.

눈앞에 있는 위저드의 얼굴이, 눈에 익었기 때문이다.

"오리, 가미……?"

　시도가 이름을 부르자, 위저드— 오리가미는 아무 말 없이 시도 일행을 바라보았다.

　평소처럼— 아니.

　평소보다 더 감정이 느껴지지 않는 눈동자로 말이다.

■작가 후기

오래간만입니다. 타치바나 코우시입니다.

『데이트·어·라이브 9 나츠미 체인지』는 어떠셨는지요. 독자 여러분들께서 재미있게 읽어주셨길 진심으로 빕니다.

표지 캐릭터는 물론 나츠미(진짜)입니다. 8권의 누님 버전도 좋았지만 이번 진짜 버전도 끝내줍니다. 까치집 머리카락과 언짢은 표정은 정말 최강 조합이라고 생각해요(어디까지나 개인적인 감상이며, 개인차가 존재합니다). 성격이 부정적인 캐릭터를 좋아하기 때문에 정말 즐겁게 이번 권을 썼습니다.

디자인 면에서는, 나츠미(어른)의 모자에는 잘 연마된 에메랄드가 달려 있는데 반해, 나츠미(진짜)의 모자에는 연마 전의 원석 같은 에메랄드가 달려 있는 것도 재미있습니다. 컬러 일러스트의 코토리가 걸친 재킷을 이런 식으로 쓸 거라고는 생각도 못 했습니다. 제가 말씀드린 이미지를 가지고 이렇게 멋진 의상을 만들어주신 츠나코 씨. 정말 최고입니다.

그건 그렇고 벌써 9권에 돌입했습니다. 데뷔작이 여덟 권으로 완결된 저에게 있어서는 미지의 영역입니다. 게다가 데이트는 한동안 계속될 예정이며, 10권 발매는 이미 확정되었습니다. 두 자릿수에 돌입하는 겁니다. 제 라이트노벨 면허는 오토 한정이라 9권까지만 쓸 수 있는데 말이죠. 정말 괜찮으려요. 확실히 면허 없이 10권 이상 쓰기 위해서는 라이트노벨의 신(금발 트윈 테일 츤데레)에게 달콤한 과자를 바쳐야 한다는 이야기를 들은 적이 있습니다. 그러지 않고 10권 이상 쓰면 라이트노벨의 신(금발 트윈 테일 츤데레)께서 밤이면 밤마다 쳐들어와서 볼을 한껏 부풀린 채 "나한테 허락도 받지 않고 10권을 써? 네가 그렇게 잘났어?!"라고 말하면서 옆구리를 찔러댄다고 합니다. 아아, 역시 무면허 상태로 10권을 써야겠습니다.

자, 이전에 말씀드렸던 코믹스판 『데이트·어·라이브』말입니다만, 소년 에이스 1월호(11월 26일 발매)부터 드디어 연재가 시작됩니다! 제1화는 표지&권두 컬러&페이지 증가라고 하네요! 이누이 세키히코 선생님이 그리시는 새로운 『데이트·어·라이브』를 즐겨주십시오!
그리고 애니메이션 2기도 순조롭게 진행되고 있으니 기대해주시길! 그것과 그것의 디자인이 정말 끝내줍니다. 에헤헤.

이번에도 츠나코 씨와 담당 편집자님, 디자이너 님 등, 출판·유통에 관여해주시는 많은 분들 덕분에 책을 낼 수 있었습니다. 정말 감사합니다.

다음 『데이트·어·라이브 10』은 드디어 그 캐릭터가 표지를 장식할 예정입니다. 스토리도 꽤 진행될 예정이니 기대해주시면 감사하겠습니다.

　그럼 다음 권과 함께 독자 여러분을 찾아뵐 수 있기를 진심으로 기원하고 있겠습니다.

2013년 10월 타치바나 코우시

■역자 후기

　안녕하십니까. 근로청년 번역가 이승원입니다.

　『데이트·어·라이브 9 나츠미 체인지』를 구매해주셔서 진심으로 감사드립니다.

　2014년도 눈 깜짝할 사이에 두 달이나 지나버렸습니다. 시간 한번 정말 잘 가네요. 새해 시작에 맞춰 여러 가지 목표를 세웠지만, 이사 문제가 발생한 덕분에 올스톱해버렸습니다. AHAHA.

　그러고 보니 재작년부터 부산에 있는 모 서브컬처 서점(이정도만 말해도 아실 만한 분은 다 아실 듯^^)에 제가 자주 출몰하고 있는 듯한 느낌이 듭니다. 같이 일본 여행을 가기로 한 어떤 분(?)을 따라 라이트노벨 작가 사인회에 가서 행사 진행을 도운 후부터 이 모든 일들이 시작되었네요.

　그 후에도 서브컬처 서점에 행사가 있을 때마다 참가하고 있습니다. 두 번에 걸친 모 레이블의 편집부 이벤트 때도 가서 행사 진행(ㄷㄷㄷ)을 도왔고, 오픈마켓에도 참가했군요.^^ 그런 행사들을 통해 정말 많은 분들을 뵈었고, 즐거운 시간을 보냈습니다. 특히 오픈마켓 때는 정말 즐거웠습니다. 1, 2층

사이에 있는 층계참에서 서점을 찾는 분들을 보는 것도 재미있었고, 때때로 저를 알아보시는 분들과 나눈 덕 토크도 즐거웠죠. 그리고 층계참에서 시켜먹은 자장면은…… 정말 환상적이었습니다.^^

아마 또 행사가 열린다면 가게 되지 않을까 합니다. 뭐, 서점 분들과 행사 관계자 여러분에게 방해가 되지 않는다는 가정하이기는 하지만…… 모 서점 사장님께서 사주시는 술은 정말 맛있거든요.^^ 술이라면 환장하는 저는 마감 제쳐두고 뛰어갈 공산이 매우 큽니다. 아마 마감 안 끝내고 왔다고 삐야님에게 구박을 받으면서 술을 마시고 있겠죠.(어이)

자, 그럼 『데이트·어·라이브 9 나츠미 체인지』에 대한 이야기를 조금 해볼까 합니다.

스포일러가 들어 있을 수도 있으니 본편을 안 읽으신 분은 유의해주시길!

이번 9권은 충격과 공포의 연속이었습니다. 우리의 귀여운 히로인들이 전부 XX화되어서 마구 매력 발산을 해대면서 시작한 후, 중반부터 본격적인 나츠미 공략이 시작됩니다. 그리고 그 공략은 바로 나츠미 변신시키기! 정령들이 자신의 특기를 살려 나츠미를 멋지게 변신시키고, 그 덕분에 나츠미는 정신적 혼란에 빠집니다. 하지만 그 와중에 따로 행동하고 있던 한 히로인, 아니 형님께서 위험에…….

아아, 더 이야기했다간 스포일러 레벨이 너무 올라갈 것 같으니 이만 줄이겠습니다.

이번 9권도 정말 끝내주니 아직 본편을 안 보신 독자 여러분께서는 꼭 읽어주시길!

그럼 이만 줄이겠습니다.

로리지온 세력의 교과서(강조!)라 해도 과언이 아닌 책을 저에게 맡겨주신 삐야 님과 L노벨 편집부 여러분. 정말 감사합니다.

비 오는 날에는 아이스크림(?)이라는 말도 안 되는 주장을 하면서 아이스크림을 안주 삼아 소주를 마셔댄 악우들이여. ……너희의 독특한 취향을 나에게 강요하지 마아아아!

그리고 작년 연말에 저에게 편지를 보내주신 곽OO 독자님. 편지 감사합니다. 뒷장에

그려주신 그림, 정말 Good이었어요.^^ 앞으로도 잘 부탁드립니다!

마지막으로 언제나 제게 버팀목이 되어주시는 어머니와 『데이트·어·라이브』를 읽어주신 모든 분들에게 진심으로 감사드립니다.

우리의 변태 대마왕께서 드디어 전면(?)에 나서시는 10권 역자 후기에서 다시 뵙겠습니다!

2014년 2월 말
역자 이승원 올림

데이트 어 라이브 9

1판 1쇄 발행 2014년 4월 10일
1판 11쇄 발행 2019년 4월 12일

지은이_ Koushi Tachibana
일러스트_ Tsunako
옮긴이_ 이승원

발행인_ 신현호
편집국장_ 김은주
편집진행_ 최은진 · 김기준 · 김승신 · 원현선 · 권세라
편집디자인_ 양우연
국제업무_ 정아라
관리 · 영업_ 김민원 · 조인희

펴낸곳_ (주)디앤씨미디어
등록_ 2002년 4월 25일 제20-260호
주소_ 서울시 구로구 디지털로 26길 111 JnK디지털타워 503호
전화_ 02-333-2513(대표)
팩시밀리_ 02-333-2514
이메일_ lnovelpiya@naver.com
ㄴ노벨 공식 카페_ http://cafe.naver.com/lnovel11

원제 DATE A LIVE 9
© 2013 Koushi Tachibana, Tsunako
Edited by FUJIMISHOBO
First published in Japan in 2013 by KADOKAWA CORPORATION, Tokyo.
Korean translation rights arranged with KADOKAWA CORPORATION, Tokyo.

ISBN 978-89-267-9543-9 04830
ISBN 978-89-267-9334-3 (세트)

값 6,800원

© 2013 Takehaya
illustration Poco
Originally published by HOBBY JAPAN

단칸방의 침략자!? 1~14권

타케하야 지음 | 뽀코 일러스트 | 원성민 옮김

소년 사토미 코타로가 홀로서기를위해 찾아낸 단칸방.
부엌 욕실 화장실 포함에 월세는 단돈 5천엔.
어느샌가 그 방은 침략 목표가 되었다?!

'미소녀', '유령', '외계인', '코스플레이어' 그 누가 상대라해도

"너희에게 이 방을 넘겨줄 수는 없어!"

단 한칸의 방을 걸고 벌어지는 침략일기. 시작합니다!

TV 애니메이션 화 결정!!

아지랑이 데이즈 -a headphone actor- 1~2권

진(자연의적P) 지음 | 시즈 일러스트 | 이수지 옮김

『아지랑이 데이즈』를 비롯하여 투고된 곡의 관련
동영상 재생수가 1,000만을 넘는 초인기 크리에이터 · 진(자연의 적P).
그 본인이 새로 쓴 소설 등장!
관련된 모든 곡을 연결하는 이야기가 처음으로 밝혀지면서
한층 더 「수수께끼」를 불러일으킨다!

—이것은, 8월 14일과 15일의 이야기.
몹시 시끄러운 매미 소리, 일렁이는 **아지랑이**. 어느 한여름 날 어떤
거리에서 일어난 하나의 사건을 중심으로, 다양한 시점이 뒤얽힌다……

**소설 시리즈 누게 200만부 돌파!
애니메이션 4월 일본 방영 개시!!**

새로운 감각의 찬연한 청춘 엔터테인먼트 소설!

라이트노벨의 새로운 빛! L노벨의 신간은 매월 10일에 발매됩니다. www.lnovel.co.kr

© 2013 Aru Fujitani
illustration Kurone Mishima
Originally published by HOBBY JAPAN

내 현실과 온라인 게임이 러브코미디에
침략당하기 시작해서 위험해 1~6권

후지타니 아루 지음 | 미시마 쿠로네 일러스트 | 유은하 옮김

사기미야 케이타는 온라인 RPG의 헤비 유저.
여성 캐릭터로 멤버 대부분이 여성 플레이어인 길드에 소속되어있던 케이타지만,
정모에 참가했다가 길드의 유일한 남자 캐릭터인
「기사님」으로 오해받아서 현실에서도 게임 내에서도 인기 절정 상태로!
이건 무슨 함정인가?

벗어날 곳은 없다!!
온라인과 현실을 넘나드는 오프&온라인 러브코미디!

악성소녀 1~3권

스기이 히카루 지음 | 키시다 메루 일러스트 | 이해영 옮김

고등학교 2학년 여름방학, 악마 메피스토펠레스라는 기묘한 여자가
나를 낯선 세계로 끌고 갔다.
그곳은 200년 전의 음악도시 빈……일 텐데
전화도 전차도 비행선도 마물도 어지럽게 오가는 이세계?!

"지금부터 너희에게 진정한 음악을 들려주겠어."

현대로 돌아갈 방법을 찾던 도중 만난 소녀는 그 유명한 천재 음악가?

『하느님의 메모장』의 콤비 신시리즈!
음악에 모든 것을 건 소녀와 엮어나가는 고식 판타지!

BIG-4 1~5권 (완결)

다이라쿠 켄타 지음 | 와다알코 일러스트 | 이승원 옮김

666만 마족의 정점에 군림하는 마왕군 최고전력── 사천왕.
하루아침에 마계로 와버린 평범한 고등학교 1학년·야마다는
원래 세계로 돌아가기 위한 임무를 안고 사천왕에 들어가게 된다.

그런데 마계의 사천왕이 모여서 한다는 짓이─

RPG 게임 하기.
몬스터의 연애 상담 해주기.
그리고─ 여자 목욕탕에 침입하기─?!

너무나도 유감스러운 사천왕의 일상판타지가 시작된다!!

라이트노벨의 새로운 빛! ㄴ노벨의 신간은 매월 10일에 발매됩니다. www.lnovel.co.kr